銀魂2

映画ノベライズ
みらい文庫版

銀魂2

GINTAMA

掟は破るためにこそある

映画ノベライズ みらい文庫版

原作 空知英秋
脚本 福田雄一
小説 田中 創

GINTAMA

目《もく》次《じ》

contents

プロローグ 007
第《だい》一章《しょう》 015
第《だい》二章《しょう》 055
第《だい》三章《しょう》 109
第《だい》四章《しょう》 151

人《じん》物《ぶつ》紹《しょう》介《かい》

坂田《さかた》 銀時《ぎんとき》

頼《たの》まれたことは何《なん》でもやる
万事屋《よろずや》のリーダー。
普段《ふだん》は無気力《むきりょく》、脱力《だつりょく》の人《ひと》だが、
実《じつ》は元攘夷志士《もとじょういしし》で「白夜叉《しろやしゃ》」と
恐《おそ》れられた伝説《でんせつ》の侍《さむらい》。

志村《しむら》 新八《しんぱち》

廃刀令《はいとうれい》により廃《すた》れてしまった
剣術道場経営者《けんじゅつどうじょうけいえいしゃ》の息子《むすこ》。
かつて銀時《ぎんとき》に救《すく》ってもらった
ことから、万事屋《よろずや》で働《はたら》き始《はじ》める。
万事屋《よろずや》のツッコミ担当《たんとう》。

神楽《かぐら》

宇宙最強《うちゅうさいきょう》を誇《ほこ》る「夜兎族《やとぞく》」の少女《しょうじょ》。
故郷《こきょう》に帰《かえ》る金《かね》を貯《た》めるため、
万事屋《よろずや》の押《お》しかけバイトとなる。
大食《おおぐ》らいで狂暴《きょうぼう》、毒舌《どくぜつ》。

平賀《ひらが》 源外《げんがい》

銀時《ぎんとき》が頼《たよ》りにするからくり堂《どう》の
店主《てんしゅ》で、自称《じしょう》・江戸一番《えどいちばん》の発明家《はつめいか》。

近藤《こんどう》 勲《いさお》

特殊警察《とくしゅけいさつ》・真選組《しんせんぐみ》の局長《きょくちょう》であり、
信頼《しんらい》を集《あつ》める精神的支柱《せいしんてきしちゅう》。
新八《しんぱち》の姉《あね》・妙《たえ》に惚《ほ》れており、
ストーカー気質《きしつ》なところも。

土方《ひじかた》 十四郎《とうしろう》

特殊警察《とくしゅけいさつ》・真選組《しんせんぐみ》の副長《ふくちょう》。
”鬼《おに》の副長《ふくちょう》“と称《しょう》されることもある。
クールなマヨラー。

沖田《おきた》 総悟《そうご》

特殊警察《とくしゅけいさつ》・真選組《しんせんぐみ》の一番隊隊長《いちばんたいたいちょう》。
腹黒《はらぐろ》いドS王子《エスおうじ》。バズーカを用《もち》いる。

志村《しむら》 妙《たえ》

新八《しんぱち》の実姉《じっし》。清楚《せいそ》で優《やさ》しそうな
そのルックスとは裏腹《うらはら》に、
やたら戦闘能力《せんとうのうりょく》が高《たか》い。

桂《かつら》 小太郎《こたろう》

「狂乱《きょうらん》の貴公子《きこうし》」との異名《いみょう》をもつ
幕府《ばくふ》指名《しめい》手配中《てはいちゅう》の攘夷志士《じょういしし》の
生《い》き残《のこ》り。銀時《ぎんとき》と高杉晋助《たかすぎしんすけ》と
共《とも》に吉田松陽《よしだしょうよう》の元《もと》で学《まな》んでいた
幼馴染《おさななじみ》であり、攘夷戦争時代《じょういせんそうじだい》の盟友《めいゆう》。

高杉《たかすぎ》 晋助《しんすけ》

幕府転覆《ばくふてんぷく》を企《たくら》む鬼兵隊《きへいたい》を率《ひき》いる
絶対的頭領《ぜったいてきとうりょう》で、達人級《たつじんきゅう》の剣術《けんじゅつ》の使《つか》い手《て》。
〝攘夷志士《じょういしし》の中《なか》で最《もっと》も危険《きけん》な男《おとこ》〟と
呼《よ》ばれている。銀時《ぎんとき》や桂《かつら》とは、
共《とも》に吉田松陽《よしだしょうよう》の元《もと》で学《まな》んでいた幼馴染《おさななじみ》。

松平《まつだいら》 片栗虎《かたくりこ》

警察庁《けいさつちょう》のドン。夜《よる》のお店《みせ》が大好《だいす》き。

徳川《とくがわ》 茂茂《しげしげ》

〝将《しょう》ちゃん〟こと、
江戸幕府《えどばくふ》の若《わか》き征夷大将軍《せいいたいしょうぐん》。

河上《かわかみ》 万斉《ばんさい》

鬼兵隊所属《きへいたいしょぞく》。
〝千人斬《せんにんぎ》りの万斉《ばんさい》〟の異名《いみょう》を
持《も》つ伝説《でんせつ》の剣豪《けんごう》。

伊東《いとう》 鴨太郎《かもたろう》

特殊警察《とくしゅけいさつ》・真選組《しんせんぐみ》の参謀《さんぼう》。
黒《くろ》い野望《やぼう》を秘《ひ》めているようだが…?

山崎《やまざき》 退《さがる》

特殊警察《とくしゅけいさつ》・真選組《しんせんぐみ》の監察役《かんさつやく》。
地味《じみ》が取《と》り柄《え》。

猿飛《さるとび》 あやめ《あやめ》

銀《ぎん》さんLOVE《ラブ》な始末屋《しまつや》。

お登勢《おとせ》

万事屋《よろずや》の大家《おおや》。
強面《こわもて》で口《くち》が悪《わる》い。

エリザベス

桂《かつら》の右腕《みぎうで》の謎《なぞ》の宇宙生物《うちゅうせいぶつ》。

映画「銀魂2　掟は破るためにこそある」

原作：「銀魂」空知英秋（集英社「週刊少年ジャンプ」連載）
脚本／監督：福田雄一
音楽：瀬川英史
主題歌：back number「大不正解」（ユニバーサル シグマ）
製作：映画「銀魂2」製作委員会
制作プロダクション：プラスディー
配給：ワーナー・ブラザース映画

指名手配
連続のぞき魔
拓衛門
110番
大江戸警察
探してます
探してます

プロローグ

祝《しゅく》、実写劇場版《じっしゃげきじょうばん》『銀魂《ぎんたま》』第《だい》二弾公開《だんこうかい》！

待《ま》ちに待《ま》った映画《えいが》の封切《ふうき》りに際《さい》し、志村新八《しむらしんぱち》の頬《ほほ》はゆるみっぱなしであった。

無事《ぶじ》、第《だい》二弾《だん》が公開《こうかい》できたのも、自分《じぶん》たち万事屋《よろずや》の第《だい》一弾《だん》での努力《どりょく》があってこそのもの。実写《じっしゃ》映画《えいが》として二回《かい》も銀幕《ぎんまく》に登場《とうじょう》できるなんて、これはもう快挙《かいきょ》と言《い》っていい。

新八《しんぱち》は、ここまで苦楽《くらく》を共《とも》にしてきた仲間《なかま》たちの顔《かお》を見回《みまわ》した。

「いやあ、やりましたね。『銀魂《ぎんたま》』実写版《じっしゃばん》、第《だい》一弾《だん》が大《だい》ヒットで、なんと第《だい》二弾《だん》ですよ！　去年《きょねん》の実写邦画《じっしゃほうが》第《だい》一位《い》ですからね！」

「でも日本《にほん》アカデミー賞《しょう》にかすりもしてないアル」

いきなりそんなじゃまをしてきたのは、万事屋《よろずや》の紅一点《こういってん》・神楽《かぐら》だった。このチャイナ娘《むすめ》、応接《おうせつ》間《ま》のソファーにごろりと横《よこ》たわりながら、鼻《はな》クソなどほじっている。

この下品極《げひんきわ》まるヒロインは、ときどき空気《くうき》を読《よ》まずにキビシイことを言《い》うから困《こま》るのだ。

そして面白《おもしろ》くなさそうな表情《ひょうじょう》をしているのは、この映画《えいが》の主人公《しゅじんこう》も同《おな》じだった。

もしゃもしゃの天然《てんねん》パーマにくたびれた着流《きなが》し姿《すがた》、死《し》んだ魚《さかな》のような目《め》でデスクにふんぞり返《かえ》っているこの男《おとこ》こそ、『銀魂《ぎんたま》』主人公《しゅじんこう》の坂田銀時《さかたぎんとき》である。アカデミー賞《しょう》にお呼《よ》びがかからなかったのがよほど悔《くや》しいのか、銀時《ぎんとき》は作品冒頭《さくひんぼうとう》から主人公《しゅじんこう》にあるまじきふてくされた表情《ひょうじょう》を見《み》せていた。

「だれなんだよ。主演男優賞《しゅえんだんゆうしょう》とったヤツは」

「菅田将暉《すだまさき》ってやつアル」

神楽《かぐら》の答《こた》えに、銀時《ぎんとき》は「ええっ、なんで⁉」と目《め》を見開《みひら》いた。『銀魂《ぎんたま》』では脇役《わきやく》を演《えん》じたに過《す》ぎない菅田将暉《すだまさき》が、他《ほか》の映画《えいが》で主演男優賞《しゅえんだんゆうしょう》をとったのがそうとう気《き》に入《い》らなかったらしい。

神楽《かぐら》もかなり不満《ふまん》げな表情《ひょうじょう》だった。

「私服《しふく》のセンスがかなり微妙《びみょう》のあいつアル」

「CD《シーディー》デビューとかしてアーティスト気取《きど》りのあいつだな」

「親父《おやじ》さんが面白眼鏡《おもしろめがね》してるアル」

言《い》いたい放題《ほうだい》の銀時《ぎんとき》と神楽《かぐら》に、新八《しんぱち》は「それ以上言《いじょうい》うなァァァァ！」と激怒《げきど》する。菅田将暉《すだまさき》がけなされるのは、他人事《ひとごと》とは思《おも》えないのだった。

「いい役者《やくしゃ》さんですよ！　菅田将暉《すだまさき》！」

「小栗旬《おぐりしゅん》なんてな、こんだけやってきて日本《にほん》アカデミー賞《しょう》、一度《いちど》もかすったことすらないアルヨ」

神楽《かぐら》が銀時《ぎんとき》の方《ほう》をチラ見《み》しながら、しみじみとつぶやいた。

「去年《きょねん》がんばったのになあ。『牛《うし》の肝臓《かんぞう》をたべたい』」

「『君《きみ》の膵臓《すいぞう》』ね」銀時《ぎんとき》が訂正《ていせい》を加《くわ》えた。「『牛《うし》の肝臓《かんぞう》をたべたい』だと、レバ刺《さ》しが食《た》べられなくなって悲《かな》しいな、的《てき》なドキュメント映画《えいが》になっちゃうから」

銀時《ぎんとき》、神楽《かぐら》のやり取《と》りを横目《よこめ》に、新八《しんぱち》はため息《いき》をつく。この映画《えいが》はあくまで『銀魂《ぎんたま》』なのだ。他《ほか》の映画《えいが》のことをあれこれ言《い》っても仕方《しかた》ない。

「いいんですよ、日本《にほん》アカデミー賞《しょう》にかすりもしなくても！　たくさんの皆《みな》さまに観《み》てもらえて大《だい》ヒットしたんですから！」

「そうだよねー」銀時《ぎんとき》がしかめっ面《つら》で続《つづ》けた。「日本《にほん》アカデミー賞《しょう》って○○《ピー》、○○《ピー》、○○《ピー》、○○○《ピー》・○○○《ピー》がからんでれば、なおとりやすいってだけの賞《しょう》だもんね」

「うんうん、悔《くや》しいでしょうけど、今《いま》のセリフ、劇場《げきじょう》ではほとんどピー音《おん》で消《け》されて皆《みな》さんにお届《とど》けできてないと思《おも》いますよ」

冒頭《ぼうとう》から業界《ぎょうかい》の闇《やみ》にツッコむなど危険《きけん》すぎる。新八《しんぱち》は「そんなことより！」と、努《つと》めて明《あか》るい声《こえ》を上《あ》げて、話《はなし》を変《か》えることにした。

「いよいよ映画《えいが》始《はじ》まるんだから！　『観《み》てください！』とか！　そういう愛想《あいそ》いいこと言《い》ってくださいよ！」

「はーい、カンヌでパルムドールをとった今回《こんかい》の『銀魂《ぎんたま》』」

適当《てきとう》なことを言《い》う銀時《ぎんとき》に、新八《しんぱち》は「ウソつけェェェ！」とツッコんだのだが、

「万引《まんび》きしてまーす」

神楽《かぐら》がボケに乗《の》っかってくる。

「ダメだろォォォォ！」

「それでは、『万引《まんび》き万事屋《よろずや》』見《み》てください！」

堂々《どうどう》と他《ほか》の映画《えいが》のタイトルをパクる銀時《ぎんとき》に、新八《しんぱち》は「そんなタイトルじゃねーよ！」と抗議《こうぎ》の声《こえ》を上《あ》げた。

当然《とうぜん》だがこの映画《えいが》は家族《かぞく》の悲《かな》しみをあつかった社会派《しゃかいは》ドラマではないし、リリー・フランキーも出《で》ていない。信《しん》じてしまう人《ひと》がいたらどうするのだ。

しかし神楽《かぐら》には自重《じちょう》するつもりはなさそうだった。

「じゃあ『万事屋名探偵《よろずやめいたんてい》』！　真実《しんじつ》はいつもひとつ！」

「だから、他《ほか》の人《ひと》のヒットにあやかろうとするのやめろォォォォ！」

まったくこの主人公《しゅじんこう》と来《き》たら……これじゃあ、いつまでたっても本編《ほんぺん》ストーリーが始《はじ》められない。ここはもう、自分《じぶん》で舵取《かじと》りをしてしまった方《ほう》がいいだろう。

新八《しんぱち》は銀時《ぎんとき》や神楽《かぐら》に背《せ》を向《む》け、コホンと咳《せき》ばらいをした。

「『銀魂《ぎんたま》2　掟《おきて》は破《やぶ》るためにこそある』！　ご覧《らん》くださいっ！！」

本編開始《ほんぺんかいし》を宣言《せんげん》した新八《しんぱち》の脇《わき》で、銀時《ぎんとき》は「アカデミー賞《しょう》くれェェェェ！」とワガママな声《こえ》を上《あ》げていた。

言《い》えばもらえるってもんじゃないでしょうに、と新八《しんぱち》は肩《かた》をすくめる。

とにかくこれでようやく映画本編《えいがほんぺん》の開始《かいし》である。画面《がめん》には、「ワーナー」のロゴが登場《とうじょう》していた。そうそう、このロゴが出《で》てくると、ザ・映画《えいが》という感《かん》じがする。

その後《ご》は映画《えいが》でおなじみ、『NO《ノー》 MORE《モア》 映画泥棒《えいがどろぼう》』のコーナーだ。

カメラ頭《あたま》の紳士《しんし》がキレのあるカクカクダンスをおどりながら盗撮《とうさつ》を試《こころ》みるアレ……かと思《おも》いきや、今回《こんかい》のは何《なに》かがちがっていた。

「劇場内《げきじょうない》で映画《えいが》を撮影録音《さつえいろくおん》するのは犯罪《はんざい》だ。しっかりと自《みずか》らの目《め》に焼《や》きつけて、心《こころ》で持《も》ち帰《かえ》るのだ」

盗撮紳士《とうさつしんし》はどこかで見《み》たような長髪《ちょうはつ》の攘夷浪士《じょういろうし》だし、その背後《はいご》では、相棒《あいぼう》の宇宙生物《うちゅうせいぶつ》がほっかむり姿《すがた》で『やめとけ』のプラカードをかかげている。

せっかく映画開始《えいがかいし》を宣言《せんげん》したのに、まだしょうもないパロディを入《い》れてくるというのか。

「おいィィィ！　それさっきやったから！　本家本元《ほんけほんもと》のやつお送《おく》りしてるから！　さっさと本《ほん》編《ぺん》に行《い》って！　本編《ほんぺん》に！」

新八《しんぱち》は叫《さけ》んだ。ほんと、隙《すき》あらば小《こ》ネタを仕込《しこ》んでくる連中《れんちゅう》だ。


侍《さむらい》の国《くに》。

僕《ぼく》らの国《くに》がそう呼《よ》ばれたのは、今《いま》は昔《むかし》の話《はなし》。二十年前《にじゅうねんまえ》、この平和《へいわ》な江戸《えど》の町《まち》に突如《とつじょ》宇宙《うちゅう》から宇《う》宙人《ちゅうじん》が舞《ま》い降《お》りた。僕《ぼく》らは彼《かれ》らを天人《あまんと》と呼《よ》んだ。

天人《あまんと》は江戸《えど》の街《まち》を次々《つぎつぎ》と開発《かいはつ》……幕府《ばくふ》も彼《かれ》らに屈《くっ》し、傀儡《かいらい》となる中《なか》、かつて天人《あまんと》を排除《はいじょ》しようと攘夷戦争《じょういせんそう》が勃発《ぼっぱつ》。そこには勇猛《ゆうもう》な攘夷志士《じょういしし》たちが登場《とうじょう》したが、多《おお》くの犠牲者《ぎせいしゃ》を出《だ》した後《あと》に敗《やぶ》れた。

そして天人《あまんと》たちはさらなる蜂起《ほうき》を恐《おそ》れ、廃刀令《はいとうれい》を発《はっ》し、侍《さむらい》は衰退《すいたい》の一途《いっと》をたどった――。

第《だい》一章《しょう》

「――んなこた、知《し》ったこっちゃねェェェんだよ！」

江戸《えど》・かぶき町《ちょう》の大通《おおどお》りに、大気《たいき》をふるわす怒声《どせい》が響《ひび》きわたっていた。

怒鳴《どな》り声《ごえ》の主《ぬし》は、とあるスナックのママ、お登勢《とせ》である。彼女《かのじょ》は般若《はんにゃ》のごとき形相《ぎょうそう》で、目《め》の前《まえ》の銀髪天然《ぎんぱつてんねん》パーマをにらみつけていた。

「金《かね》がねえなら腎臓《じんぞう》でも夕マキンでも売《う》って金作《かねつく》らんかいっ！　おんどりゃあああっ！」

「家賃《やちん》ごときでやかましいんだよ！　うんこババア！」

銀髪天然《ぎんぱつてんねん》パーマの男《おとこ》が怒鳴《どな》り返《かえ》した。着流《きなが》しの腰《こし》に木刀《ぼくとう》をさした、ぱっとしない体《てい》の男《おとこ》である。

名《な》を坂田銀時《さかたぎんとき》。お登勢《とせ》のスナックの二階《かい》を間借《まが》りし、『万事屋銀《よろずやぎん》ちゃん』なる何《なん》でも屋《や》を経営《けいえい》している。基本的《きほんてき》に金《かね》なし仕事《しごと》なし、顔《かお》に生気《せいき》なしの、ないない尽《づ》くしの男《おとこ》だ。

銀時《ぎんとき》がお登勢《とせ》の家賃請求《やちんせいきゅう》をゴネてごまかそうとするのは、かぶき町界隈《ちょうかいわい》ではもはやある種《しゅ》の風《ふう》物詩《ぶつし》となっていたのである。

銀時《ぎんとき》は内心《ないしん》「面倒《めんどう》くせェ」と思《おも》いつつ、説得《せっとく》を開始《かいし》することにした。

「この前《まえ》、スマホでやりてェやりてェ言《い》ってたゲーム、インストールしてやったじゃねェか！　あれでチャラだろ！」

「チャラなわけねェだろ！　そもそもあのゲームやってるおかげで課金《かきん》しまくって、どんどん金《かね》がなくなってんだっ！」

「知《し》ったことかよォォ！　いい年《とし》こいたババアが課金《かきん》とかしてんじゃねェ！」

銀時《ぎんとき》が舌打《したう》ちする。こちとら、今日《きょう》の晩飯《ばんめし》にありつけるかどうかもわからないのだ。貴重《きちょう》な有《あ》り金《がね》を、ババアのガチャ資金《しきん》になどされてはたまらない。

つめ寄《よ》るお登勢《とせ》をなんとか引《ひ》き離《はな》そうと、銀時《ぎんとき》は彼女《かのじょ》の胸《むな》ぐらに手《て》をかけたのだが、

「いやァァァァアッ！　皆《みな》さん！　見《み》てください！　老人虐待《ろうじんぎゃくたい》ですよ！」

突然《とつぜん》、お登勢《とせ》が金切《かなき》り声《ごえ》をはり上《あ》げた。かぶき町《ちょう》を歩《ある》く通行人《つうこうにん》たちが、「さすがに虐待《ぎゃくたい》はマズイだろ」と銀時《ぎんとき》の方《ほう》をにらみつけた。

そこで一瞬《いっしゅん》、銀時《ぎんとき》が「え？」とためらってしまったのが運《うん》の尽《つ》きだったのかもしれない。お登《と》勢《せ》は、そんな銀時《ぎんとき》のすきを見逃《みのが》さなかった。熟年女性《じゅくねんじょせい》とは思《おも》えないほどの軽《かろ》やかなフットワークで、ボディに二発《はつ》、顔面《がんめん》に一発《いっぱつ》ジャブを入《い》れてくる。

「ちょ――」

「オラアッ！」

お登勢《とせ》の放《はな》つ大振《おおぶ》りのアッパーカットが、もろに銀時《ぎんとき》のアゴをとらえた。手加減《てかげん》なしの超《ちょう》するどい一撃《いちげき》。脳味噌《のうみそ》がぐわんぐわんとゆれるような強烈《きょうれつ》な衝撃《しょうげき》に、もはやKO《ケイオー》待《ま》ったなしである。

真《ま》っ白《しろ》に燃《も》え尽《つ》きた銀時《ぎんとき》は、背後《はいご》にたおれるしかなかったのだった。

「終《お》わった……なにもかも……」

しかし、お登勢《とせ》の攻勢《こうせい》はそれでも止《と》まらない。彼女《かのじょ》はたおれた銀時《ぎんとき》の両足《りょうあし》を抱《かか》えあげ、思《おも》いっきり水平方向《すいへいほうこう》にブン回《まわ》し始《はじ》めた。

「――って、終《お》わってねェぞこら！　家賃払《やちんはら》えェエエエ！」

ババアにジャイアントスイングを決《き》められながら、銀時《ぎんとき》は思《おも》った。これじゃあ金払《かねはら》う前《まえ》に殺《ころ》されちまうんじゃね？　と。

お登勢《とせ》のところからもどった銀時《ぎんとき》の姿《すがた》を見《み》て、新八《しんぱち》は「うわっ」と息《いき》をのむ。
顔《かお》は腫《は》れあがり着物《きもの》もボロボロ、化《ば》け物《もの》にでもおそわれたのかというような有《あ》り様《さま》である。応《おう》接間《せつま》のソファーにぐったりと身体《からだ》を沈《しず》め、なにやらブツブツと不平不満《ふへいふまん》を口《くち》にしていた。
「ったく、あの暴力《ぼうりょく》ババア、たかが家賃《やちん》三か月《げつ》ぶんくらいの滞納《たいのう》で文句言《もんくい》いやがって」
どうやら、家賃支払《やちんしはら》いの延期交渉《えんきこうしょう》は失敗《しっぱい》に終《お》わったのだろう。銀時《ぎんとき》の惨状《さんじょう》をひと目見《めみ》て、新八《しんぱち》はすぐに悟《さと》った。

「バイトしましょ」

「何度《なんど》言《い》ったらわかんだよ」銀時《ぎんとき》はソファーに横《よこ》たわったまま、不機嫌《ふきげん》そうに答《こた》えた。「この万事屋《よろずや》がバイトみてえなもんだろ。毎度毎度《まいどまいど》、やる仕事《しごと》がちがうんだからよ」

「依頼《いらい》を待《ま》つのと、こっちから出向《でむ》くのとは大《おお》ちがいですよ。事実《じじつ》、ここ一《いっ》か月《げつ》、なにひとつ仕《し》事《ごと》の依頼《いらい》がないわけですから」

「おい新八《しんぱち》！」銀時《ぎんとき》が急《きゅう》に上体《じょうたい》を起《お》こした。「お前《まえ》には男《おとこ》のプライドってものがねえのか!? 俺《おれ》たちゃ、あくまで人《ひと》に頼《たの》まれて仕事《しごと》する！　それが万事屋《よろずや》の魂《たましい》じゃねえのか」

「それはそうですけど……」

首《くび》をかしげつつも、銀時《ぎんとき》の言《い》うことにも一理《いちり》あるかもしれない、と新八《しんぱち》は思《おも》う。

万事屋《よろずや》の仕事《しごと》はなにも、お金《かね》のためにやっているわけではない（というか、お給金《きゅうきん》なんてほとんどもらえないし）。新八《しんぱち》がこの万事屋《よろずや》で働《はたら》いているのは、困《こま》っている人《ひと》たちの力《ちから》になるためなのだ。

志村新八十六歳《しむらしんぱちじゅうろくさい》。周囲《しゅうい》からは「ダメガネ」「ヘタレ」「ツッコミ以外無能《いがいむのう》」などとバカにされることも多《おお》いが、これでもひとりの侍《さむらい》なのである。

そして侍《さむらい》とは、己《おのれ》のためでなく他人《たにん》のために剣《けん》を振《ふ》るうもの。そうなると、報酬目的《ほうしゅうもくてき》で仕事《しごと》をもらいに行《い》くというのはなんだかちがう気《き》もする。

「とにかく、腹《はら》が減《へ》ってはなんとやらだ。メシ食《く》ってから作戦会議《さくせんかいぎ》だ」

銀《ぎん》さんの言《い》う通《とお》りだ、と新八《しんぱち》は思《おも》う。お腹《なか》が減《へ》っていてはいい金策《きんさく》も浮《う》かばない。

さて、なにか台所《だいどころ》に食《た》べ物《もの》は残《のこ》っていただろうか。白米《はくまい》くらいなら炊《た》いたばかりのがあったような――と、新八《しんぱち》はソファーから腰《こし》を浮《う》かしかけたのだが、

「いやあ、美味《おい》しかった美味《おい》しかった」

炊飯《すいはん》ジャーを小脇《こわき》に抱《かか》えた小娘《こむすめ》が、台所《だいどころ》からやってきた。

万事屋《よろずや》の居候《いそうろう》、神楽《かぐら》である。お団子頭《だんごあたま》にチャイナ服《ふく》、見《み》た目《め》だけならかわいらしい女《おんな》の子《こ》なのだが、神楽《かぐら》はいろいろと凶悪《きょうあく》だった。

特《とく》にその胃袋《いぶくろ》は、もはや江戸最凶《えどさいきょう》といえるレベルである。

「外《そと》からサンマ焼《や》いてる匂《にお》いがしてきて、ついついごはんが進《すす》んでしまったアル」

神楽《かぐら》が満足《まんぞく》げな表情《ひょうじょう》で、炊飯《すいはん》ジャーを差《さ》し出《だ》してみせた。

そのジャーの中身《なかみ》を見《み》て、新八《しんぱち》と銀時《ぎんとき》は絶句《ぜっく》する。今朝《けさ》がた、三人分《にんぶん》しっかり炊《た》いたはずなのに、どういうわけか一粒《ひとつぶ》も残《のこ》っていない。釜《かま》の中《なか》は、すっからかんになってしまっていたのだっ

た。

「全部《ぜんぶ》……食《た》べたの……？」

新八《しんぱち》にたずねられ、神楽《かぐら》が「ん？」と首《くび》をかしげた。そこで初《はじ》めて自《みずか》らが小脇《こわき》に抱《かか》えた釜《かま》の中《なか》をのぞきこみ、「うおおっ!?」と目《め》を丸《まる》くする。

まさかこの子《こ》、自分《じぶん》がどれだけの量《りょう》の白米《はくまい》を平《たい》らげたのか、自分《じぶん》で気《き》がついていなかったのだろうか。

「匂《にお》いだけで五合《ごう》食《た》べます……？」銀時《ぎんとき》もあきれ顔《がお》である。

「炊《た》き直《なお》すアル！　すぐに炊《た》き直《なお》すアル！」

あわてて台所《だいどころ》に向《む》かった神楽《かぐら》だったが、「はっ!?」と悲鳴《ひめい》を上《あ》げてすぐにもどってきた。

彼女《かのじょ》の手《て》には、空《から》になってしまった米袋《こめぶくろ》がにぎられている。ものの見事《みごと》にすっからかん。一粒《ひとつぶ》たりとも残《のこ》っていなかった。

「何者《なにもの》かがすべて食《く》い尽《つ》くしたアル」

「「お前《まえ》だよ！」」銀時《ぎんとき》と新八《しんぱち》が声《こえ》を合《あ》わせツッコむ。

これは大変《たいへん》なことになった——と新八《しんぱち》はふるえた。家賃《やちん》が払《はら》えないどころか、備蓄《びちく》していた米《こめ》すらなくなってしまったのだ。もはや生存《せいぞん》がおびやかされるレベルの恐怖《きょうふ》である。このままでは万事屋一同《よろずやいちどう》、野垂《のた》れ死《じ》ぬしかないではないか！

「……バイト。バイトしかないですよ、銀《ぎん》さん」

しかし銀時《ぎんとき》は、「イヤですぅうっ！」とかたくなに首《くび》を振《ふ》る。この男《おとこ》、こんな状況《じょうきょう》でさえ働《はたら》きたくないというのか。

もはや万事屋《よろずや》の誇《ほこ》りだのなんだの言《い》っている場合《ばあい》ではないというのに。プライドでお腹《なか》はふくれないのだ。今《いま》すぐにお金《かね》を稼《かせ》がねば、命《いのち》にかかわるのである。

「わかった！」何《なに》かを思《おも》いついたのだろうか、神楽《かぐら》が両手《りょうて》をたたいた。「昨日《きのう》から私《わたし》の手下《てした》になったヤツらにバイトさせるアル！」

「手下《てした》？　神楽《かぐら》ちゃんの手下《てした》って？」

神楽《かぐら》はおもむろに、押《お》し入《い》れの前《まえ》へと向《む》かう。

「オイイイイ！　お前《まえ》らァ、働《はたら》けエェ！」

神楽《かぐら》が押《お》し入《い》れのふすまを開《あ》けると、その中《なか》にわさわさと大量《たいりょう》の何《なに》かがうごめいていた。一体《いったい》の大《おお》きさは大人《おとな》のひと抱《かか》えほど。体色《たいしょく》がまっ黄色《きいろ》の不思議生物《ふしぎせいぶつ》である。

「いやぁぁぁぁぁぁぁぁぁぁぁぁ!?」

思《おも》わず新八《しんぱち》は、銀時《ぎんとき》とふたりで絶叫《ぜっきょう》してしまっていた。こんな連中《れんちゅう》を連《つ》れてきたのがバレてしまったら、まちがいなく某映画会社《ぼうえいがかいしゃ》に怒《おこ》られてしまうだろう。

家賃《やちん》や食費《しょくひ》だけで手《て》いっぱいなのに、版権料《はんけんりょう》にまで追《お》われたくはない。新八《しんぱち》は光速《こうそく》で押《お》し入《い》れのふすまを閉《と》じ、あの黄色《きいろ》い連中《れんちゅう》の存在《そんざい》をなかったことにした。

オトナのお店《みせ》『すまいる』は、かぶき町《ちょう》でも人気《にんき》の優良店《ゆうりょうてん》だ。在籍《ざいせき》する店員《てんいん》のレベルの高《たか》さから、幕府《ばくふ》の要人《ようじん》たちもよく出入《でい》りしているという。

しかし、今日《きょう》はフロアにもバックヤードにもスタッフの姿《すがた》はほとんど見《み》られない。そのかわり表《おもて》には『カワイイ子《こ》、急募《きゅうぼ》！』という貼《は》り紙《かみ》が張《は》られていた。

スタッフのお姉《ねえ》さんがいない夜《よる》のお店《みせ》も珍《めずら》しい。銀時《ぎんとき》はガランと寂《さび》しいホールを見《み》わたしつつ、テーブルの上《うえ》のグラスをあおった。

「ごめんなさいね、銀《ぎん》さん。新《しん》ちゃんが何《なに》かいいバイトないかって連絡《れんらく》くれたもんだから」

着物姿《きものすがた》の女性《じょせい》が温和《おんわ》な笑《え》みを浮《う》かべながら、テーブルを整《ととの》えている。彼女《かのじょ》は、新八《しんぱち》の姉《あね》・志村《しむら》妙《たえ》。お妙《たえ》もまた、ここ『すまいる』で働《はたら》くスタッフのひとりなのだ。

銀時《ぎんとき》の脇《わき》で新八《しんぱち》が、ぺこりと頭《あたま》を下《さ》げた。

「すみません、店長《てんちょう》、姉弟《してい》そろってお世話《せわ》になるなんて」

「いやあ、あのねえ、こちらこそだよ。我《わ》が店《みせ》のね、トップスタッフ・お妙《たえ》ちゃんのオススメだから、まちがいなしだよ」

黒《くろ》ひげにロン毛《げ》、ペヤング大盛《おおも》りと同《おな》じくらい顔《かお》のデカい店長《てんちょう》が、恐縮《きょうしゅく》そうに答《こた》えた。いつもは愛嬌《あいきょう》のある店長《てんちょう》なのだが、今日《きょう》はよほど困《こま》っているのだろうか、サングラスの下《した》の眉間《みけん》には深《ふか》いシワが刻《きざ》まれている。

銀時《ぎんとき》がそんな店長《てんちょう》を見《み》やり、やれやれと肩《かた》をすくめる。

「しかし、男《おとこ》を恋《こい》わずらいにするはずのスタッフが、そろいもそろって風邪《かぜ》をわずらうって……プロ意識《いしき》のカケラもねーな、この店《みせ》は」

「うん、あのね。ごめんなさい。本当《ほんとう》にごめんなさい。いやね、スタッフひとりで開店《かいてん》を決行《けっこう》するのはけっこうね、うん、けっこう……けっこうけっこうコケッコー、判断《はんだん》がちょっとできかねたというね」

店長《てんちょう》はよほどあせっているのか、よくわからないダジャレを口走《くちばし》っていた。

ちょっとお店《みせ》が大変《たいへん》なことになっちゃってるから、良《よ》かったら手《て》を貸《か》して欲《ほ》しい——お妙《たえ》からそう頼《たの》まれたのは、今日《きょう》の昼間《ひるま》のことである。絶賛《ぜっさん》バイト探《さが》し中《ちゅう》だった万事屋《よろずや》一行《いっこう》は、わたりに船《ふね》とばかりに、ここ『すまいる』へとやってきたのだった。

それにしても、と銀時《ぎんとき》はお妙《たえ》を見《み》る。他《ほか》のスタッフが全員《ぜんいん》風邪《かぜ》でダウンしている中《なか》、なぜこの女《おんな》だけピンピンしているのだろうか。

「やっぱりお前《まえ》は大《たい》したもんだな。バカは風邪《かぜ》引《ひ》かないって本当《ほんとう》の話《はなし》――」

と銀時《ぎんとき》が言《い》いかけたところで、お妙《たえ》の方《ほう》からするどい鉄拳《てっけん》が飛《と》んできた。銀時《ぎんとき》はそれをもろに顔面《がんめん》に食《く》らい、あえなくテーブルに撃沈《げきちん》。やはりこの女《おんな》、ただ者《もの》じゃない。

「あー、いいのが入《はい》った。いい角度《かくど》で入《はい》った」

鼻血《はなぢ》まみれで起《お》き上《あ》がる銀時《ぎんとき》を見《み》ながら、店長《てんちょう》が苦笑《くしょう》する。

「銀《ぎん》さん、顔《かお》も広《ひろ》いじゃないか。カワイイ娘《こ》のひとりやふたり、あるいは十人《じゅうにん》、あるいは、あるいはあるいは五十人《ごじゅうにん》？　百人《ひゃくにん》？　友達百人《ともだちひゃくにん》できるかな？　まあそのくらい銀《ぎん》さんなら、ちょちょいと声《こえ》かけりゃいいじゃねェかと。スグに呼《よ》んで来《こ》れるでしょ？」

「そんなの、いるなら逆《ぎゃく》に紹介《しょうかい》して欲《ほ》しいよ」

急《きゅう》にそんなことを言《い》われても困《こま》る。そもそも銀時《ぎんとき》の周《まわ》りにいる女《おんな》なんて、ろくでもないのばかりなのだ。

「カワイイ娘《こ》ならここにいるアルヨ」

首《くび》をひねる銀時《ぎんとき》の脇《わき》で神楽《かぐら》がナゾのアピールを始《はじ》めていたが、店長《てんちょう》もひと目《め》で「こりゃねーわ」と思《おも》ったのだろう。すぐに銀時《ぎんとき》の方《ほう》に向《む》き直《なお》り、話《はなし》を変《か》えてしまった。

「今夜《こんや》、ウチによく来《く》る幕府《ばくふ》のお偉《えら》いさんが来《く》ることになってんのよ」

「オイ、無視《むし》してんじゃねーぞ」

神楽《かぐら》の怒《いか》りを無視《むし》し、店長《てんちょう》はなおもそのまま続《つづ》ける。

「こんな上客《じょうきゃく》、めったにいないのよ。ギャラもはずむからさ」

「おい。ペヤングフェイス、コラ」

神楽《かぐら》がなおも毒《どく》づく。この小娘《こむすめ》、自分《じぶん》のかわいさによほど自信《じしん》があったらしい。

銀時《ぎんとき》はさらりとスルーし、店長《てんちょう》に「あと何人《なんにん》必要《ひつよう》だ？」とたずねる。

「最低《さいてい》三人《にん》」

店《みせ》の窓《まど》から外《そと》を見《み》れば、もうそろそろ日《ひ》が落《お》ちる頃合《ころあ》いだった。開店《かいてん》まで時間《じかん》がない。これからあと三人《にん》も集《あつ》められるだろうか。

「ということは、あとふたりアルな」

銀時《ぎんとき》の脇《わき》で、神楽《かぐら》がニッコリと笑《え》みを浮《う》かべていた。顔面《がんめん》に白粉《おしろい》をぬりたくり、ドギツイ口紅《くちべに》と不自然《ふしぜん》なほどのマスカラでキメている。もはや化《ば》け物《もの》にしか見《み》えなかった。

こいつはもう放《ほ》っとこう――と、銀時《ぎんとき》が視線《しせん》を外《はず》したそのときだ。ふと頭上《ずじょう》に、何者《なにもの》かの気配《けはい》を感《かん》じる。

なにかと思《おも》えば、天井《てんじょう》から苦無《くない》が落《お》ちてきたではないか。苦無《くない》と言《い》えば、忍者《にんじゃ》の使《つか》う刃物《はもの》。あ、アイツか……と思《おも》いつつ、銀時《ぎんとき》はそれを容易《ようい》にかわしてみせる。銀時《ぎんとき》にとって、頭上《ずじょう》から苦《く》無《ない》が降《ふ》ってくるのはわりと日常茶飯事《にちじょうさはんじ》なのである。

銀時《ぎんとき》は床《ゆか》につきささった苦無《くない》を引《ひ》き抜《ぬ》き、「せーい！」と、上《うえ》へと投《な》げ返《かえ》した。

どがっ、とにぶい音《おと》が響《ひび》き、天井《てんじょう》の梁《はり》が破壊《はかい》される。すると梁《はり》の材木《ざいもく》と共《とも》に、天井《てんじょう》に潜《ひそ》んでいた何者《なにもの》かが落下《らっか》してきた。

「な、なんなんですか!?　突然《とつぜん》、天井《てんじょう》から！」

落《お》ちてきたのは忍《しの》び装束《しょうぞく》の女《おんな》だ。頭《あたま》に苦無《くない》がささったたまま、「あたたたた……」と、床《ゆか》で苦《くる》しげな声《こえ》を上《あ》げている。

眼鏡《めがね》にロングヘア、ほのかに納豆《なっとう》の香《かお》りをただよわせるこのくのいちは、『始末屋《しまつや》さっちゃん』こと猿飛《さるとび》あやめ。銀時《ぎんとき》のストーカーであった。

銀時《ぎんとき》からすれば毎度《まいど》この上《うえ》なく面倒《めんどう》くさい女《おんな》なのだが、今《いま》この時《とき》ばかりは都合《つごう》がいい。せっかくだから、働《はたら》いてもらうことにしよう。

銀時《ぎんとき》は、床《ゆか》にはいつくばる猿飛《さるとび》あやめ——さっちゃんの頭《あたま》から、苦無《くない》を抜《ぬ》いてやった。

「ちょうどいい。オイ、コラ、立《た》てストーカー。今夜《こんや》からお前《まえ》はこの店《みせ》のスタッフだ」

「やだ！　やだ！　さわらないでよ！」

「さわってねえよ」

眼鏡《めがね》のズレを直《なお》しつつ、さっちゃんが上体《じょうたい》を起《お》こした。

「紅桜篇《べにざくらへん》だかなんだか知《し》らないけど、実写版第一弾《じっしゃばんだいいちだん》にはほんの一瞬《いっしゅん》も出番《でばん》なし……。やっとパート2で出番《でばん》が来《き》たかと思《おも》ったら……オトナのお店《みせ》のスタッフになれ!?　くのいちの私《わたし》にそんなことを頼むの!?

……そんなのって……」

さっちゃんの熱《ねつ》を帯《お》びた目《め》が、きっと銀時《ぎんとき》を見《み》つめる。

「興奮《こうふん》するじゃないのォォォ!!」

うっとりした笑《え》みを浮《う》かべつつ、さっちゃんが叫《さけ》んだ。いつの間《ま》にやら着替《きが》えたのか、彼女《かのじょ》の衣裳《いしょう》はラバー素材《そざい》のタイトな黒《くろ》ワンピース。背景《はいけい》にエロティックなバラまで咲《さ》かせている。

そうなのだ。このくのいち、ドヘンタイなのである。

「どこまで私《わたし》のツボを押《お》さえてるのよ！　銀《ぎん》さん！」

「もはやちがう店《みせ》のスタッフだけれども、これはこれで良《よ》し」

店長《てんちょう》がどこか満足《まんぞく》そうに笑《え》みを浮《う》かべていた。この男《おとこ》、ソッチ系《けい》の趣味《しゅみ》でもあるのかもしれない。

とりあえずこのドヘンタイくのいちも乗《の》り気《き》のようだし、遠慮《えんりょ》なく頭数《あたまかず》に数《かぞ》えることにする。

一歩《いっぽ》ギャラに近《ちか》づいたといえるだろう。

「これであとひとりアルな」

化《ば》け物厚化粧《ものあつげしょう》がなんか言《い》っているが、銀時《ぎんとき》はスルーする。

「あとふたりか……」

「オイ、泣《な》くぞ？　そろそろ泣《な》くぞ？」

事実上《じじつじょう》の戦力外通告《せんりょくがいつうこく》を受《う》けた神楽《かぐら》が、思《おも》い切《き》り口《くち》をとがらせて不満《ふまん》をあらわにしている。こいつ、本気《ほんき》で自分《じぶん》がオトナのお店《みせ》のスタッフになれるとでも思《おも》っているのだろうか。

と、そのとき。再《ふたた》び店《みせ》の戸口《とぐち》の方《ほう》に、来訪者《らいほうしゃ》の気配《けはい》があった。

「ごめん！」

やってきたのは、長髪《ちょうはつ》をなびかせた堅苦《かたくる》しい雰囲気《ふんいき》の男《おとこ》と、真《ま》っ白《しろ》な着《き》ぐるみ状《じょう》の宇宙生物《うちゅうせいぶつ》だ。

攘夷浪士《じょういろうし》・桂小太郎《かつらこたろう》と、その相棒《あいぼう》エリザベスである。

「表《おもて》の貼《は》り紙《がみ》を見《み》て参《まい》ったのだが」

堂々《どうどう》と店《みせ》に入《はい》ってくる桂《かつら》の姿《すがた》に、店長《てんちょう》は「ん？」と首《くび》をかしげる。

「どゆこと？　あれ？　だれか、貼《は》り紙《がみ》を別《べつ》のものと張《は》り替《か》えちゃったんだろうか。そんないたずらをされちゃったんだろうか」

「『カワイイ女《おんな》の子《こ》募集《ぼしゅう》』と書《か》いてあったものでな」

ずうずうしくそう言《い》い切《き》る桂《かつら》に、店長《てんちょう》はさらに混乱《こんらん》してしまったようだ。

「あれ？　合《あ》ってる……。なんで来《き》ちゃったんだろうか」

「どうしたんですか、桂《かつら》さん」

不思議《ふしぎ》そうな表情《ひょうじょう》を浮《う》かべる新八《しんぱち》に向《む》け、桂《かつら》は「ふっ」と不敵《ふてき》な笑《え》みを浮《う》かべた。

「この桂小太郎《かつらこたろう》。こう見《み》えて、化粧《けしょう》をするとカワイイ女子《じょし》に見《み》えないこともないのだ」

そばにいるエリザベスが、『その通《とお》り』と書《か》かれたプラカードを示《しめ》した。

「……だから？」銀時《ぎんとき》が問《と》う。

「攘夷活動《じょういかつどう》の資金《しきん》が底《そこ》を尽《つ》きつつある、この店《みせ》のスタッフとして荒稼《あらかせ》ぎをさせてもらいたい」

「無茶苦茶《むちゃくちゃ》ですよ、桂《かつら》さん！」新八《しんぱち》が首《くび》を振《ふ》る。「あなたがいくら端整《たんせい》な顔《かお》つきと言《い》っても、所詮《しょせん》は――」

「メイクしてきてください！」とつぜん、店長《てんちょう》が叫《さけ》んだ。

これにはさすがの新八《しんぱち》も「えええええ!?」と驚《おどろ》きをかくせないようだった。まさか本当《ほんとう》に桂《かつら》がスタッフに採用《さいよう》されるとは、思《おも》ってもみなかったのだろう。

「ダメだ。タイムリミットが近《ちか》づいて、店長《てんちょう》も正気《しょうき》じゃなくなってるよ」

銀時《ぎんとき》の脇《わき》では、半笑《はんわら》いを浮《う》かべた店長《てんちょう》が奇妙《きみょう》なダンスを始《はじ》めていた。「もうどうにでもなれ」という精神《せいしん》の表《あらわ》れかもしれない。

店長《てんちょう》はダンスの勢《いきお》いのまま、ひとりソファーに顔《かお》をうずめている神楽《かぐら》を指《ゆび》さした。

「そこの泣《な》いてる子供《こども》！　お前《ユー》も準備《ゲットレディ》しろ！　ゲットレディ、ナーウ！」

「うおおお！　店長《てんちょう》ォォォォ！　一生《いっしょう》ついていきますぅぅぅぅ！」

指名《しめい》されたのがよほどうれしかったのだろうか。神楽《かぐら》はボロボロに泣《な》きくずれた顔《かお》を上《あ》げ、一瞬《いっしゅん》で瞳《ひとみ》を輝《かがや》かせた。涙《なみだ》で厚化粧《あつげしょう》がくずれ、化《ば》け物顔《ものがお》がさらにひどいことになってしまっていたが。

ったく、しょうがねェ——。銀時《ぎんとき》が後《うし》ろ頭《あたま》をかく。まあ店長《てんちょう》の気持《きも》ちもわからないでもない。

開店《かいてん》までもう一時間《じかん》は切《き》った。こうなったらドヘンタイくのいちだろうが女装《じょそう》テロリストだろうが化《ば》け物厚化粧《ものあつげしょう》だろうが、使《つか》えるものはなんでも使《つか》うしかないのだ。

なにせ自分《じぶん》たちには、家賃《やちん》がかかっているのだから。

窓《まど》の外《そと》の日《ひ》は落《お》ち、そして開店時間《かいてんじかん》が近《ちか》づいてくる。オトナのお店《みせ》『すまいる』の本日《ほんじつ》の接客《せっきゃく》スタッフの準備《じゅんび》は、なんとかギリギリで形《かたち》になってきた。

急造《きゅうぞう》スタッフたちがお妙《たえ》にならい、開店《かいてん》あいさつのための整列《せいれつ》をしている。その様子《ようす》を見《み》ながら、銀時《ぎんとき》は満足《まんぞく》げにうなずいた。

「案外《あんがい》イケたね、これ」

元々《もともと》の正規《せいき》スタッフはお妙《たえ》ひとりだけ。黒《くろ》ワンピース姿《すがた》のドヘンタイくのいち、ナゾの生物《せいぶつ》を連《つ》れた女装男《じょそうおとこ》、ついでに厚化粧《あつげしょう》チャイナ娘《むすめ》……という、そうそうたるラインナップである。

特《とく》に長身《ちょうしん》の桂《かつら》と小柄《こがら》な神楽《かぐら》がとなり同士《どうし》に並《なら》んでいる光景《こうけい》は、なかなか異様《いよう》なものがあった。

「まあ、アレだよね。ガリバー旅行記《りょこうき》の様相《ようそう》を呈《てい》しているよね」

店長《てんちょう》が不安《ふあん》げにつぶやいた。

「冷静《れいせい》に見《み》ると、約《やく》ふたり……ともすると三人《にん》、チェンジを言《い》いわたされる可能性《かのうせい》あるよね。となると、あと最低《さいてい》ふたりの補充《ほじゅう》が必要《ひつよう》だよね」

「客《きゃく》が来《く》るまであと三十分《さんじゅっぷん》もねえのに、ふたりも連《つ》れて来《こ》れるわけねえだろ！」

銀時《ぎんとき》がそう言《い》っても、しかし店長《てんちょう》は納得《なっとく》していない様子《ようす》だった。よほどこの顔《かお》ぶれが心配《しんぱい》なのだろう。半分涙目《はんぶんなみだめ》で銀時《ぎんとき》にすがりついてきた。

「お願《ねが》いだァァァ！　かなりの上客《じょうきゃく》なんだァァァァァ！」

「知《し》ったこっちゃねェよォォォォォ！」

大《だい》の男《おとこ》に泣《な》きつかれ、銀時《ぎんとき》はたじろぐ。あとふたりなんて、どこから調達《ちょうたつ》してこいと言《い》うのか——。そこでふと銀時《ぎんとき》は、新八《しんぱち》と目《め》が合《あ》った。

新八《しんぱち》が「？」と首《くび》をかしげる。

もうこうなったら、アレをやるしかない。


新八《しんぱち》の心臓《しんぞう》が、ドキドキと鼓動《こどう》を打《う》っている。開店時間《かいてんじかん》となった『すまいる』に、ついにウワサの〝上客《じょうきゃく》〟がやってきたのである。

「なんだァ？　今日《きょう》は、出迎《でむか》えの女《おんな》も少《すく》ねえじゃねーか」

「大丈夫《だいじょうぶ》ですよ。中《なか》にはたくさんいますから」

お妙《たえ》に連《つ》れられてやってきたのは、オールバックのコワモテのおじさんである。身《み》にまとう黒《くろ》

コートは、徳川幕府重鎮《とくがわばくふじゅうちん》の証《あかし》。警察庁長官《けいさつちょうちょうかん》・松平片栗虎《まつだいらかたくりこ》である。

「おうおう、なにやってんだ。お前《まえ》らも早《はや》く来《こ》いや」

松平《まつだいら》が後《うし》ろに目《め》を向《む》けた。部下《ぶか》を引《ひ》き連《つ》れてきているらしい。今夜《こんや》の上客《じょうきゃく》というのは、警察関係《けいさつかんけい》のお偉方《えらがた》なのか。

大丈夫《だいじょうぶ》かコレ、と新八《しんぱち》は頭《あたま》を抱《かか》えた。法《ほう》を守《まも》る人間《にんげん》の前《まえ》でこんな格好《かっこう》をするのは、かなりリスキーだ。

「ほーら。みんないますよぉ」お妙《たえ》が松平《まつだいら》に、今夜《こんや》のスタッフたちを紹介《しょうかい》する。

さっちゃん、桂《かつら》や神楽《かぐら》がおじぎをした。そんな彼女《かのじょ》たちに合《あ》わせ、銀時《ぎんとき》と新八《しんぱち》も愛想笑《あいそわら》いを浮《う》かべてみせた。

「い……いらっしゃいませぇ」

そう、銀時《ぎんとき》と新八《しんぱち》も、今夜《こんや》のスタッフとしてこの顔《かお》ぶれに組《く》みこまれているのだった。

銀時《ぎんとき》はツインテール、新八《しんぱち》は三《み》つ編《あ》みのカツラをつけただけ。ろくに化粧《けしょう》もしていない突貫女装《とっかんじょそう》である。男《おとこ》だとバレるのも時間《じかん》の問題《もんだい》かもしれない。

出迎《でむか》えに行《い》っていたお妙《たえ》はそこではじめて、銀時《ぎんとき》の無茶苦茶《むちゃくちゃ》な作戦《さくせん》に気《き》づいたらしい。

「な、なぜ、お前《まえ》ら……」

「仕方《しかた》ねェだろ。あとふたり、見《み》つかんなかったんだから」

銀時《ぎんとき》は小声《こごえ》でお妙《たえ》にそう伝《つた》えると、松平《まつだいら》に向《む》けて引《ひ》きつった笑顔《えがお》を見《み》せた。

「銀子《ぎんこ》でーす」

どうやら銀時《ぎんとき》は、このまま作戦《さくせん》を続行《ぞっこう》するつもりらしい。新八《しんぱち》も仕方《しかた》なく「パチ恵《え》でーす」と続《つづ》ける。かなり恥《は》ずかしい。ていうかなんだよ「パチ恵《え》」って。そんなふざけた名前《なまえ》聞《き》いたことねーよ。

松平《まつだいら》に続《つづ》いて入《はい》ってきた体格《たいかく》のいい男《おとこ》が、銀時《ぎんとき》と新八《しんぱち》を見《み》て首《くび》をかしげた。

「あれ。今日《きょう》は初《はじ》めて見《み》る子《こ》が多《おお》いな。新人《しんじん》さん？」

警察制服《けいさつせいふく》を身《み》につけたゴリラのようなその男《おとこ》……店《みせ》に入《はい》ってきた男《おとこ》の顔《かお》を見《み》て、銀時《ぎんとき》と新八《しんぱち》は同時《どうじ》に「げエエエエ!!」と息《いき》をのむ。どこかで見《み》たことがあると思《おも》いきや、このゴリラ似《に》の男《おとこ》、真選組《しんせんぐみ》の局長《きょくちょう》・近藤勲《こんどういさお》ではないか。

いや、彼《かれ》だけではない、副長《ふくちょう》の土方十四郎《ひじかたとうしろう》、一番隊隊長《ばんたいたいちょう》の沖田総悟《おきたそうご》ら、いつものメンバーもいっしょである。こんな一度《いちど》に顔見知《かおみし》りが店《みせ》に来《き》てしまうだなんて、非常《ひじょう》にマズイ状況《じょうきょう》だった。

「よりによって真選組《しんせんぐみ》……!? 幕府《ばくふ》のお偉《えら》いさんって言《い》ってたじゃん!? こんなのバレたらバカにされるどころか、詐欺《さぎ》でつかまる可能性《かのうせい》だってあるぞ!? 銀《ぎん》さん、どうしよう!?」

新八《しんぱち》は内心《ないしん》あせりつつ、となりの銀時《ぎんとき》の顔色《かおいろ》をうかがう。

銀時《ぎんとき》は何《なに》を思《おも》ったのか、アゴをしゃくらせるように前《まえ》につき出《だ》し、「いらっしゃいませー」とつぶやいていた。

——銀《ぎん》さんんんんん!! まさか変装《へんそう》してるつもりなのか!? それでイケるつもりなのか!? おいイイイイ!?

「しゃくれ！ 軽《かる》くしゃくっとけ！ しゃくっとけばまちがいなくバレねー」

「いや、バレるよ！ 神楽《かぐら》ちゃん！ なんとか言《い》ってやってくれよ！」

と、新八《しんぱち》は神楽《かぐら》に助《たす》けを求《もと》めたのだが、

「グラ子《こ》です。よろしくお願《ねが》いしますアル～」

神楽《かぐら》もしゃくっていた。銀時《ぎんとき》同様《どうよう》に思《おも》い切《き》りしゃくっていた。

「もうやってるよ!! しゃくっちゃってるよ!! この娘《こ》ォォ!!」

はたして本職《ほんしょく》の警官《けいかん》を相手《あいて》に、アゴをしゃくらせるだけで変装《へんそう》が通《つう》じるものだろうか。仮《かり》にも真選組《しんせんぐみ》は、江戸《えど》に潜伏《せんぷく》している攘夷浪士《テロリスト》を見《み》つけ出《だ》すプロなのだから。

そこで、新八《しんぱち》ははっと気《き》がついた。その攘夷浪士《テロリスト》が、今《いま》まさにこの場《ば》にいるということに。

「ヤバイでしょ！ 桂《かつら》さん！ 宿敵《しゅくてき》の真選組《しんせんぐみ》ですよ!? あなたが一番《いちばん》ヤバイでしょ！」

新八《しんぱち》に告《つ》げられ、桂《かつら》は一瞬考《いっしゅんかんが》えこむ。思《おも》いをめぐらせた末《すえ》、彼《かれ》がとった行動《こうどう》、それはやはり……。

桂《かつら》が、しゃくれたまま真選組《しんせんぐみ》に自己紹介《じこしょうかい》をした。とくに彼《かれ》らに違和感《いわかん》を持《も》たれてはいないようだ。

「桂子《かつらこ》です。趣味《しゅみ》はラップです」

「しゃくったァァァ!?」

「ふう……。本当《ほんとう》にバレないみたいだ。しゃくれ効果《こうか》、恐《おそ》るべし」

銀時《ぎんとき》のいい加減《かげん》な思《おも》いつきも、たまには役《やく》に立《た》つらしい。

ふと新八《しんぱち》がとなりを見《み》ると、さっちゃんも同様《どうよう》にアゴをしゃくらせていた。ただしゃくるだけでは満足《まんぞく》できないのか、まるでドジョウすくいのように鼻《はな》の穴《あな》にマッチ棒《ぼう》をさしている。

「フガフガフガガ」

もはや変装《へんそう》でもなんでもなかった。ただのドヘンタイである。「アンタ、しゃくれの概念《がいねん》まちがってるよォォォ!」と言《い》ってやりたいくらいだ。

しかしそんなさっちゃんの行動《こうどう》は、真選組《しんせんぐみ》においてもっとも他人《たにん》をいたぶるのが大好《だいす》きな男《おとこ》・沖田総悟《おきたそうご》を満足《まんぞく》させるものだったらしい。

「おい、いいメス豚《ぶた》がいるじゃねーか。ねーちゃん、俺《おれ》がそんな棒《ぼう》よりもっとスゲーもん、鼻《はな》にブチこんでやろーか」

新八《しんぱち》は内心《ないしん》「おいィイイ！」と叫《さけ》ぶ。

――いたぶりマインドに火《ひ》ィつけちまったよ！　お前《まえ》ら、それ以上《いじょう》しゃべるな！　この映画《えいが》、子供《こども》が観《み》に来《こ》られなくなるつーの！

しかし当《とう》のさっちゃんは、

「フガフガフガガ（ナマ言《い》うんじゃないわよ、ケツの青《あお》いクソガキが。下《した》の毛《け》が白髪天《しらがてん》パになってから出直《でなお》して来《き》なさい）」

「言《い》うじゃねーか」なぜか沖田《おきた》は感心《かんしん》していた。

思《おも》わず新八《しんぱち》は「なんで通《つう》じてんの!?」と首《くび》をかしげざるを得《え》なかった。

「おい総悟《そうご》」舌打《したう》ち交《ま》じりに声《こえ》をかけたのは、副長《ふくちょう》・土方《ひじかた》である。「そのへんにしとけ。遊《あそ》びに来《き》たんじゃねーんだぞ」

土方《ひじかた》の言葉《ことば》で、真選組隊士《しんせんぐみたいし》一同《いちどう》がそろって店《みせ》を出《で》ていく。

松平《まつだいら》は「遠慮《えんりょ》するな、オイ。お前《まえ》らも飲《の》んでけや」と彼《かれ》らを引《ひ》き留《と》めようとしたのだが、土方《ひじかた》はぴしゃりとその誘《さそ》いを断《ことわ》った。

「いや。そーはいかねェ」

新八《しんぱち》は安心《あんしん》する。なんだ、飲《の》みにきたんじゃないのか、この人《ひと》たち。助《たす》かった。

え？　でも、じゃあ、何《なに》しにきたんだ、こいつら――。

店《みせ》の入《い》り口《ぐち》で、沖田《おきた》が何者《なにもの》かに頭《あたま》を下《さ》げていた。

「ごゆっくり楽《たの》しんでってくだせェ。俺《おれ》たちゃ、しっかり外《そと》を見張《みは》っときますんで……」

上司《じょうし》に対《たい》してても無礼千万《ぶれいせんばん》な沖田《おきた》にしては、めずらしくていねいな対応《たいおう》である。いったいだれに向《む》かって言《い》っているのだろうか。

「――上様《うえさま》」

店《みせ》の入《い》り口《ぐち》に現《あらわ》れた人物《じんぶつ》を見《み》て、新八《しんぱち》は度肝《どぎも》を抜《ぬ》かれてしまう。

身《み》につけた着物《きもの》は素晴《すば》らしく上等《じょうとう》、あふれるばかりの高貴《こうき》なオーラをまとう青年《せいねん》である。その人物《じんぶつ》の顔《かお》は、江戸《えど》に生《い》きる者《もの》なら知《し》らないはずがない。

現《あらわ》れた人物《じんぶつ》は、江戸幕府《えどばくふ》のトップオブトップ。征夷大将軍《せいいたいしょうぐん》・徳川茂茂《とくがわしげしげ》であった。

新八《しんぱち》は口《くち》をあんぐりと開《ひら》き、銀時《ぎんとき》と顔《かお》を見合《みあ》わせてしまう。

「銀《ぎん》さん、今《いま》、上様《うえさま》って聞《き》こえませんでした？」

「聞《き》こえたたな」

ビビりまくっている新八《しんぱち》とは対照的《たいしょうてき》に、お妙《たえ》はいつも通《どお》りの表情《ひょうじょう》だ。その〝上様《うえさま》〟を案内《あんない》するため、テーブルの準備《じゅんび》を始《はじ》めようとしている。

「ねえ、今《いま》、上様《うえさま》って」銀時《ぎんとき》がお妙《たえ》にたずねる。

「そんなわけないでしょ。天下《てんか》の将軍様《しょうぐんさま》が、こんなお店《みせ》に来《く》るわけないじゃない」

お妙《たえ》は気《き》づいていないのだろうか。いや、そんなまさか。

銀時《ぎんとき》は首《くび》をかしげつつ、神楽《かぐら》の方《ほう》に向《む》き直《なお》った。

「なあ、上様《うえさま》って聞《き》こえたよな」

「上様《うえさま》なんてよくある名前《なまえ》アル。領収書《りょうしゅうしょ》なんてほとんど上様《うえさま》ネ」

桂《かつら》にも「なあ、上様《うえさま》って」とたずねる銀時《ぎんとき》だったが、桂《かつら》から返《かえ》ってきた答《こた》えは、「上杉《うえすぎ》さんと聞《き》こえた」である。そして、さっちゃんに至《いた》っては「フガフガフガガガ」と言《い》っているだけ。

みな緊張感《きんちょうかん》のかけらもないというか、平常運転《へいじょううんてん》だ。もしかして、自分《じぶん》たちが心配《しんぱい》し過《す》ぎているだけなのか？　いま階段《かいだん》を下《お》りている人物《じんぶつ》は将軍様《しょうぐんさま》とはまったく関係《かんけい》なく、他人《たにん》の空似《そらに》なのか
――？

首《くび》をかしげる新八《しんぱち》の脇《わき》で、銀時《ぎんとき》がうなずいていた。

「そうだよ、パチ恵《え》。こんなとこに天下《てんか》の将軍《しょうぐん》が来《く》るわけねー」

お妙《たえ》の向《む》かったボックス席《せき》の方《ほう》では、松平《まつだいら》が「おーい、将《しょう》ちゃん、さっそく飲《の》もうや」と入《い》り口《ぐち》の人物《じんぶつ》に向《む》かって手招《てまね》きしている。

「でも、将《しょう》ちゃんって呼《よ》ばれてますよ？」

新八《しんぱち》がつぶやく。まあ〝将《しょう》ちゃん〟というあだ名《な》だけで将軍《しょうぐん》と判断《はんだん》するのは早《はや》まった考《かんが》えかもしれない。たとえば菅田将暉《すだまさき》だって、将《しょう》ちゃんって呼《よ》ばれてもおかしくないし。

お妙《たえ》が〝将《しょう》ちゃん〟の脇《わき》に座《すわ》り、お酒《さけ》を注《そそ》ぐ。

「かわいいあだ名《な》ですね、将《しょう》ちゃんなんて。でも本名《ほんみょう》も教《おし》えてくださいな」

「征夷大将軍《せいいたいしょうぐん》、徳川茂茂《とくがわしげしげ》だ。将軍《しょうぐん》だから将《しょう》ちゃんでいい」

「ヤダ〜もう。冗談《じょうだん》がお上手《じょうず》なんだから」お妙《たえ》が笑《わら》う。「ご職業《しょくぎょう》はなんなんですか？」

「征夷大将軍《せいいたいしょうぐん》だ」

「聞《き》いたことない仕事《しごと》アルネ」

神楽《かぐら》は首《くび》をかしげていたが、新八《しんぱち》は気《き》が気《き》ではなかった。え、やっぱり征夷大将軍《せいいたいしょうぐん》……？

新八《しんぱち》だけではない。銀時《ぎんとき》や店長《てんちょう》までも、額《ひたい》に脂汗《あぶらあせ》を浮《う》かべてしまっている。

「よほど誠意《せいい》のある将軍様《しょうぐんさま》なのね〜〜」

そんな会話《かいわ》を横《よこ》で聞《き》きながら、店長《てんちょう》は「はははは」とかわいた笑《わら》い声《ごえ》を上《あ》げていた。いったいどうしてしまったというのか。

店長《てんちょう》はゆっくりと立《た》ち上《あ》がり、

「本物《ほんもの》。はははは。本物《ほんもの》だ……マジで」

それだけつぶやき、気絶《きぜつ》してしまった。

「て、店長《てんちょう》ォォォォ!?」銀時《ぎんとき》と新八《しんぱち》がかけ寄《よ》る。

たおれた彼《かれ》の手《て》のひらには、紙幣《しへい》がにぎられていた。どこにでもあるような千円札《せんえんさつ》……。そこに印刷《いんさつ》されているのは、この江戸《えど》の将軍《しょうぐん》、徳川茂茂《とくがわしげしげ》の肖像画《しょうぞうが》である。

銀時《ぎんとき》と新八《しんぱち》は、その紙幣《しへい》の肖像画《しょうぞうが》と、席《せき》に座《すわ》る青年《せいねん》をじっくり見比《みくら》べ、そして叫《さけ》んだ。

「「ほ、本物《ほんもの》だァァァァァァ!」」

『すまいる』で遊《あそ》ぶ将軍《しょうぐん》を護衛《ごえい》すべく、店《みせ》の外《そと》は真選組《しんせんぐみ》による厳重《げんじゅう》な警備体制《けいびたいせい》がしかれていた。
夜《よる》の帳《とばり》が下《お》りた路地《ろじ》には、歩兵《ほへい》と戦車隊《せんしゃたい》による防衛線《ぼうえいせん》が二重《じゅう》三重《じゅう》に張《は》られ、ネズミ一匹《いっぴき》通《とお》れない状態《じょうたい》になっている。

「二番隊《ばんたい》、三番隊《ばんたい》は裏《うら》を固《かた》めろォォ！」

警備下《けいびか》の全域《ぜんいき》に向《む》け、近藤《こんどう》の声《こえ》が響《ひび》きわたった。彼《かれ》は今《いま》、『すまいる』の前《まえ》に設置《せっち》された巨大《きょだい》砲台《ほうだい》の砲身《ほうしん》の上《うえ》から指示《しじ》を出《だ》している。

「お妙《たえ》さぁぁぁん！　この近藤勲《こんどういさお》、命《いのち》を賭《か》けてェェェ！　あ、守《まも》りぬきまぁぁぁぁすっ！」

近藤《こんどう》はまるで大舞台《おおぶたい》に立《た》つ六代目《だいめ》・中村勘九郎《なかむらかんくろう》のごとく、りりしい表情《ひょうじょう》で見得《みえ》を切《き》って見《み》せた。想《おも》い人《びと》の近《ちか》くで仕事《しごと》ができるのがうれしいのか、ムダに張《は》り切《き》りすぎである。

公私混同《こうしこんどう》気味《ぎみ》なリーダーの態度《たいど》に、沖田《おきた》は肩《かた》をすくめた。

「あの人《ひと》、守《まも》る人間《にんげん》まちがってるな」

「将軍守《しょうぐんまも》るって叫《さけ》ぶよりゃマシだろ」タバコをもみ消《け》しつつ、土方《ひじかた》がこたえた。「しかし、とっつぁんも困《こま》ったもんだ。将軍《しょうぐん》に夜遊《よあそ》びのご教授《きょうじゅ》とは」

〝とっつぁん〟とは、彼《かれ》ら真選組《しんせんぐみ》の上役《うわやく》、松平片栗虎《まつだいらかたくりこ》のことだ。

現将軍《げんしょうぐん》、徳川茂茂《とくがわしげしげ》は幼少期《ようしょうき》に父《ちち》を亡《な》くしており、松平《まつだいら》は長年《ながねん》彼《かれ》の父親代《ちちおやが》わりになっていたらしい。将軍《しょうぐん》の方《ほう》でも松平《まつだいら》をたいそう尊敬《そんけい》しているようで、こうした外遊《そとあそ》びめいた社会科見学《しゃかいかけんがく》への付《つ》き合《あ》いを、たびたび頼《たの》んでくるのだという。

「あの将軍《しょうぐん》、江戸《えど》の町民《ちょうみん》の生活《せいかつ》を見《み》てみたいって、聞《き》かねェらしい」と、沖田《おきた》。

将軍《しょうぐん》の為政者《いせいしゃ》らしからぬ浅《あさ》い考《かんが》えに、土方《ひじかた》はついため息《いき》をもらしてしまう。

「それで夜《よる》の店《みせ》っておかしいだろ。他《ほか》にいろいろあっただろ。こんなもん、たびたび繰《く》り返《かえ》して
たらたちまち攘夷浪士《じょういろうし》に狙《ねら》われるぞ」

「ヤツらの狙《ねら》いは天人《あまんと》でしょ」

「天人《あまんと》も幕府《ばくふ》もいっしょだ。傀儡《かいらい》となった幕府《ばくふ》も、ヤツらの標的《ひょうてき》に過《す》ぎねェ」

「なるほどね」沖田《おきた》が眉間《みけん》にしわを寄《よ》せた。「となりゃあ、この警備《けいび》はちと大《おお》げさじゃねえです
かィ？　かえって目立《めだ》つ」

「だから俺《おれ》は反対《はんたい》したんだ」

「そんなに不安《ふあん》なら周《まわ》りを見回《みまわ》ってきてくださいよ。将軍《しょうぐん》の首《くび》を狙《ねら》う輩《やから》がもうすぐそこにいるか
もしれねェ」

仮《かり》にも上司《じょうし》をアゴで使《つか》おうとするとは生意気《なまいき》な部下《ぶか》だ——と土方《ひじかた》は頭《あたま》を抱《かか》える。

だが、どっちが見回《みまわ》りに行《い》くかで口論《こうろん》をするのも時間《じかん》のムダだとも思《おも》う。実際《じっさい》、こうしている
間《あいだ》にも攘夷浪士《テロリスト》が近《ちか》づいているかもしれないのだ。

「……ちっ」

新《あたら》しいタバコに火《ひ》をつけ、土方《ひじかた》は見回《みまわ》りに向《む》かうことにした。まあ、この生意気《なまいき》な部下《ぶか》と顔《かお》を

つき合《あ》わせておしゃべりしているよりは、よほどマシだろう。

土方《ひじかた》が歩《ある》き出《だ》そうとしたところで、近《ちか》くに控《ひか》えていた監察《かんさつ》の山崎《やまざき》が手《て》を挙《あ》げた。

「あ、副長《ふくちょう》、俺《おれ》も――」

「おい山崎《やまざき》」

土方《ひじかた》に同行《どうこう》しようとした山崎《やまざき》を、なぜか沖田《おきた》が横《よこ》から制《せい》した。周辺《しゅうへん》の見回《みまわ》りくらいで安易《あんい》に人員《じんいん》を割《さ》くべきではない、と判断《はんだん》したのだろうか。

その判断《はんだん》はまちがってはいない、と土方《ひじかた》は思《おも》う。たいていの危険《きけん》なら、自分《じぶん》ひとりで切《き》り抜《ぬ》けられるだろう。攘夷浪士《じょういろうし》の十人《じゅうにん》や二十人《にじゅうにん》程度《ていど》、敵《てき》ではない。むしろ山崎《足手まとい》がいない方《ほう》が楽《らく》かもしれない。

だから土方《ひじかた》は、ひとりで見回《みまわ》りに向《む》かうことにした。もしこのとき沖田《おきた》が浮《う》かべていた薄笑《うすわら》いの意味《いみ》に気《き》がついていれば、もう少《すこ》し警戒《けいかい》をしていたのだろうが。

土方《ひじかた》らが攘夷浪士《じょういろうし》たちの動《うご》きを警戒《けいかい》していたのと時《とき》を同《おな》じくして、『すまいる』の店内《てんない》では、

とある攘夷浪士《じょういろうし》が怪《あや》しげな動《うご》きを見《み》せていた。具体的《ぐたいてき》に言《い》えば、ノリノリでラップを刻《きざ》んでいた。ズンチャズンチャと軽快《けいかい》なリズムに合《あ》わせ、桂《かつら》とエリザベスがラッパー気取《きど》りのポーズをキメる。本人《ほんにん》たちは最高《さいこう》にクールなつもりらしいが、客席《きゃくせき》の空気《くうき》は最悪《さいあく》だった。クールどころか、完全《かんぜん》にクールダウンしてしまっているのだ。

微妙《びみょう》な空気《くうき》になってしまった店内《てんない》を見《み》わたし、新八《しんぱち》は表情《ひょうじょう》を引《ひ》きつらせていた。

「銀《ぎん》さんがテンパっている。真選組《しんせんぐみ》はもういないのにずっとしゃくっている……。そして桂《かつら》さん。どうして〝カツラップ〟で勝負《しょうぶ》したんですか……。僕《ぼく》にはわかりません」

新八《しんぱち》は心底気《しんそこき》の毒《どく》になってしまった。なにせ桂《かつら》のラップは、見《み》ているこっちが恥《は》ずかしくなるくらいの素人芸《しろうとげい》なのだ。

曲《きょく》が終《お》わるのも待《ま》たず、松平片栗虎《まつだいらかたくりこ》は嫌悪感全開《けんおかんぜんかい》の舌打《したう》ちを見《み》せていた。

「ハイ、このねーちゃんチェンジ。つまんねえから」

さすがの新八《しんぱち》も、ここまでやらかしてしまった桂《かつら》をフォローすることはできなかった。銀時《ぎんとき》とふたり、桂《かつら》を担《かつ》ぎ上《あ》げ、力《ちから》ずくで退場《たいじょう》させる。

「おい！　なぜだ！　なぜなんだ!?　ラップは面白《おもしろ》いつまらないで判断《はんだん》するものではないぞ!?　メッセージなんだ！　世界《せかい》へのメッセージなんだァァァァ！」

銀時《ぎんとき》に背負《せお》われながら、桂《かつら》が抗議《こうぎ》の声《こえ》を上《あ》げる。自分《じぶん》でダメさに気《き》づいていないあたりが、もう完全《かんぜん》にダメである。

「そもそもこういうお店《みせ》で披露《ひろう》するものじゃないんです」

とりあえず席《せき》にもどられても面倒《めんどう》くさいので、桂《かつら》とエリザベスは、まとめてバックヤードの柱《はしら》のところにしばり付《つ》けておくことにした。桂《かつら》たちにはうらみがましい目《め》でにらまれてしまったが、新八《しんぱち》は心《こころ》を鬼《おに》にして目《め》をそらす。

そもそも、これも彼《かれ》らのためなのである。なにせ、相手《あいて》は将軍《しょうぐん》なのだ。彼《かれ》らがこれ以上《いじょう》の狼藉《ろうぜき》を働《はたら》いてしまったら、退場《たいじょう》どころで済《す》むかどうかわからないのだから。

「落《お》ち着《つ》け、パチ恵《え》……！　今回《こんかい》の仕事《しごと》、うまく行《い》きゃあとんでもねェ大金《たいきん》が手《て》に入《はい》る。家賃《やちん》なんて向《む》こう十年《じゅうねん》は払《はら》えるような大金《たいきん》だ！」

銀子《ぎんこ》……ならぬ銀時《ぎんとき》が口《くち》を開《ひら》いた。心《こころ》なしか目《め》は泳《およ》ぎ呼吸《こきゅう》は荒《あら》く、なにやら挙動不審《きょどうふしん》気味《ぎみ》である。

「し、しかし……リスクもデケェ。粗相《そそう》をしでかせば首《くび》も飛《と》びかねねェ……！　だ、だだ、だから落《お》ち着《つ》け！」

「そう言《い》ってるアンタが一番《いちばん》落《お》ち着《つ》いてねえよ」

「幸《さいわ》い、にぶい女《おんな》たちはこの事実《じじつ》に気《き》づいてない。ヤツらには将軍《しょうぐん》のことはいっさいしゃべるな。動揺《どうよう》を招《まね》いて必《かなら》ず失敗《しっぱい》する」

銀時《ぎんとき》の言《い》う通《とお》りかもしれない、と新八《しんぱち》は思《おも》う。一攫千金《いっかくせんきん》のチャンスとなれば、お妙《たえ》や神楽《かぐら》、さっちゃんがどういう行動《こうどう》に出《で》るかわかったものではない。あの女連中《おんなれんちゅう》が何《なに》をしでかすかわからない以上《いじょう》、今回《こんかい》は銀時《ぎんとき》とのタッグでがんばるしかないだろう。

ふと、フロアの方《ほう》から声《こえ》が響《ひび》いてきた。

「おーい。しゃくれ女《おんな》と、廃校寸前《はいこうすんぜん》の学校《がっこう》に必《かなら》ずいそうなお下《さ》げ髪《がみ》の眼鏡女《めがねおんな》、こっち来《こ》いや〜〜」

松平《まつだいら》の声《こえ》だった。新八《しんぱち》は、銀時《ぎんとき》と顔《かお》を見合《みあ》わせる。

「……僕《ぼく》たちのことでしょうか」

「どう見《み》てもそうだろう」

うなずいたのは、しばられている桂《かつら》だった。そして銀時《ぎんとき》の下半身《かはんしん》をじっと見《み》ながら、こう続《つづ》ける。

「そして銀時《ぎんとき》。チ○コが目立《めだ》ちすぎだ」

薄手《うすで》の衣装《いしょう》では、どうしたって局部《きょくぶ》は目立《めだ》ってしまうものである。新八《しんぱち》と銀時《ぎんとき》は股間《こかん》のふくらみを目立《めだ》たぬように隠《かく》しながら、連《つ》れだって席《せき》にもどることにした。

はたして一攫千金《いっかくせんきん》か、それとも……。そもそもこちらは、女装《じょそう》がバレた時点《じてん》で打《う》ち首《くび》の危険《きけん》にさらされてしまうのだ。新八《しんぱち》の緊張《きんちょう》は、否《いや》が応《おう》でも高《たか》まってしまっていた。

かぶき町《ちょう》の裏路地《うらろじ》を、土方《ひじかた》はひとりで歩《ある》く。将軍《しょうぐん》を狙《ねら》う不届《ふとど》き者《もの》がいるとすれば、必《かなら》ずこのあたりに潜《ひそ》んでいるはずである。

「まったく、面倒《めんどう》な話《はなし》だぜ」

土方《ひじかた》は、ため息《いき》まじりにタバコのけむりを吐《は》いた。

命《いのち》が狙《ねら》われているというのなら、城《しろ》で大人《おとな》しくしていて欲《ほ》しいものだ。とっつぁんだって警察《けいさつ》庁長官《ちょうちょうかん》なのだから、そのことは重々承知《じゅうじゅうしょうち》しているはずだろう。まったく、上《うえ》の考《かんが》えていることはよくわからない。

と、そのとき——。

「痛《いて》っ!?」

不意《ふい》に、首筋《くびすじ》に痛《いた》みが走《はし》った。首《くび》の後《うし》ろをさわってみると、ぬるりとした血《ち》がついている。

「なんだこりゃあ……」

普通《ふつう》の虫《むし》に刺《さ》されたにしては、だいぶ痛《いた》みが強《つよ》かった。まるで、吹《ふ》き矢《や》かなにかを打《う》ちこまれたような、そんなひどい痛《いた》みだった。

土方《ひじかた》が、きょろきょろとあたりを見回《みまわ》す。人《ひと》の気配《けはい》がする。聞《き》こえてくる足音《あしおと》は、複数人《ふくすうにん》のものだ。

「真選組副長《しんせんぐみふくちょう》、土方十四郎殿《ひじかたとうしろうどの》とお見受《みう》けする……」

いつの間《ま》にか土方《ひじかた》は、十数人《じゅうすうにん》の男《おとこ》たちに囲《かこ》まれていた。編《あ》み笠《がさ》で顔《かお》をかくし、刀《かたな》を手《て》にしたゴロツキ風《ふう》の連中《れんちゅう》だ。こちらの素性《すじょう》を把握《はあく》しているあたり、おそらく、真選組《しんせんぐみ》にうらみを持《も》つ攘夷《じょうい》浪士《ろうし》の類《たぐ》いだろう。

土方《ひじかた》は、ちっと舌打《したう》ちする。

「それ見《み》ろ、やっぱり大《おお》げさすぎたんだよ」

「何《なに》を言《い》っている。貴様《きさま》、侍《さむらい》でありながら天人《あまんと》に迎合《げいごう》し、甘《あま》い汁《しる》を吸《す》った売国奴《ばいこくど》が！　我《われ》ら、攘《じょう》夷《い》の尖兵《せんぺい》が天誅《てんちゅう》をくださんっ！」

攘夷浪士《じょういろうし》にお決《き》まりのセリフを吐《は》き、ゴロツキたちは土方《ひじかた》に刀《かたな》を向《む》けた。

素人同然《しろうとどうぜん》の構《かま》えだ。セリフも陳腐《ちんぷ》なら、剣《けん》の腕《うで》も平凡《へいぼん》ということか。一対多数《いったいたすう》とはいえ、こんな雑魚《ざこ》ども、土方《ひじかた》の敵《てき》ではない。

「こっちは将軍守《しょうぐんまも》りに来《き》てんだ。すまんが、今夜《こんや》はひとり残《のこ》らず斬《き》らせてもらう――」

土方《ひじかた》が腰《こし》の刀《かたな》に手《て》をかける。

「行《い》くぜエエエエエエ！」

土方《ひじかた》が一足飛《いっそくと》びに正面《しょうめん》の男《おとこ》の懐《ふところ》に入《はい》る。ここで抜刀《ばっとう》し、すかさず切《き》り伏《ふ》せる……。はずだったのだが、なぜか土方《ひじかた》の身体《からだ》はその意《い》に反《はん》し、信《しん》じられない行動《こうどう》を取《と》っていた。

「――すいまっせエエエエエエん！」

土下座《どげざ》。だれが見《み》ても完璧《かんぺき》な、スライディング土下座《どげざ》である。

土方《ひじかた》はあろうことか、敵《てき》の目前《もくぜん》で両手《りょうて》と頭《あたま》を地面《じめん》にすりつけてしまっていたのだ。

「…………」

攘夷浪士《じょういろうし》たちは絶句《ぜっく》していた。無理《むり》もない。真選組《しんせんぐみ》〝鬼《おに》の副長《ふくちょう》〟が、敵《てき》に向《む》かって気合《きあ》い一発《いっぱつ》、土下座《どげざ》をかましたのだから。

しかし、驚《おどろ》いたのは彼《かれ》らだけではなかった。この事態《じたい》に最《もっと》も驚愕《きょうがく》していたのは、ほかならぬ土《ひじ》方本人《かたほんにん》だったのである。

「……アレ？　なんだコレ……」

どういうわけか、身体《からだ》が動《うご》かない。まるで地面《じめん》にぬいつけられているかのごとく、土下座《どげざ》の姿《し》勢《せい》のまま固《かた》まってしまっているのである。

——な、何《なに》やってんだ、俺《おれ》!? 身体《からだ》が勝手《かって》に……!?

しかし、自由《じゆう》に動《うご》かせないのは身体《からだ》だけではなかった。

「すいまっせェェェェェん！ 命《いのち》だけは！ 命《いのち》だけは助《たす》けてくださいィィィ！ 草履《ぞうり》の裏《うら》でもなんでもなめますんでェェェ！」

——く、口《くち》が勝手《かって》に……!?

いったい何《なに》が起《お》こっているというのか。意図《いと》しないセリフが、勝手《かって》に口《くち》をついて出《で》てしまう。いつもの自分《じぶん》であれば、こんなヘタレなセリフは死《し》んでも口《くち》にしないだろう。

情《なさ》けない土方《ひじかた》の姿《すがた》を目《ま》の当《あ》たりにし、攘夷浪士《じょういろうし》たちは「ぎゃはははは！」と腹《はら》を抱《かか》えて笑《わら》い始《はじ》めた。

「だれだ、このヘタレはァア！」

「あの土方十四郎《ひじかたとうしろう》が!! あの鬼《おに》の副長《ふくちょう》として恐《おそ》れられる男《おとこ》が、なんたる様《ザマ》だァ!! ブワハハハハハハハ!!」

男《おとこ》たちの大笑《おおわら》いは止《と》まらない。これまでの腹《はら》いせとばかりに土方《ひじかた》を取《と》り囲《かこ》み、殴《なぐ》ったり蹴《け》ったりと、好《す》き放題《ほうだい》の暴行《ぼうこう》を始《はじ》めた。

——どういうことだ。意味《いみ》が……意味《いみ》がわからねえ……！

「なんだか知《し》らねえが、絶好《ぜっこう》の機会《きかい》だ！　今《いま》まで散々《さんざん》世話《せわ》になった分《ぶん》、キッチリ返《かえ》させてもらうぜ！」

「オラオラッ！　草履《ぞうり》の裏《うら》をなめやがれェェェ！」

頭《あたま》を踏《ふ》みつけられ、さすがに堪忍袋《かんにんぶくろ》の緒《お》も切《き》れる。

「て、てめェェェェェ！」

土方《ひじかた》の迫力《はくりょく》に気圧《けお》されたのだろう。浪士《ろうし》たちは「ひぃィ」と一歩《いっぽ》後《あと》ずさる。

——なにがなんだかわからねェが、俺《おれ》がこんなところでやられるわけが……！

土方《ひじかた》は意思《いし》の力《ちから》を振《ふ》りしぼり、なんとか上体《じょうたい》を起《お》こす。かろうじて右手《みぎて》を動《うご》かすことくらいはできるようだ。

そう。刀《かたな》さえ抜《ぬ》ければ、こんな雑魚《ざこ》ども物《もの》の数《かず》ではないのだ。

「…………!?」

しかし、土方《ひじかた》が苦心《くしん》して引《ひ》き抜《ぬ》くことができたのは、腰《こし》の刀《かたな》ではなかった。懐《ふところ》に収《おさ》めていたはずの財布《さいふ》である。

またしても土方《ひじかた》の口《くち》は、勝手《かって》に命《いのち》ごいを始《はじ》めていた。

「あの、これくらいでカンベンしてください。三千円《さんぜんえん》ありますんで。あ、TSUTAYA《ツタヤ》のカードはカンベンしてください。DVD《ディーブイディー》借《か》りれなくなっちゃうんで……」

唐突《とうとつ》に財布《さいふ》を差《さ》し出《だ》した土方《ひじかた》に、とまどっていた浪士《ろうし》たちは声《こえ》を張《は》りあげた。

「びっくりさせんじゃねェェェェェェっ！」

「大人《おとな》相手《あいて》に三千円《さんぜんえん》ってどういうことだァァァァ!?」

財布《さいふ》が取《と》り上《あ》げられ、再《ふたた》び暴行《ぼうこう》が始《はじ》まってしまう。

蹴《け》られ殴《なぐ》られ、土《つち》まみれになる中《なか》で、土方《ひじかた》は困惑《こんわく》していた。

――ダメだ……。俺《おれ》は……完全《かんぜん》にイカれちまってる……。

第《だい》二章《しょう》

部下《ぶか》のひとりが絶体絶命《ぜったいぜつめい》の危機《きき》におちいっていることなどまるで気づかず松平片栗虎《まつだいらかたくりこ》は、『すまいる』で陽気《ようき》な声《こえ》を上《あ》げていた。

「将軍様《しょうぐんさま》ゲームぅう、はっじめるよ〜!!」

将軍様《しょうぐんさま》ゲーム……聞《き》きなれない単語《たんご》に、新八《しんぱち》は眉《まゆ》をひそめる。

「ルールは簡単《かんたん》。将《しょう》ちゃんが将軍《しょうぐん》だから、王様《おうさま》を将軍《しょうぐん》って変《か》えただけ〜」

要《よう》するに、王様《おうさま》ゲームのことらしい。数本《すうほん》のくじを用意《ようい》し、その中《なか》から〝将軍《しょうぐん》〟を引《ひ》いた者《もの》が様々《さまざま》ないやらしい命令《めいれい》（拒否不可《きょひふか》）を下《くだ》すことができる大人《おとな》のゲームである。

楽《たの》しげな様子《ようす》の松平《まつだいら》のとなりで、お妙《たえ》は苦笑《にがわら》いを浮《う》かべていた。

「まあ、松平《まつだいら》さんったら。またエッチなこと考《かんが》えて」

「いや、今夜《こんや》は俺《おれ》ァ司会《しかい》だ。将《しょう》ちゃんと若《わか》いもんだけで楽《たの》しんでくれや」

いつの間《ま》に準備《じゅんび》していたのか、松平《まつだいら》が割《わ》りばしの束《たば》を取《と》り出《だ》した。あの一本《いっぽん》ごとに番号《ばんごう》か、〝将軍《しょうぐん》〟の文字《もじ》が書《か》かれているようだ。

「将軍《しょうぐん》、と書《か》いてある割《わ》りばしを引《ひ》いた者《もの》が——」

松平《まつだいら》の説明《せつめい》をさえぎるようにして、新八《しんぱち》が口《くち》をはさんだ。

「松平様《まつだいらさま》、そのお仕事《しごと》、私《わたし》にお任《まか》せください。わざわざお手《て》をわずらわせたくございません」

「ん？　気《き》が利《き》くねェ、お下《さ》げ眼鏡《めがね》ちゃん」

松平《まつだいら》は新八《しんぱち》に、「はい」と割《わ》りばしの束《たば》を手《て》わたした。よし、計画通《けいかくどお》り……。

新八《しんぱち》はただ、好意《こうい》から手伝《てつだ》いを申《もう》し出《で》たわけではない。全《すべ》てはこの将軍様《しょうぐんさま》ゲームをコントロールし、将軍《しょうぐん》を思《おも》う存分楽《ぞんぶんたの》しませるため。ひいては今回《こんかい》の仕事《しごと》を成功《せいこう》させ、一攫千金《いっかくせんきん》を狙《ねら》うためである。

銀時《ぎんとき》も新八《しんぱち》の意図《いと》に気《き》づいたのか、満足《まんぞく》そうにうなずいている。

（いいぞ新八《しんぱち》！　〝将軍《しょうぐん》〟の棒《ぼう》を将軍《しょうぐん》にっ！）

新八《しんぱち》は、手《て》にした束《たば》の中《なか》で〝将軍《しょうぐん》〟の字《じ》が書《か》かれた割《わ》りばしを、一番目立《いちばんめだ》つような形《かたち》に細工《さいく》しておくことにした。その一本《いっぽん》だけ、特《とく》に引《ひ》きやすいよう飛《と》び出《だ》させたのだ。

――よーし、将軍《しょうぐん》！　引《ひ》いてエエエエエ！

将軍《しょうぐん》の眼前《がんぜん》に、細工《さいく》した束《たば》をつきつける。これなら将軍《しょうぐん》は自然《しぜん》に〝将軍《しょうぐん》〟の割《わ》りばしを引《ひ》けるはず。命令《めいれい》ごっこを思《おも》うさま楽《たの》しんでもらえるだろう。

しかし、そんな新八《しんぱち》の目論見《もくろみ》は甘《あま》かった。新八《しんぱち》の持《も》つ割《わ》りばしの束《たば》に、お妙《たえ》、神楽《かぐら》、さっちゃんが、我先《われさき》にと全力《ぜんりょく》で殺到《さっとう》してきてしまったのだ。

「!?」

この女連中《おんなれんちゅう》は、最初《さいしょ》から接待《せったい》をする気《き》などさらさらないのか。

「「うおりゃアァァァァァ!!」」

神楽《かぐら》が新八《しんぱち》の顔面《がんめん》を殴《なぐ》り、そんな神楽《かぐら》にさっちゃんがエルボーを決《き》める。お妙《たえ》など松平《まつだいら》の頭《あたま》を踏《ふ》みつけ、その勢《いきお》いで飛《と》びこんでくる始末《しまつ》だ。哀《あわ》れ警察庁長官《けいさつちょうちょうかん》は、割《わ》りばしの奪《うば》い合《あ》いの中《なか》で気《き》絶《ぜつ》させられてしまったのである。

——なんでエェェ!? なんでそんなマジモードォォォ!?

気《き》づけば、新八《しんぱち》の手《て》の中《なか》には割《わ》りばしが一本《いっぽん》のみ。ハゲタカのような女連中《おんなれんちゅう》に、いつの間《ま》にかうばい取《と》られてしまったらしい。

——は、速《はや》いっ! 将軍《しょうぐん》の棒《ぼう》はどこに!?

周囲《しゅうい》を見回《みまわ》す新八《しんぱち》の耳《みみ》に、「あー、私《わたし》が〝将軍《しょうぐん》〟だわ」という声《こえ》が響《ひび》いた。

声《こえ》の方《ほう》を見《み》れば、銀髪《ぎんぱつ》ツインテールの女装男《じょそうおとこ》が、〝将軍《しょうぐん》〟割《わ》りばしを持《も》ってドヤ顔《がお》を浮《う》かべていた。銀子《ぎんこ》こと、銀時《ぎんとき》だ。

——さすが銀《ぎん》さん! 空気《くうき》を察知《さっち》していち早《はや》く〝将軍《しょうぐん》〟の棒《ぼう》を! でも、銀《ぎん》さんが将軍《しょうぐん》じゃ意《い》味《み》が……。

不審《ふしん》に思《おも》う新八《しんぱち》だったが、銀時《ぎんとき》にはちゃんと考《かんが》えがあったようだ。

「じゃあ、4番《ばん》を引《ひ》いた人《ひと》、下着姿《したぎすがた》になってくださーい」

そうか、と新八《しんぱち》は得心《とくしん》する。この命令《めいれい》であれば、たとえ将軍《しょうぐん》でなくても、この場《ば》にいるだけで視覚的《しかくてき》に美味《おい》しい。

——これで将軍《しょうぐん》に楽《たの》しんでもらうことができるってわけだ！　さすが銀《ぎん》さん！

ではこの場《ば》で下着姿《したぎすがた》になってしまう気《き》の毒《どく》な人《ひと》はだれだろう……と、新八《しんぱち》が周囲《しゅうい》に目《め》を向《む》けると、いそいそと着物《きもの》を脱《ぬ》ぎ捨《す》てている将軍《しょうぐん》・徳川茂茂《とくがわしげしげ》の姿《すがた》が目《め》に入《はい》った。

そう。幕府最大権力者《ばくふさいだいけんりょくしゃ》たる将軍《しょうぐん》・徳川茂茂《とくがわしげしげ》は今《いま》、哀《あわ》れにもブリーフ一枚《まい》の姿《すがた》に成《な》り果《は》てていたのである。

——将軍《しょうぐん》かよォォォォォォォォ！

新八《しんぱち》は銀時《ぎんとき》とふたり、心《こころ》の中《なか》で絶叫《ぜっきょう》してしまう。

「ヤベーよ。なんで4番《ばん》引《ひ》いちゃったんだよ、バカ将軍《しょうぐん》。怒《おこ》ってるよ、絶対怒《ぜったいおこ》ってるよアレ」

半裸《はんら》の将軍《しょうぐん》は、まったく表情《ひょうじょう》を変《か》えない。むっとした表情《ひょうじょう》のまま、散《ち》らかったテーブルの上《うえ》にじっと視線《しせん》を落《お》としている。その精悍《せいかん》な表情《ひょうじょう》と白《しろ》ブリーフが、なんとも奇妙《きみょう》なコントラストを呈《てい》していた。

「しかも、よりによってもっさりブリーフの日《ひ》に当《あ》たっちゃったよ。恥《はじ》の上《うわ》ぬりだよ」

「将軍家《しょうぐんけ》は代々《だいだい》、もっさりブリーフ派《は》だ」

突然口《とつぜんくち》を開《ひら》いた将軍《しょうぐん》に、銀時《ぎんとき》はばつの悪《わる》そうな表情《ひょうじょう》を浮《う》かべる。

「やべえよ。聞《き》こえてたよ。なんで代々《だいだい》ブリーフなんだよ」

新八《しんぱち》が小声《こごえ》で「とにかく」と提案《ていあん》する。

「早《はや》いとこあのパンツ姿《すがた》を元《もと》にもどしてあげないと打《う》ち首獄門《くびごくもん》ですよ」

「俺《おれ》かお前《まえ》が将軍《しょうぐん》の棒《ぼう》を引《ひ》いて――」

銀時《ぎんとき》がそう言《い》いかけたところで、お妙《たえ》が喜《よろこ》びの声《こえ》を上《あ》げた。

「やったァァァ!! 今度《こんど》は私《わたし》が〝将軍《しょうぐん》〟!」

その脇《わき》では神楽《かぐら》が「またハズレアル!」と悔《くや》しがっている。

――えええええ!? なに勝手《かって》に二回戦始《かいせんはじ》めてんの!

こちらの内心《ないしん》のあせりなどまるでお構《かま》いなしであるかのように、お妙《たえ》は〝将軍《しょうぐん》〟の命令内容《めいれいないよう》を考《かんが》えているようだ。

「どうしよっかな……。じゃあ、3番《ばん》の人《ひと》がこの中《なか》で一番寒《いちばんさむ》そうな人《ひと》に着物《きもの》を貸《か》してあげるー!」

お妙《たえ》の告《つ》げた命令《めいれい》に、新八《しんぱち》は「なるほど!」とひざを打《う》った。その命令《めいれい》なら、ブリーフ一枚《まい》の将軍《しょうぐん》に、自然《しぜん》な流《なが》れで服《ふく》を着《き》させてやることができる……!

「姉上《あねうえ》エエエ！　そんな風《ふう》に見《み》せて、わかってたんですね！　事情《じじょう》をすべて把握《はあく》していたんですね！　さすがだっ！」

お妙《たえ》が新八《しんぱち》に、ウインクをして見《み》せる。「大丈夫《だいじょうぶ》」という意味《いみ》だろう。なんだかんだお妙《たえ》もプロだ。お客《きゃく》さんのことを一番《いちばん》に考《かんが》えていたということか。

しかし、運命《うんめい》の神様《かみさま》はイタズラだった。３番《ばん》を引《ひ》き当《あ》てたのはなんと、またしてもあの男《おとこ》だったのである。

——将軍《しょうぐん》かよォォォォォォォォォォ!!

将軍《しょうぐん》は、自《みずか》らの身《み》につけていた唯一《ゆいいつ》の着物《きもの》（＝もっさりブリーフ）を、さっちゃんの頭《あたま》にかぶせた。確《たし》かに、さっちゃんのヘンタイ衣装《いしょう》は少《すこ》し寒《さむ》そうに見《み》えなくもない。

まあ、全裸《ぜんら》の将軍《しょうぐん》の方《ほう》がよっぽど寒《さむ》いのはまちがいないだろう。いまや将軍《しょうぐん》の身体《からだ》を守《まも》るのは、股間部《こかんぶ》のモザイクのみであった。

「やべえよ。この映画《えいが》、頭《あたま》からモザイク映像《えいぞう》、目白押《めじろお》しだよ。また中国《ちゅうごく》で公開《こうかい》される時《とき》にカットされるよ」

銀時《ぎんとき》が将軍《しょうぐん》の股間《こかん》に目《め》を落《お》とし、眉《まゆ》をひそめた。

「しかも将軍《しょうぐん》、あっちの方《ほう》は将軍《しょうぐん》じゃねーよ。足軽《あしがる》だよ」

「将軍家《しょうぐんけ》は代々《だいだい》、あっちの方《ほう》は足軽《あしがる》だ」将軍《しょうぐん》が顔色《かおいろ》を変《か》えず、答《こた》える。

「ヤベーよ、聞《き》こえてたよ。もう百《ひゃく》パー打《う》ち首獄門《くびごくもん》だよ」

銀時《ぎんとき》の失礼《しつれい》さもたいがいだったが、さらに将軍《しょうぐん》に追《お》い打《う》ちをかける者《もの》がいた。先《さき》ほど頭《あたま》にブリーフをかぶせられた、さっちゃんである。

「ちょっとこれ、くさいから脱《ぬ》いでいいですか？」

気持《きも》ちはわからないでもないが、将軍《しょうぐん》がせっかく脱《ぬ》いだブリーフに対《たい》してその言《い》い草《ぐさ》はひどい。言《い》われた当人《とうにん》など、目尻《めじり》にしずくをためてしまっているではないか。

新八《しんぱち》は「ちょっとォォォ!!」と悲鳴《ひめい》を上《あ》げた。

「将軍《しょうぐん》、涙目《なみだめ》になってる！　泣《な》いてるよね！　絶対泣《ぜったいな》いてるよね、アレ!?」

「オイオイ、もうこうなったら逃《に》げるしか――」

銀時《ぎんとき》が席《せき》を立《た》ち上《あ》がろうとしたそのとき、神楽《かぐら》が叫《さけ》んだ。

「来《き》たアァァ！　私《わたし》、将軍《しょうぐん》アルーーっ！」

「また勝手《かって》に!?」新八《しんぱち》は耳《みみ》を疑《うたが》った。もうこの連中《れんちゅう》、やりたい放題《ほうだい》である。

どうせ神楽《かぐら》のことだから、とんでもない無茶《むちゃ》ぶりをしてくるにちがいない――一瞬《いっしゅん》、新八《しんぱち》は身《み》構《がま》えたのだが、

「5番《ばん》の人《ひと》！　コンビニでブリーフ買《か》ってくるアルーーっ！」

なんと、その命令《めいれい》はとても慈悲深《じひぶか》いものだった。全裸《ぜんら》になってしまった将軍《しょうぐん》のための、ナイスアシストだ。

新八《しんぱち》は思《おも》わず、銀時《ぎんとき》と共《とも》に「神楽《かぐら》アァァァ！」と歓喜《かんき》の声《こえ》を上《あ》げる。

「さすが万事屋《よろずや》の一員《いちいん》だ！　空気《くうき》を察知《さっち》してたんだね！　ありがとう！」

しかし、二度《ど》あることは三度《ど》あるというべきなのか……5番《ばん》を引《ひ》き当《あ》てたのは、またしても彼《かれ》であった。股間《こかん》にモザイクを当《あ》てられたまま、「買《か》ってくる」と席《せき》を立《た》ちあがった男《おとこ》の背中《せなか》には、もはや哀愁《あいしゅう》しか感《かん》じない。

「やっぱり将軍《しょうぐん》かよォォォォォォォ!!」

銀時《ぎんとき》と新八《しんぱち》は、声《こえ》を合《あ》わせて悲嘆《ひたん》にくれた。

店《みせ》から離《はな》れた路地裏《ろじうら》では、土方《ひじかた》が苦悶《くもん》の声《こえ》をもらしていた。
「どうした、オラオラッ！」

どういうわけか身体《からだ》を思《おも》い通《どお》りに動《うご》かすことができず、攘夷浪士《じょういろうし》に袋叩《ふくろだた》きにされてしまっていたのである。いつもならこんな雑魚《ざこ》ども、物《もの》の数《かず》ではないはずなのに。

浪士《ろうし》のひとりが、腰《こし》の刀《かたな》を抜《ぬ》き放《はな》った。ついに土方《ひじかた》にとどめをさすつもりなのだろう。

――ダメだ。このままじゃ、殺《や》られる……！

土方《ひじかた》の首《くび》をめがけ、白刃《はくじん》が振《ふ》り下《お》ろされようとするその瞬間《しゅんかん》だった。

「おい」

背後《はいご》から、何者《なにもの》かの声《こえ》が聞《き》こえた。

身《み》につけているのは、真選組《しんせんぐみ》の黒制服《くろせいふく》。男《おとこ》はおもむろに刀《かたな》を抜《ぬ》き放《はな》ち、浪士《ろうし》たちに斬《き》りかかった。

とてつもない手練《てだ》れだった。まさに電光石火《でんこうせっか》の剣《けん》さばきである。その男《おとこ》はまるで赤子《あかご》の手《て》をひねるように、浪士《ろうし》たちを次々《つぎつぎ》と斬《き》り捨《す》てていく。

十数人《じゅうすうにん》いたはずの浪士《ろうし》たちは、だれひとり太刀《たち》打《う》ちできずにたおれてしまった。

見慣《みな》れた後《うし》ろ姿《すがた》に、見慣《みな》れた太刀筋《たちすじ》……。そう、土方《ひじかた》はこの男《おとこ》の顔《かお》をよく知《し》っていた。

「お、お前《まえ》は……」

眼鏡《めがね》をかけた端整《たんせい》な顔《かお》が、浪士《ろうし》たちの返《かえ》り血《ち》に染《そ》まっている。スマートな体格《たいかく》に細面《ほそおもて》、真選組《しんせんぐみ》らしからぬインテリ風《ふう》な容貌《ようぼう》は、最後《さいご》に会《あ》ったときからさほど変《か》わってはいない。

男《おとこ》は首《くび》に巻《ま》いた白《しろ》タイをほどき、それで刀《かたな》についた血《ち》をぬぐう。相変《あいか》わらず、反吐《へど》が出《で》そうなほどにキザな仕草《しぐさ》である。

地面《じめん》にはいつくばる土方《ひじかた》に向《む》け、冷《つめ》たい視線《しせん》を向《む》けた。

「真選組隊士《しんせんぐみたいし》が浪人《ろうにん》ごときにおそわれていると思《おも》い、かけつけてみれば……こんなところで何《なに》をやっている。土方君《ひじかたくん》」

伊東鴨太郎《いとうかもたろう》。

それは土方《ひじかた》にとって、こんなところで絶対《ぜったい》に見《み》たくもない男《おとこ》の顔《かお》だった。

真選組屯所《しんせんぐみとんしょ》の道場広間《どうじょうひろま》に、近藤《こんどう》の声《こえ》が響《ひび》いた。
「伊東鴨太郎君《いとうかもたろうくん》の帰陣《きじん》を祝《しゅく》して、かんぱーい!!」
長《なが》らく幕府方《ばくふがた》へと出向《しゅっこう》していた隊員《たいいん》、伊東鴨太郎《いとうかもたろう》が、本隊《ほんたい》にもどってきた。それを祝《いわ》うため、真選組屯所《しんせんぐみとんしょ》では急《きゅう》きょ、宴会《えんかい》が催《もよお》されることになったのだった。

急《きゅう》な宴会《えんかい》とはいえ、盃《さかずき》をかかげる隊士《たいし》たちはみな楽《たの》しそうな様子《ようす》だ。ストレスから解放《かいほう》され、酒《さけ》や料理《りょうり》に舌《した》つづみを打《う》っている。

なにしろ、今夜《こんや》の真選組《しんせんぐみ》は大忙《おおいそが》しだったのだ。上様《うえさま》のオトナのお店見学《みせけんがく》の護衛《ごえい》をさせられることになったかと思《おも》いきや、全裸《ぜんら》の上様《うえさま》を追《お》いかけたあげく、なぜか例《れい》の万事屋《よろずや》連中《れんちゅう》とやり合《あ》うことになってしまったり。

隊員《たいいん》たちの慰労《いろう》がてら、こんな宴会《えんかい》を開《ひら》いてもバチは当《あ》たらないだろう――と近藤《こんどう》は思《おも》う。市《し》民《みん》を守《まも》る警察業務《けいさつぎょうむ》は常《つね》に命《いのち》がけ。たまには息抜《いきぬ》きも必要《ひつよう》なのだ。

近藤《こんどう》はとなりに座《すわ》る伊東《いとう》に、徳利《とっくり》を向《む》けた。

「いや〜、伊東先生《いとうせんせい》。せっかくの帰陣《きじん》の日《ひ》にバタバタとしてしまい、申《もう》し訳《わけ》ない」

「少《すこ》し聞《き》きましたが、上様《うえさま》になにか……？」盃《さかずき》を片手《かたて》に、伊東《いとう》がたずねる。

「いやいや。松平《まつだいら》のとっつぁんの遊《あそ》びに、ちぃと付《つ》き合《あ》わされただけです」

近藤《こんどう》がさきほどの一件《いっけん》を伝《つた》えると、伊東《いとう》は「まったく……」と眉間《みけん》にしわを寄《よ》せた。

「地上《ちじょう》ではいつくばって生《い》きる我々《われわれ》の苦《くる》しみなど、意《い》にも介《かい》さぬ連中《れんちゅう》だ。日々《ひび》、強大化《きょうだいか》する攘夷《じょうい》志士《しし》たちの脅威《きょうい》も忘《わす》れて、なにをお気楽《きらく》なことを」

「まあ、善意《ぜんい》でやったことでしょうから。ははは」

「近藤《こんどう》さん。あのような者達《ものたち》が幕府《うえ》にあっては、いずれこの国《くに》は滅《ほろ》びるだろう。我々《われわれ》はいつまでもこんなところでくすぶっていてはいけない」

伊東《いとう》が、真剣《しんけん》な面持《おもも》ちで席《せき》を立《た》ち上《あ》がった。そのまま周囲《しゅうい》の隊士《たいし》たちをにらみ、演説《えんぜつ》するかのような強《つよ》い口調《くちょう》で語《かた》り出《だ》す。

「進《すす》まなければならない！　僕《ぼく》らはもっと、上《うえ》を目指《めざ》して邁進《まいしん》しなければならない！　そしていずれは国《くに》の中枢《ちゅうすう》を担《にな》う剣《けん》となり、この混迷《こんめい》する国《くに》を救《すく》うことこそが、この時代《じだい》の武士《ぶし》として生《う》まれた者《もの》の使命《しめい》だと僕《ぼく》は考《かんが》える！」

そこで言葉《ことば》を切《き》り、伊東《いとう》は近藤《こんどう》の肩《かた》に手《て》を置《お》いた。

「そのためならば、僕《ぼく》は君《きみ》にこの命《いのち》をささげても構《かま》わないと思《おも》っている！　近藤《こんどう》さん、いっしょにがんばりましょう！」

素晴《すば》らしい意見《いけん》だ、と近藤《こんどう》は思《おも》う。ここまで世《よ》の中《なか》の事情《じじょう》に精通《せいつう》し、真選組《しんせんぐみ》の行《ゆ》く末《すえ》を案《あん》じることのできる仲間《なかま》はいない。近藤《こんどう》にとってやはり伊東《いとう》は、仲間《なかま》である以上《いじょう》に、尊敬《そんけい》すべき対象《たいしょう》であった。近藤《こんどう》は、「うん。がんばろう」とこたえる。

もっとも、ここにいる隊士《たいし》の全《すべ》てが近藤《こんどう》と同《おな》じ考《かんが》えというわけではない。近藤《こんどう》が伊東《いとう》を重用《ちょうよう》することに、とまどいを覚《おぼ》えている者《もの》も少《すく》なくはないようだ。

「……しかし、なんで〝先生《せんせい》〟なんて呼《よ》ぶのかなァ？　ウチに入《はい》って一年《ねん》ちょいの新参者《しんざんもの》だよ」

そう言《い》ったのは山崎《やまざき》だった。そのとなりに座《すわ》る十番隊隊長《じゅうばんたいたいちょう》、原田《はらだ》も、伊東《いとう》のあつかいについて納得《なっとく》がいかないような表情《ひょうじょう》をしている。

「参謀《さんぼう》なんて新《あたら》しいポストまでもらいやがってよ」

「ま、無理《むり》もないか。頭《あたま》はキレるわ、仕事《しごと》はできるわ、おまけに北斗一刀流免許皆伝《ほくといっとうりゅうめんきょかいでん》だからな」

「同《おな》じ頭《あたま》がキレるのでも、副長《ふくちょう》はあくまで戦術家《せんじゅつか》としてだ。政治方面《せいじほうめん》がやれるのは、あの人《ひと》しかいねェよ」

批判《ひはん》の声《こえ》もあるようだが、要《よう》は慣《な》れの問題《もんだい》だろう、と近藤《こんどう》は思《おも》う。

まだ仲間《なかま》になって日《ひ》が浅《あさ》いとはいえ、伊東《いとう》の能力《のうりょく》と情熱《じょうねつ》は本物《ほんもの》である。このまま時間《じかん》がたてば、きっとみんなも受《う》け入《い》れるようになるにちがいない。ならばまずは局長《きょくちょう》たる自分《じぶん》が率先《そっせん》して、伊《い》東《とう》が打《う》ち解《と》けられるよう努力《どりょく》すべきだろう。

「いやあ先生《せんせい》、酒《さけ》の方《ほう》も強《つよ》くなられましたなァ」

近藤《こんどう》は徳利《とっくり》を手《て》に、伊東《いとう》の盃《さかずき》に酒《さけ》を注《そそ》ごうとしたのだが、

「近藤《こんどう》さん……そいつを先生《せんせい》と呼《よ》ぶのは、やめてくれねェか」

呼《よ》び止《と》める声《こえ》があった。副長《ふくちょう》、土方十四郎《ひじかたとうしろう》だ。

まっすぐに近藤《こんどう》を見《み》つめる土方《ひじかた》の目《め》は、心《こころ》なしか怒気《どき》を帯《お》びているように思《おも》えた。まるで伊東《いとう》を敵視《てきし》するかのようなその言《い》い方《かた》に、道場内《どうじょうない》の隊士《たいし》たちはすっかり静《しず》まり返《かえ》ってしまっている。

副長《ふくちょう》がそんなことを言《い》っては、伊東《いとう》が隊《たい》になじむどころではないだろう。近藤《こんどう》は言《い》い聞《き》かせるような口調《くちょう》で、土方《ひじかた》にこたえた。

「教《おし》えを乞《こ》うた者《もの》を先生《せんせい》と呼《よ》んで、何《なに》が悪《わる》い」

土方《ひじかた》の眉《まゆ》がぴくりと動《うご》いた。近藤《こんどう》の言葉《ことば》に納得《なっとく》したのかしていないのか、そのまま土方《ひじかた》は無言《むごん》で立《た》ち上《あ》がり、宴会《えんかい》の席《せき》から立《た》ち去《さ》ってしまった。

「…………」

歩《ある》き去《さ》る土方《ひじかた》の背中《せなか》に、伊東《いとう》がじっと視線《しせん》を投《な》げかけていた。その視線《しせん》にはいったいどんな意《い》味《み》があるのか――このときの近藤《こんどう》には、推《お》し量《はか》ることができなかったのである。

――どうして近藤《こんどう》さんはわからねェんだ。
月明《つきあ》かりに照《て》らされた廊下《ろうか》を歩《ある》きながら、土方《ひじかた》はひとりごとを言《い》う。近藤《こんどう》が必要以上《ひつよういじょう》に伊東《いとう》を

立《た》てようとしていることが、どうにも腹立《はらだ》たしいのだった。

本来《ほんらい》、真選組《しんせんぐみ》の舵取《かじと》りは局長《きょくちょう》である近藤《こんどう》が行《おこな》うべきものだ。なのに、その近藤《こんどう》は新参者《しんざんもの》である伊東《いとう》に心《こころ》をうばわれてしまっている。伊東《いとう》の意見《いけん》を疑《うたが》おうともせず、全《すべ》て採用《さいよう》してしまっているのだ。

真選組《しんせんぐみ》は今《いま》、伊東《いとう》に流《なが》されている。そう言《い》っても過言《かごん》ではないだろう。

伊東鴨太郎《いとうかもたろう》という男《おとこ》からは、危険《きけん》な匂《にお》いがする。あの男《おとこ》はなにかよからぬ目的《もくてき》のもと、最初《さいしょ》から真選組《しんせんぐみ》を乗《の》っとろうとしているのではないだろうか。となると、近藤《こんどう》をまるめこんだ今《いま》、次《つぎ》に無力化《むりょくか》を狙《ねら》うのはおそらく――。

そこでふと、当《とう》の伊東《いとう》の姿《すがた》が視界《しかい》に入《はい》った。廊下《ろうか》の向《む》こうから、土方《ひじかた》の方《ほう》へと歩《ある》いてくるのが見《み》える。切《き》れ長《なが》の目《め》が、まっすぐに土方《ひじかた》をとらえていた。

「土方君《ひじかたくん》。君《きみ》に聞《き》きたいことがあった」

「奇遇《きぐう》だな。俺《おれ》もだ」

土方《ひじかた》と伊東《いとう》は、すれちがいざま同時《どうじ》に口《くち》を開《ひら》いた。

「君《きみ》は僕《ぼく》のこと嫌《きら》いだろう」「お前《まえ》、俺《おれ》のこと嫌《きら》いだろう」

おたがい考《かんが》えていることは一致《いっち》していたらしい。

背《せ》を向《む》けたまま、伊東《いとう》が続《つづ》ける。

「近藤《こんどう》さんに気《き》に入《い》られ、新参者《しんざんもの》でありながら君《きみ》の地位《ちい》をおびやかすまでにスピード出世《しゅっせ》する僕《ぼく》が、目《め》ざわりで仕方《しかた》ないんだろ」

「そりゃアンタだろ。さっさと出世《しゅっせ》したいのに、上《うえ》にいつまでもどっかり座《すわ》ってる俺《おれ》が、目《め》ざわりで仕方《しかた》あるめーよ」

両者《りょうしゃ》、もはや敵意《てきい》をかくそうともしない。当然《とうぜん》だ。この男《おとこ》とは、最初《さいしょ》から馬《うま》が合《あ》わなかったのだから。

伊東《いとう》が「ふふっ」と鼻《はな》を鳴《な》らした。

「邪推《じゃすい》だよ、土方君《ひじかたくん》。僕《ぼく》はそんなこと考《かんが》えちゃいない」

「良《よ》かったな。おたがい誤解《ごかい》が解《と》けたらしい」

「目《め》ざわりなんて――」

伊東《いとう》の言葉《ことば》を、土方《ひじかた》が引《ひ》きつぐ。「そんなカワイイもんじゃねェさ」

たがいに考《かんが》えていることは同《おな》じ。両者《りょうしゃ》の関係《かんけい》に決着《けっちゃく》がつくとすれば、それはどちらかが消《き》えることによってしかなされないだろう。

伊東《いとう》が振《ふ》り返《かえ》り、土方《ひじかた》をにらみつける。土方《ひじかた》もまた、伊東《いとう》をにらみ返《かえ》す。両者《りょうしゃ》が発《はっ》した言葉《ことば》は、またしても同《おな》じものだった。

「『いずれ殺《ころ》してやるよ』」


本日《ほんじつ》の万事屋《よろずや》のアルバイト先《さき》は、かぶき町《ちょう》の床屋《とこや》『髪結床《かみゆいどこ》・結《ゆ》ってちょんまげ』である。

新八《しんぱち》は銀時《ぎんとき》、神楽《かぐら》と共《とも》にそろいの白衣《はくい》を身《み》につけていた。手《て》には髪切《かみき》りバサミ。今《いま》の自分《じぶん》たちはどこからどう見《み》ても、この店《みせ》の理髪師《りはつし》である。

銀時《ぎんとき》が「あのさぁ」と、口《くち》を開《ひら》いた。

「おかしいだろ。主人《しゅじん》が旅行《りょこう》に行《い》くから店番《みせばん》してろって」

「派手《はで》な仕事《しごと》は危険《きけん》ですから。昨日《きのう》の姉上《あねうえ》のお店《みせ》の件《けん》でこりたでしょ？　こういった地味《じみ》な仕事《しごと》でコツコツ稼《かせ》いでいきましょうよ」

新八《しんぱち》が肩《かた》をすくめる。

一攫千金《いっかくせんきん》のため女装《じょそう》までした昨夜《さくや》のバイトだったが、結局《けっきょく》お店側《みせがわ》からの支払《しはら》いは微々《びび》たるものだった。なにせ、接待《せったい》するべき将軍様《しょうぐんさま》を全裸《ぜんら》にむいた上《うえ》、コンビニにパンツを買《か》いに行《い》かせるという羞恥《しゅうち》プレイをさせてしまったのだ。わずかでもバイト代《だい》が出《で》ただけまだマシだったのかもしれない。

万事屋《よろずや》の財政状況《ざいせいじょうきょう》を改善《かいぜん》するためには、もっと手堅《てがた》く稼《かせ》ぐ必要《ひつよう》がある。そういうわけで本日《ほんじつ》は、この床屋《とこや》を手伝《てつだ》うことになったわけである。

それは銀時《ぎんとき》もわかっているはずなのだが……納得《なっとく》がいっていないようだ。

「ううん。ちがう。俺《おれ》が言《い》ってんのは、髪《かみ》を切《き》る免許《めんきょ》も持《も》ってねー俺《おれ》たちが、店《みせ》を任《まか》されることがおかしいだろって言《い》ってんの」

確《たし》かに言《い》う通《とお》りではある。素人《しろうと》に店《みせ》を任《まか》せて旅行《りょこう》に行《い》っちゃう主人《しゅじん》も問題《もんだい》である。

一方《いっぽう》、神楽《かぐら》はそんなことなどまるで気《き》にしていないらしい。店《みせ》の本棚《ほんだな》に備《そな》え付《つ》けのマンガを勝《かっ》手《て》に開《ひら》き、悠々自適《ゆうゆうじてき》に過《す》ごしているようだった。

「しかしここ、ゴルゴ17《セブンティーン》全巻《ぜんかん》そろってるアル。何日《なんにち》でもいられるわ」

「こういう店《みせ》は休《やす》むっていうイメージを付《つ》けたくないんですよ。ただ、いるだけでいいって言《い》ってましたから。目《め》の前《まえ》にカリスマな美容院《びよういん》ができて絶対《ぜったい》に客来《きゃくこ》ないから大丈夫《だいじょうぶ》だって」

窓《まど》から外《そと》を見《み》る。確《たし》かに通《とお》りの向《む》かい側《がわ》には、小《こ》ぎれいな美容院《びよういん》があった。シャレた看板《かんばん》に書《か》かれた店名《てんめい》は「ＢＩ《ビ》　ＹＯＵ《ヨウ》　ＩＮ《イン》」。店《みせ》の前《まえ》で若者《わかもの》たちが列《れつ》を作《つく》っているのが見《み》える。

どうやらこの店《みせ》の主人《しゅじん》が言《い》っていた通《とお》り、向《む》こうの美容院《びよういん》にすっかり客《きゃく》を取《と》られてしまっているようだ。

「客来《きゃくこ》ないなら心置《こころお》きなく休《やす》めよォォ」

銀時《ぎんとき》が気《け》だるげにつぶやいた。さすが、ふだんからやる気《き》のない男《おとこ》は言《い》うことがちがう。

その脇《わき》では神楽《かぐら》も実《じつ》にマイペースな調子《ちょうし》で、

「アレ？　よく見《み》たらゴルゴ17《サーティーン》、18巻《かん》だけないアル!?　銀《ぎん》ちゃん、18巻《かん》どこアルか？」

「知《し》らねーよ。他《ほか》の本《ほん》とまざってるから、ちゃんと探《さが》しなさい」

「新八《しんぱち》ィ、いっしょに探《さが》してヨ」

「もう、神楽《かぐら》ちゃん。僕《ぼく》たち、バイトで来《き》てるんだからね」

新八《しんぱち》はため息《いき》交《ま》じりに、ふと窓《まど》の外《そと》に目《め》を向《む》けた。

昨夜《さくや》も会《あ》ったばかりの、見知《みし》った顔《かお》がいる。真選組《しんせんぐみ》の土方《ひじかた》と沖田《おきた》だ。

「マズいっ！」

パトロールでもしているのだろうか。連中《れんちゅう》にこちらの姿《すがた》を見《み》られてはいけない。なにせ、今《いま》の自分《じぶん》たちは無免許《むめんきょ》理髪師《りはつし》なのだ。また難癖《なんくせ》を付《つ》けられてしまうのは避《さ》けたい。

銀時《ぎんとき》はとっさに、棚《たな》に陳列《ちんれつ》されていたカツラを手《て》に取《と》った。変装《へんそう》して急場《きゅうば》をしのごうという魂《こん》胆《たん》なのだろう。今《いま》はそれしかない、と新八《しんぱち》もならうことにした。

銀時《ぎんとき》はアフロヘア、新八《しんぱち》はハゲヅラ、神楽《かぐら》はオカッパ頭《あたま》のカツラを装着《そうちゃく》する。はたして、こんなのでごまかし切《き》れるのだろうか。外《そと》にいる真選組《しんせんぐみ》のふたりが、けげんな視線《しせん》でこちらを見《み》ているのが心臓《しんぞう》に悪《わる》かった。

「ははは、どうも〜」銀時《ぎんとき》が愛想笑《あいそわら》いを浮《う》かべる。

「どうも、お疲《つか》れ様《さま》でーす」新八《しんぱち》と神楽《かぐら》も若干《じゃっかん》しゃくれ気味《ぎみ》で、銀時《ぎんとき》に続《つづ》いた。

真選組《しんせんぐみ》のふたりはこちらから視線《しせん》をそらし、そのまま歩《ある》き去《さ》っていく。どうやら、なんとかうまくごまかすことができたらしい。

無事《ぶじ》に土方《ひじかた》らが歩《ある》き去《さ》ったのを確認《かくにん》し、三人《にん》で「ふう」とため息《いき》をつく。

「何《なん》なんだよ。あいつら……」

と、銀時《ぎんとき》がカツラを外《はず》そうとしたそのときだった。店《みせ》のドアが勢《いきお》いよく開《ひら》かれた。

「おーい、ゴルゴ17《セブンティーン》の18巻《かん》、返《かえ》しに来《き》たぜェ」

マンガ本片手《ぼんかたて》にくわえタバコで入《はい》ってきたのは、悪役顔《あくやくがお》のオジサンだった。これまた昨日《きのう》のお店《みせ》で会《あ》ったばかりの、警察庁長官《けいさつちょうちょうかん》・松平片栗虎《まつだいらかたくりこ》である。

銀時《ぎんとき》と新八《しんぱち》は「また!?」と目《め》を丸《まる》くしてしまう。

「あり？　いねーなァ？」

本来《ほんらい》の店《みせ》の主人《しゅじん》を探《さが》しているのか、松平《まつだいら》がキョロキョロと店内《てんない》を見回《みまわ》した。

「……ふむ」

松平《まつだいら》の背後《はいご》から、連《つ》れと思《おも》われる男《おとこ》が店内《てんない》をのぞきこんだ。その威風堂々《いふうどうどう》とした立《た》ち居振《いふ》る舞《ま》いは、常人《じょうじん》のものではなかった。ほっかむりをかぶっていても、なにやらかくし切《き》れない高貴《こうき》なオーラをただよわせている。そう言《い》えばごく最近《さいきん》、こんな雰囲気《ふんいき》をまとったお方《かた》に会《あ》ったことがあるような気《き》もしないでもない。

新八《しんぱち》たちはそろって息《いき》をのむ。「ま、まさか……」

「片栗虎《かたくりこ》、ここは何《なん》だ」ほっかむりの男《おとこ》がたずねた。

「俺《おれ》の行きつけの床屋《とこや》だよ。俺《おれ》のダチに会《あ》わせてやろうと思《おも》ったんだが、留守《るす》らしいわ。仕方《しかた》ねエ、また店《みせ》にでも繰《く》り出《だ》そっかなー」

昨夜《さくや》のオトナのお店《みせ》に引《ひ》き続《つづ》き、またしても松平《まつだいら》の登場《とうじょう》である。新八《しんぱち》は、イヤな予感《よかん》をひしひしと感《かん》じていた。銀時《ぎんとき》も「ねえ、なんで？　なんで？」と首《くび》をかしげている。

「どんなチョンマゲを結《ゆ》ってくれるのだ」

ほっかむりの男《おとこ》が、新八《しんぱち》にたずねた。そこはかとなく威厳《いげん》にあふれたその声色《こわいろ》には、やはりものすごく聞《き》き覚《おぼ》えがあった。

「なんで、僕《ぼく》たちの行《い》くとこ行《い》くとこ……」

「これってやっぱり……？」

新八《しんぱち》と銀時《ぎんとき》が、そろって額《ひたい》に冷《ひ》や汗《あせ》を浮《う》かべている。どうやら悪《わる》い予想《よそう》は当《あ》たってしまったようだ。

「結《ゆ》ってくれぬか。余《よ》のチョンマゲも」

男《おとこ》が、自《みずか》らほっかむりを取《と》る。現《あらわ》れた顔《かお》は、予想通《よそうどお》りの征夷大将軍《せいいたいしょうぐん》、徳川茂茂《とくがわしげしげ》のもの。

「将軍《しょうぐん》かよォォォォォォォ!!」

土方《ひじかた》は沖田《おきた》とふたり、ファミレスの席《せき》で対面《たいめん》していた。部下《ぶか》と仲良《なかよ》く昼飯《ひるめし》……というわけではない。というか、この沖田《バカ》とふたり、プライベートで仲良《なかよ》く飯《めし》など食《く》えるはずもない。あくまで仕事《しごと》なのだ。
窓《まど》の外《そと》から、はす向《む》かいの床屋《とこや》を見張《みは》る。店《みせ》の出口《でぐち》から、松平《まつだいら》がひとりフラッと出《で》ていく姿《すがた》が

見《み》えた。

「あらら」沖田《おきた》が肩《かた》をすくめた。「片栗虎《かたくりこ》のとっつぁん、ひとりで遊《あそ》びに行《い》っちまいましたぜ。大丈夫《だいじょうぶ》かィ、将軍《しょうぐん》をあんな床屋《とこや》にひとり預《あず》けて」

「俺《おれ》らがいちゃあ、町民《ちょうみん》の本当《ほんとう》の姿《すがた》が見《み》れねェって言《い》われちゃ、仕方《しかた》あるめーよ」

ふう、とため息《いき》をつきつつ、土方《ひじかた》は手元《てもと》のスマホに目《め》を落《お》とす。昨日《きのう》に引《ひ》き続《つづ》き、土方《ひじかた》と沖田《おきた》には将軍護衛《しょうぐんごえい》の任務《にんむ》が課《か》せられていたのだった。

本当《ほんとう》なら昨夜《さくや》のように戦車隊《せんしゃたい》を惜《お》しみなく配備《はいび》し、万全《ばんぜん》の警備《けいび》をすべきなのだろう。しかし、どうも将軍本人《しょうぐんほんにん》はそういう物々《ものもの》しい警備《けいび》が好《す》きではないらしい。そこでやむなく、土方《ひじかた》と沖田《おきた》がこうして陰《かげ》ながら護衛《ごえい》をすることになったのだった。

ふだんの土方《ひじかた》ならば、少人数《しょうにんずう》での護衛《ごえい》でもじゅうぶんこなせる自信《じしん》がある。だが今《いま》は、一抹《いちまつ》の不安《ふあん》があるのを否《いな》めない。昨夜《さくや》、攘夷浪士《じょういろうし》たちに囲《かこ》まれたあたりから、どうにも身体《からだ》の様子《ようす》がおかしくなってしまっているのだ。これで有事《ゆうじ》の際《さい》、はたして上様《うえさま》を守《まも》り切《き》れるのだろうか――。

「どうしちまったんですかい、そんなもん観《み》て」

沖田《おきた》が、土方《ひじかた》の手《て》にしたスマホに視線《しせん》を向《む》けている。

「あん？」と画面《がめん》をよく見《み》てみれば、知《し》らないうちにアニメ動画《どうが》が再生《さいせい》されていた。フリフリのアイドル衣装《いしょう》を着《き》た女《おんな》の子《こ》たちが、キャッキャウフフと元気《げんき》にダンスをしているアニメだった。

「うおっ!? いつの間《ま》にこんなものを……」

土方《ひじかた》のスマホで再生《さいせい》されていたのは、巷《ちまた》で流行《はや》りの美少女《びしょうじょ》アニメ『ラブパンク』である。

どうして自分《じぶん》がスマホでこの動画《どうが》を再生《さいせい》していたのか。土方自身《ひじかたじしん》、まるで見当《けんとう》もつかなかった。

「困《こま》りますぜ、あんた、昨日《きのう》から局中法度《きょくちゅうはっと》を破《やぶ》りまくりだ。土方《ひじかた》さん、あんたが取《と》り決《き》めた決《き》まりですぜ？」

土方《ひじかた》を小《こ》バカにするような態度《たいど》で、沖田《おきた》が鼻《はな》を鳴《な》らす。

「朝《あさ》の訓示《くんじ》の会《かい》で携帯鳴《けいたいな》らして、おかしなアニメのフィギュア発注《はっちゅう》するわ。攘夷浪士《じょういろうし》の拷問《ごうもん》でアニメの話《はなし》が盛《も》り上《あ》がって、そのまま解放《かいほう》したらしいじゃねェですか。それと……もうみんな知《し》ってますぜ、昨夜《さくや》の件《けん》は」

「だろうな。あの伊東《やろう》がしゃべらねェわけがねえ」

土方《ひじかた》の脳裏《のうり》に、伊東《いとう》の冷《つめ》たい視線《しせん》がよみがえる。あの男《おとこ》はジャマな土方《ひじかた》を押《お》しのけ、真選組《しんせんぐみ》を支配《しはい》しようとしているのだ。土方《ひじかた》の失敗《しっぱい》ならば、喜《よろこ》んで周《まわ》りに言《い》いふらすだろう。

このやっかいなときに、俺《おれ》の身体《からだ》はどうしちまったんだ——と土方《ひじかた》は頭《あたま》を抱《かか》える。

「ふと気《き》づくと別《べつ》の人格《じんかく》に入《い》れ替《か》わってやがる。……いや、あれは別《べつ》の人格《じんかく》なんかじゃねェ。人《ひと》がだれでも持《も》ってるヘタれた部分《ぶぶん》が、なにかがきっかけで目覚《めざ》めてるんだ」

「何言《なにい》ってるんですかィ。土方《ひじかた》さんは元々《もともと》ヘタレでしょ」

「……そうだね。僕《ぼく》なんか元々《もともと》ヘタレヘタレなんですよ」

またた。また、口《くち》が勝手《かって》にヘタレたセリフをしゃべってしまっている。沖田《おきた》なんかに敬語《けいご》を使《つか》うつもりなど、いっさいなかったのに。

「アラ。こいつはホントに調子《ちょうし》がおかしーや」

沖田《おきた》は半笑《はんわら》いである。不調《ふちょう》に苦《くる》しむ土方《ひじかた》を見《み》るのが楽《たの》しくてしょうがない、という様子《ようす》である。

どこまでも他人《たにん》をコケにするのが大好《だいす》きな部下《ぶか》だった。

「するってェと、なんですか、近藤《こんどう》さんと夜遅《よるおそ》くにケンカしたのも、その〝なにか〟が原因《げんいん》ってわけですかィ？」

「いや、それは……」土方《ひじかた》が言葉《ことば》を切《き》り、昨夜《さくや》の近藤《こんどう》との会話《かいわ》を思《おも》い出《だ》す。「まあ、そうだといいんだがな」

近藤《こんどう》と口論《こうろん》になったのは、昨夜《さくや》の宴会《えんかい》が終《お》わった後《あと》のことだった。土方《ひじかた》が、伊東《いとう》について一言《ひとこと》物申《ものもう》したのがきっかけである。

「――伊東先生《いとうせんせい》が、真選組《しんせんぐみ》を乗《の》っ取《と》るとでも？」

土方《ひじかた》の話《はなし》を聞《き》き、近藤《こんどう》が眉《まゆ》をひそめた。険《けわ》しい仏頂面《ぶっちょうづら》をしているあたり、近藤《こんどう》が納得《なっとく》していないことは明《あき》らかだった。

「さあ。わからんが、あんたと対等《たいとう》、それ以上《いじょう》の振《ふ》る舞《ま》いをしているのは確《たし》かだよ」

伊東《いとう》は今《いま》、近藤《こんどう》に代《か》わって真選組《しんせんぐみ》の舵取《かじと》りをしようとしている。これまで近藤《こんどう》に付《つ》き従《したが》ってきた自分《じぶん》たちにとって、それはとうてい納得《なっとく》できることではない。このままでは真選組《しんせんぐみ》は、真《ま》っ二《ぷた》つに分《わ》かれるか、完全《かんぜん》に伊東《いとう》に乗《の》っ取《と》られるか、どちらかの末路《まつろ》をたどることになるだろう。

しかし土方《ひじかた》がそれを説《と》いても、近藤《こんどう》は首《くび》を横《よこ》に振《ふ》るだけだった。

「トシ。俺《おれ》は、伊東先生《いとうせんせい》は真選組《しんせんぐみ》にとって必要《ひつよう》な男《おとこ》だと思《おも》っている」

伊東《いとう》の知識《ちしき》や政治力《せいじりょく》、人脈《じんみゃく》は、他《ほか》のだれにもないものだ、と近藤《こんどう》は言《い》う。尊敬《そんけい》できる能力《のうりょく》を持《も》っている以上《いじょう》、敬意《けいい》を払《はら》うのは当然《とうぜん》。なのにそんな人物《じんぶつ》を家来《けらい》のようにあつかうのはおかしい――と。

ちっ、と土方《ひじかた》は舌打《したう》ちする。この近藤《こんどう》という男《おとこ》は、昔《むかし》からこうなのだ。一度《いちど》仲間《なかま》と認《みと》めた人間《にんげん》を、決《けっ》して下《した》に見《み》ることはしない。何《なに》があっても対等《たいとう》であろうとする。それは、土方《ひじかた》や沖田《おきた》らに対《たい》する振《ふ》る舞《ま》いでも同《おな》じだった。

それが近藤《こんどう》の魅力《みりょく》であることは十分《じゅうぶん》に理解《りかい》している。しかし、そこに付《つ》けこんでくる者《もの》がいる以上《いじょう》、土方《ひじかた》としてはだまっているわけにはいかないのだった。

「近藤《こんどう》さん……！　あんたは何《なに》もわかっちゃいねえ！　組織《そしき》はきれい事《ごと》だけじゃ動《うご》かせねェ！」

しかし、いかに土方《ひじかた》が声《こえ》を荒《あら》らげようと、近藤《こんどう》の考《かんが》えを変《か》えることはできなかった。結局話《けっきょくはなし》は平行線《へいこうせん》のまま収拾《しゅうしゅう》がつかず、昨夜《さくや》はケンカ別《わか》れに終《お》わってしまったのである。

そして、今日《きょう》に至《いた》る。

今夜《こんや》こそは近藤《こんどう》を説得《せっとく》したい。そう考《かんが》えている土方《ひじかた》だったが、同時《どうじ》に、今《いま》の自分《じぶん》にそれが可能《かのう》だろうか、という疑問《ぎもん》もある。

なにせ時間《じかん》がたつごとに、ますます自分《じぶん》が自分《じぶん》でないものに変《か》わっていくのを感《かん》じるのだ。今《いま》だって、『ラブパンク』の続《つづ》きを観《み》たくてたまらないのである。

「ヘエ……何《なに》が原因《げんいん》なんですかねェ」

ヘタレ化《か》してしまった土方《ひじかた》が物《もの》めずらしいのだろう。沖田《おきた》は向《む》かいの席《せき》から身《み》を乗《の》り出《だ》し、しげしげとのぞきこんできた。

「強《し》いて言《い》えば、昨日《きのう》、見回《みまわ》りの最中《さいちゅう》、妙《みょう》な虫《むし》に刺《さ》されてから、ずっと首《くび》が痛《いて》ェ」

「へえ、どれどれ」

沖田《おきた》が席《せき》を立《た》ちあがり、土方《ひじかた》の背後《はいご》に回《まわ》った。何《なに》かはれ物《もの》でもできているのだろうか。「なんだこりゃ」と目《め》を丸《まる》くする。

「ヘタレ虫《むし》って新種《しんしゅ》ですかね」おどけた口調《くちょう》で沖田《おきた》が言《い》う。

原因《げんいん》が不明《ふめい》では、対策《たいさく》も取《と》れない。こうしている間《あいだ》にも、伊東《いとう》は真選組《しんせんぐみ》乗《の》っ取《と》りのために着々《ちゃくちゃく》と動《うご》いているというのに、歯《は》がゆいばかりである。

いったい自分《じぶん》はこれからどうなってしまうのか――土方《ひじかた》は舌打《したう》ちした。

「護衛《ごえい》は俺《おれ》に任《まか》せて、お前《まえ》は帰《かえ》れ。あんまりいっしょにいると、伊東《いとう》に目《め》を付《つ》けられるぞ」

「じゃ、お言葉《ことば》に甘《あま》えて」

沖田《おきた》が席《せき》から立《た》ち上《あ》がり、ファミレスの出口《でぐち》に向《む》かった。しかしその途中《とちゅう》、「あ」と立《た》ち止《ど》まり、土方《ひじかた》の方《ほう》を振《ふ》り向《む》いた。

「土方《ひじかた》さん、ちょいと頼《たの》みたいことがあるんですけど」

沖田《おきた》が意味《いみ》ありげに、にたりと笑《え》みを見《み》せた。

こいつがこういう顔《かお》をするときは、なにか良《よ》くないことをたくらんでいるときに決《き》まっている――。土方《ひじかた》の胸《むね》に、暗雲《あんうん》がたれこめた。

危機《きき》におちいっていたのは土方《ひじかた》だけではない。床屋内《とこやない》の万事屋一行《よろずやいっこう》も、ある意味大《いみだい》ピンチにおちいっていた。

散髪台《さんぱつだい》に座《すわ》った将軍《しょうぐん》の背後《はいご》で、銀時《ぎんとき》が戦慄《せんりつ》の表情《ひょうじょう》を浮《う》かべている。

「しょ、将軍《しょうぐん》の頭《あたま》を散髪《さんぱつ》？　免許《めんきょ》も無《な》いのに？」

新八《しんぱち》も息《いき》をのむ。「これ、少《すこ》しでもミスったら……」

「三人《さんにん》そろって打《う》ち首獄門《くびごくもん》」

銀時《ぎんとき》がつぶやいた無慈悲《むじひ》な未来予想図《みらいよそうず》が、新八《しんぱち》にはありありと思《おも》い描《えが》けてしまった。カラスのたかる河原《かわら》で、無造作《むぞうさ》に並《なら》べられた銀時《ぎんとき》、新八《しんぱち》、神楽《かぐら》の生首《なまくび》……。決《けっ》してありえない未来《みらい》ではない。少《すこ》しでもハサミのあつかいをまちがえれば、打《う》ち首確定《くびかくてい》なのだ。あまりのプレッシャーに、のどの奥《おく》から酸《す》っぱいものがこみ上《あ》げてくるのがわかる。

気《き》づけば新八《しんぱち》は、かたわらのバケツの中《なか》に盛大《せいだい》にリバースしてしまっていた。

「おエエエエエエエ!!」

突然《とつぜん》の新八《しんぱち》の痴態《ちたい》に、銀時《ぎんとき》が「吐《は》いたァ!?」と声《こえ》を裏返《うらがえ》らせる。

動揺《どうよう》する新八《しんぱち》や銀時《ぎんとき》とは対照的《たいしょうてき》に、神楽《かぐら》は冷静《れいせい》のようだ。

「情《なさ》けないアルな。将軍《しょうぐん》だかなんだか知《し》らないけど、生《は》えてる髪《かみ》はみんないっしょアル。私《わたし》がいくネ」

「え、いくの？」

ためらう銀時《ぎんとき》を後目《しりめ》に、神楽《かぐら》はハサミを手《て》にさっさと将軍《しょうぐん》のところへと向《む》かってしまう。さすが宇宙最強《うちゅうさいきょう》の戦闘民族《せんとうみんぞく》、怖《こわ》いもの知《し》らずだ。

「いらっしゃいませヨ〜。今日《きょう》はどんな髪型《かみがた》にしますネ？　角刈《かくが》りアルか？　ツーブロックアルか？　それとも――」

と言《い》いかけたところで、神楽《かぐら》の口《くち》から盛大《せいだい》にゲロが噴射《ふんしゃ》された。昼《ひる》に食《た》べたラーメンやらなにやらが混《ま》じりあった、最低《さいてい》の汚物《おぶつ》が床《ゆか》にぶちまけられる。

「ぎゃあああああああ!?」

銀時《ぎんとき》と新八《しんぱち》が、そろって悲鳴《ひめい》をあげた。少《すこ》しは頼《たよ》りになるかと思《おも》いきや、やはり神楽《かぐら》は神楽《かぐら》だった。少年《しょうねん》ジャンプ最強《さいきょう》のゲロイン（ゲロを吐《は》くヒロイン）だ。ギリギリ将軍《しょうぐん》にかからなかったのが不幸中《ふこうちゅう》の幸《さいわ》いである。

銀時《ぎんとき》が神楽《かぐら》の首根《くびね》っこをつかみ、店《みせ》の倉庫《そうこ》へと連《つ》れていく。

「何《なに》をしてんだテメーはァァ!! 死《し》にてェのかァァァァ!!」

「新八《しんぱち》のがにおってきたネ。もらっちゃったアル」

「もらっちゃうなよ! 将軍《しょうぐん》にかかったらどうするつもりだよ!」

そうやってこそこそ話《はな》していたのが不審《ふしん》に思《おも》われてしまったのだろうか、席《せき》の方《ほう》から将軍《しょうぐん》が不《ふ》審《しん》そうに声《こえ》をかけてきた。

「チョンマゲを結《ゆ》い直《なお》してくれるか。上《うえ》のところをキレイに剃《そ》って……」

「は、はーい、わかりました……」

銀時《ぎんとき》がおびえたような声《こえ》で返事《へんじ》をする。そのまま新八《しんぱち》らに向《む》き直《なお》り、小声《こごえ》で続《つづ》けた。

「……おい。剃《そ》れってよ。上剃《うえそ》って、チョンマゲを結《ゆ》い直《なお》しだよ。だれが剃《そ》るんだよ」

「僕《ぼく》は手《て》のふるえがいっこうに止《と》まりませんので、辞退《じたい》させていただきます」

新八《しんぱち》が首《くび》を振《ふ》る。たかが十六歳《じゅうろくさい》の少年《しょうねん》のメンタルでは、打《う》ち首獄門《くびごくもん》のプレッシャーには耐《た》えきれない。

「私《わたし》がやるネ」

またしても自《みずか》ら名乗《なの》りをあげた神楽《かぐら》に、銀時《ぎんとき》は「マジで?」と一瞬顔《いっしゅんかお》をしかめた。しかし、この状況《じょうきょう》で他《ほか》に頼《たよ》れる者《もの》もいない。

やや仕方《しかた》なさげに、「もうゲロ吐《は》くなよ」と、神楽《かぐら》を送《おく》り出《だ》すのであった。

「任《まか》せるアル」神楽《かぐら》が足取《あしど》り軽《かる》く、将軍《しょうぐん》の席《せき》の背後《はいご》についた。「それじゃ、シェービングクリームをぬっていきますネ〜」

神楽《かぐら》が手《て》のひらにクリームをひとすくいし、それを丹念《たんねん》に将軍《しょうぐん》の頭《あたま》にぬっていく。ムラなく全《ぜん》体《たい》にクリームをぬっていく神楽《かぐら》の手際《てぎわ》は、まずまず良《よ》いと言《い》える。

「なんだか手慣《てな》れてますね。お父《とう》さんの髪《かみ》でも切《き》ってたんですかね」

「ああ、そういう可能性《かのうせい》あるね」

銀時《ぎんとき》はしたり顔《かお》で神楽《かぐら》に近《ちか》づき、「いいよいいよー」と声《こえ》をかけ始《はじ》めた。後輩《こうはい》を指導《しどう》する熟練《じゅくれん》理髪師気取《りはつしきど》りなのだろうか。

手持《ても》ちぶさたなのもなんなので、新八《しんぱち》もいっしょに近《ちか》づいてみることにする。

悲劇《ひげき》が起《お》こったのは、そのときだった。

ぽとり、と床《ゆか》に、なにか黒《くろ》いものが落下《らっか》したのである。

手《て》のひらサイズで細長《ほそなが》い、なにやら柔《やわ》らかそうな物体《ぶったい》だ。人間《にんげん》の髪《かみ》のかたまりのようにも見《み》える。神楽《かぐら》が剃《そ》り落《お》としたもののようだった。

ひょっとしてこれは、絶対《ぜったい》に剃《そ》り落《お》としてはいけないものだったのではないだろうか。非常《ひじょう》に悪《わる》い予感《よかん》がする。

「これ……なんだろ」

新八《しんぱち》が銀時《ぎんとき》の顔色《かおいろ》をうかがう。銀時《ぎんとき》も「なんだろうね」と現実《げんじつ》から目《め》をそらそうとしていた。

「これ、たぶんアレですね。将軍《しょうぐん》の――」

新八《しんぱち》が言《い》い終《お》わらないうちに、銀時《ぎんとき》が動《うご》いていた。床《ゆか》に落《お》ちた「その物体《ぶったい》」を即座《そくざ》に拾《ひろ》い上《あ》げ、店《みせ》の外《そと》に向《む》けて思《おも》い切《き》りブン投《な》げたのである。まるで先発出場《せんぱつしゅつじょう》のエースピッチャーのごとき、思《おも》い切《き》りのいい投球《とうきゅう》フォームであった。

銀時《ぎんとき》はくわっと目《め》を見開《みひら》き、新八《しんぱち》に向《む》けて怒鳴《どな》る。

「バッキャロォォォ！　掃除《そうじ》くらいちゃんとしておけェェ!!　ゴールデンレトリバーのウンコ、落《お》ちてただろーがァア!!」

「いや、ちがうだろォォォ!?」新八《しんぱち》は悟《さと》った。この男《おとこ》、勢《いきお》いでごまかす気《き》だ。「今《いま》の、完全《かんぜん》に将《しょう》軍《ぐん》のチョンマゲだったよね!?　光《ひかり》の速《はや》さで証拠隠滅《しょうこいんめつ》したけど、完全《かんぜん》に剃《そ》り落《お》としたチョンマゲだったよね!!」

「ちがう！　今《いま》のは純然《じゅんぜん》たるゴールデンレトリバーのウンコだ!!　色《いろ》、大《おお》きさ、その他《た》もろもろエトセトラ！　ゴールデンレトリバーのウンコ以外《いがい》の何物《なにもの》でもない！　それ以上《いじょう》でも以下《いか》でもない!!」

「だからゴールデンレトリバー、どこにいるんだよ!!」

さすがの銀時《ぎんとき》も状況《じょうきょう》のヤバさに平常心《へいじょうしん》を失《うしな》っているのだろう。冷《ひ》や汗《あせ》を浮《う》かべながら、落《お》ち武者頭《むしゃあたま》になってしまった将軍《しょうぐん》の髪《かみ》に目《め》を向《む》ける。

「だ、大丈夫《だいじょうぶ》だ！　絶対《ぜったい》に大丈夫《だいじょうぶ》だ!!　少《すこ》し短《みじか》くなっただけだろ！　毛先《けさき》をそろえただけだろ！　結《ゆ》えるよ。まだまだ結《ゆ》えるよ、チョンマゲ！」

銀時《ぎんとき》は引《ひ》きつった表情《ひょうじょう》のまま、「それでは結《ゆ》わせていただきまーす」と、将軍《しょうぐん》の後《うし》ろ髪《がみ》をつかんだ。チョンマゲを結《ゆ》うにはどう見《み》ても短《みじか》すぎる気《き》がする。銀時《ぎんとき》は本気《ほんき》でできると思《おも》っているのだろうか。

「ぜんぜん髪《かみ》の長《なが》さ、足《た》りないじゃないですか！　ぜんぜん無理《むり》ですって！」

「余裕《よゆう》だよ！　もう少《すこ》し、こうやって、引《ひ》っ張《ぱ》ってエエエ！」

銀時《ぎんとき》は畑《はたけ》のネギでも引《ひ》っこ抜《ぬ》くように足《あし》で将軍《しょうぐん》の頭《あたま》を押《お》さえ、後《うし》ろ髪《がみ》を無理《むり》やり引《ひ》っ張《ぱ》り上《あ》げた。無茶《むちゃ》をしているのは明《あき》らかだ。引《ひ》っ張《ぱ》る勢《いきお》いが強《つよ》すぎるあまり、将軍《しょうぐん》の顔《かお》の皮膚《ひふ》もヤバイ感《かん》じに突《つ》っ張《ぱ》ってしまっている。

「あああああ!?　ぎ、銀《ぎん》さん！　将軍《しょうぐん》、泣《な》いてるぅぅぅ！　将軍《しょうぐん》、限界突破《げんかいとっぱ》！　限界突破《げんかいとっぱ》です！　やめたげて！　お願《ねが》いだから、やめたげて!!」

しかし銀時《ぎんとき》にためらいはなかった。限界《げんかい》まで将軍《しょうぐん》の後《うし》ろ髪《がみ》を引《ひ》っ張《ぱ》り、ついに無理《むり》やりチョンマゲを結《ゆ》うことに成功《せいこう》したのである。

「ハイ、結《ゆ》えましたよ」

なんとかチョンマゲを結《ゆ》うことはできた。できたものの……将軍《しょうぐん》の顔面《がんめん》はひどいことになっていた。目《め》も鼻《はな》も口《くち》も後頭部側《こうとうぶがわ》に引《ひ》っ張《ぱ》られ、まるで出来《でき》の悪《わる》いエイリアンのように変形《へんけい》してしまっているのである。

「いや、人相《にんそう》変《か》わってんじゃん！　顔《かお》、パッツンパッツンだよ!!」新八《しんぱち》がツッコむ。

「アレ？　気《き》に入《い》ってくれたのかな？　笑《わら》ってるけど」

「笑《わら》ってねーよ!!　皮《かわ》、吊《つ》り上《あ》げられてるだけだよ！」

マズイ。このまま将軍《しょうぐん》を帰《かえ》してしまっては、自分《じぶん》たちは打《う》ち首獄門《くびごくもん》待《ま》ったなしである。新八《しんぱち》は涙目《なみだめ》で将軍《しょうぐん》に頭《あたま》を下《さ》げる。

「すみません！　今《いま》すぐ直《なお》しますねえ！　少《すこ》し痛《いた》かったですよね！」

「直《なお》すって、どーすんだよ！」銀時《ぎんとき》が声《こえ》を荒《あら》らげた。

「さっき投《な》げ捨《す》てたチョンマゲ、拾《ひろ》ってきてください！　なんらかの方法《ほうほう》でくっつけて、ごまかして帰《かえ》しましょう！」

新八《しんぱち》がこっそり銀時《ぎんとき》に耳打《みみう》ちする。銀時《ぎんとき》も納得《なっとく》したらしく、「わかった！」と、店《みせ》の外《そと》に飛《と》び出《だ》していく。

しかし、勢《いきお》いよく投《な》げすぎてしまったせいか、どうにも見《み》つからないようだ。

「ない！　チョンマゲが……無《な》い！」

周囲《しゅうい》をキョロキョロと見回《みまわ》す銀時《ぎんとき》に、神楽《かぐら》が「銀《ぎん》ちゃん！」と声《こえ》をかけた。

少《すこ》し見《み》ないと思《おも》っていたら、いつの間《ま》にか外《そと》に出《で》ていたらしい。

「持《も》ってきたアル」と、手《て》にはなにやらビニール袋《ぶくろ》をさげている。もしかして、チョンマゲを探《さが》してくれていたのだろうか。

「でかしたぞ神楽《かぐら》！」銀時《ぎんとき》がガッツポーズを取《と》る。

店《みせ》の中《なか》にもどってくるなり、神楽《かぐら》はビニール袋《ぶくろ》の中《なか》のモノをトングでつかみ、将軍《しょうぐん》の頭《あたま》に置《お》いた。ドヤ顔《がお》を浮《う》かべる神楽《かぐら》だったが、新八《しんぱち》はふと「ん？」と違和感《いわかん》を覚《おぼ》えてしまう。

将軍《しょうぐん》の頭《あたま》に置《お》かれたモノが、どうにもチョンマゲに見《み》えなかったからだ。しかもなぜか、この映画《えいが》の演出《えんしゅつ》さんの手《て》によって、モザイクをかけられてしまっている。

銀時《ぎんとき》も同様《どうよう》に不審《ふしん》に思《おも》っているようで、

「ん？　ん？　なんでモザイクなの？　そしてなんか、くさい？」

「やっと探《さが》してきたアル。ゴールデンレトリバーのウンコ」

神楽《かぐら》の衝撃発言《しょうげきはつげん》に、銀時《ぎんとき》と新八《しんぱち》は「なアアアアアアアアア!?」と悲鳴《ひめい》を上《あ》げた。

一国《いっこく》の主《ぬし》を落《お》ち武者《むしゃ》ヘアにしただけで満足《まんぞく》せず、そのうえ頭《あたま》にウンコを載《の》せてしまうなんて、このチャイナ娘《むすめ》は何《なに》を考《かんが》えているのだろうか。こんなことをすれば、万事屋全員《よろずやぜんいん》の首《くび》が飛《と》ぶのはもはや避《さ》けられまい。

こうなったらもう、全力《ぜんりょく》で逃《に》げるしかないだろう——新八《しんぱち》は、覚悟《かくご》を決《き》めた。


真選組屯所《しんせんぐみとんしょ》では、定期的《ていきてき》に重役《じゅうやく》による会議《かいぎ》が開《ひら》かれている。各人《かくじん》の治安維持活動《ちあんいじかつどう》についての報《ほう》告《こく》や、今後《こんご》の攘夷浪士《テロリスト》の行動予測《こうどうよそく》などが主《おも》な議題《ぎだい》である。

大広間《おおひろま》の上座《かみざ》に座《すわ》る近藤《こんどう》が、ちらちらと時計《とけい》を見《み》ながらつぶやいた。

「遅《おそ》いな、トシのヤツ。もうとっくに時間《じかん》は過《す》ぎてるぞ。大事《だいじ》な会議《かいぎ》だというのに……」

「近藤《こんどう》さん、いい機会《きかい》だ。僕《ぼく》はちょうど彼《かれ》のことを議題《ぎだい》にするつもりでいた」

口《くち》を開《ひら》いたのは伊東《いとう》だ。どことなくとげとげしいその口調《くちょう》に、近藤《こんどう》は眉《まゆ》をひそめる。

「昨日《きのう》、今日《きょう》の彼《かれ》の行動《こうどう》については、すでに諸君《しょくん》も聞《き》き及《およ》んでいるだろう。自《みずか》ら隊士《たいし》たちに局中法度《きょくちゅうはっと》という厳《きび》しい規律《きりつ》を課《か》しながら、彼《かれ》はこれを幾度《いくど》も破《やぶ》っている。現《げん》に今《いま》も、重役会議《じゅうやくかいぎ》に遅刻《ちこく》するという失態《しったい》を犯《おか》している。これを野放《のばな》しにしていては、隊士《たいし》たちに示《しめ》しがつかない」

近藤《こんどう》が広間《ひろま》を見《み》わたせば、伊東《いとう》の言葉《ことば》にうなずいている隊士《たいし》の姿《すがた》もあった。

沖田《おきた》の報告《ほうこく》によれば、土方《ひじかた》は今日《きょう》の将軍《しょうぐん》の護衛《ごえい》すら満足《まんぞく》にこなせなかったという。土方《ひじかた》がとがめられるのもやむなし、と考《かんが》える者《もの》がいても、おかしくはない。

だが、と近藤《こんどう》は思《おも》う。本来《ほんらい》の土方《トシ》は、そんな男《おとこ》ではないはずなのだ。

「先生《せんせい》、待《ま》ってくれ。トシのことだ。何《なに》か並々《なみなみ》ならぬ事情《じじょう》があって……」

「僕《ぼく》はこの会議《かいぎ》のことだけを言《い》っているのではない」伊東《いとう》が強《つよ》い口調《くちょう》でこたえた。「もちろん、彼《かれ》がこれまで真選組《しんせんぐみ》でどれだけの功績《こうせき》をあげてきたか、彼《かれ》なしでは今《いま》の真選組《しんせんぐみ》はありえなかったことも重々承知《じゅうじゅうしょうち》している。だからこそ、あえて苦言《くげん》を呈《てい》したい」

伊東《いとう》はそこで言葉《ことば》を切《き》り、広間《ひろま》を見《み》わたした。大《おお》きく息《いき》を吸《す》い、強《つよ》い口調《くちょう》で続《つづ》ける。

「真選組《しんせんぐみ》の象徴《しょうちょう》ともいうべき彼《かれ》が、隊士《たいし》たちの手本《てほん》とならずにどうする！　彼《かれ》が法度《はっと》を軽《かろ》んじれば、しぜん、隊士《たいし》たちもそれにならう！　規律《きりつ》を失《うしな》った群狼《ぐんろう》は、烏合《うごう》の衆《しゅう》となり果《は》てる！　彼《かれ》にこそ厳《きび》しい処罰《しょばつ》が必要《ひつよう》なのだ！　近藤《こんどう》さん！　ここは英断《えいだん》を！」

「待《ま》ってくれ！　トシは必《かなら》ず——」

近藤《こんどう》がフォローをしようとしたそのときだった。突然《とつぜん》、ドシャアン、と広間《ひろま》のふすまが破《やぶ》られた。何者《なにもの》かがこの会議場《かいぎじょう》に身体《からだ》ごとつっこんできたのだ。

「遅《おく》れてすみませんでした！　沖田《おきた》さん！」

なんとそれは渦中《かちゅう》の人《ひと》、土方《トシ》である。

「ドラクエ11、下町《したまち》の小《ち》っさい電気屋《でんきや》でようやく見《み》つけました！　あとワンピースの最新刊《さいしんかん》なんですけどォ、どこも売《う》り切《き》れだったんですけどォ、そこのコンビニで……」

どうやら土方《ひじかた》は、沖田《おきた》のパシリをやらされているらしい。情《なさ》けない土方《ひじかた》の姿《すがた》に隊士《たいし》たちは絶句《ぜっく》する。これがあの〝鬼《おに》の副長《ふくちょう》〟かと。

隊士《たいし》たちの冷《つめ》たい視線《しせん》を浴《あ》びたところで、土方《ひじかた》は「はっ!?」と目《め》を丸《まる》くした。今《いま》の今《いま》まで、この場《ば》が重役会議《じゅうやくかいぎ》の場《ば》だということに気《き》がついていなかったのだろう。

「し、しまったァ!!　ハメられた……!!」

沖田《おきた》が伊東《いとう》と目《め》を合《あ》わせ、ニヤリと笑《え》みを浮《う》かべる。

それを見《み》た土方《ひじかた》が、悲痛《ひつう》な叫《さけ》び声《ごえ》を上《あ》げた。

「あ、あいつら、組《く》んでやがったァァァァ！」

あの真面目《まじめ》な土方《ひじかた》がなぜこんな変化《へんか》をとげてしまったのか、近藤《こんどう》にはまるで見当《けんとう》もつかなかった。

しかし、それでもひとつだけハッキリしていることがある。

この状況《じょうきょう》で土方《トシ》をフォローするのは、さすがに不可能《ふかのう》だということだ。


銀時《ぎんとき》は万事屋《よろずや》応接間《おうせつま》のソファーに寝《ね》そべりながら、バイト情報誌《じょうほうし》をめくっていた。

「ダメだ。どこにバイトに行《い》っても将軍《しょうぐん》が来《く》る気《き》がして、やる気《き》が起《お》きねえ」

結局床屋《けっきょくとこや》では、報酬《ほうしゅう》を受《う》けとることはできなかった。店番《みせばん》を頼《たの》まれたのに途中《とちゅう》で逃《に》げ出《だ》したのだから、当然《とうぜん》といえば当然《とうぜん》ではある。

まったく、金《かね》を稼《かせ》ぐのは難《むずか》しい。できることなら一生働《いっしょうはたら》かず暮《く》らして行《い》きたい。いっそニートになりたい――。

銀時《ぎんとき》がため息《いき》をついていると、ふと、テレビから興味深《きょうみぶか》いナレーションが聞《き》こえてきた。

『ニート問題《もんだい》。引《ひ》きこもり問題《もんだい》。確実《かくじつ》に増《ふ》え続《つづ》ける無気力《むきりょく》な若者《わかもの》たち。その予備軍《よびぐん》といわれる〝オタク〟と呼《よ》ばれる存在《そんざい》。今日集《きょうあつ》まってもらったのは、オタクを自称《じしょう》する一〇〇人《にん》の若者《わかもの》たち。はたして彼《かれ》らは何《なに》を思《おも》い、生《い》きるのか。はたして彼《かれ》らは何《なに》を思《おも》い、引《ひ》きこもるのか。その素顔《すがお》にせまります』

画面《がめん》に表示《ひょうじ》された番組名《ばんぐみめい》は、〝オタクサミット〜朝《あさ》まで生討論《なまとうろん》〜〟。スタジオには、実《じっ》にそれっぽい格好《かっこう》のオタク男性《だんせい》たちが集《あつ》まっている様子《ようす》がうかがえる。

「ヤバイ！　始《はじ》まってしまったアル！」

神楽《かぐら》があわてた様子《ようす》でテレビの前《まえ》にやってきた。なにやらテレビの前《まえ》で、ガチャガチャと機械《きかい》いじりを始《はじ》めている。

「何《なに》してんの？」

「新八《しんぱち》の勇姿《ゆうし》を録画《ろくが》してやらないと」

「あー、新八《しんぱち》。そういえば今日《きょう》はバイトいけないって言《い》ってたな、まあ、俺《おれ》も行《い》く気《き》ないけど」

はああ、家賃《やちん》どうするかな、家賃《やちん》……と、銀時《ぎんとき》がもう何度目《なんどめ》になるかわからないため息《いき》をつく。

ぼんやりと見《み》ているテレビ画面《がめん》の中《なか》には、アニメのコスプレやらアイドルの名前入《なまえい》り法被《はっぴ》やらをまとったオタクたちの姿《すがた》が映《うつ》し出《だ》されていた。真剣《しんけん》な表情《ひょうじょう》を浮《う》かべる彼《かれ》らの熱量《ねつりょう》は、だらりと寝《ね》そべる銀時《ぎんとき》とは大《おお》ちがいだろう。

『本日《ほんじつ》は会場《かいじょう》に集《あつ》まってもらった、アニメオタク、アイドルオタク——その皆《みな》さんに、とことん話《はな》し合《あ》っていただきたいと思《おも》っております。……それでは、ご意見《いけん》のある方《かた》、挙手《きょしゅ》を願《ねが》います！』

司会《しかい》の声《こえ》と共《とも》に、もっとも早《はや》く手《て》を挙《あ》げた者《もの》がいた。法被姿《はっぴすがた》のアイドルオタクである。

『ではまず、一番早《いちばんはや》く手《て》を挙《あ》げた53番《ばん》さん』

『そもそも、オタクがすべて引《ひ》きこもりやニートの予備軍《よびぐん》だという考《かんが》え方《かた》は改《あらた》めて欲《ほ》しいですね。僕《ぼく》らの中《なか》にだって、ちゃんと働《はたら》いて社会《しゃかい》と向《む》き合《あ》って生《い》きてるオタクだっているんです』

画面《がめん》のテロップに表示《ひょうじ》されているのは、〝53番《ばん》　アイドルオタク　志村隊長《しむらたいちょう》〟の文字《もじ》。法被《はっぴ》に鉢巻姿《はちまきすがた》の気合《きあ》いの入《はい》ったオタク少年《しょうねん》は、だれあろう、新八《しんぱち》である。

あまりに熱《ねっ》っぽく語《かた》る新八《しんぱち》の姿《すがた》に、銀時《ぎんとき》は若干《じゃっかん》引《ひ》いてしまう。

「何《なに》やってんの、アイツ……」

「忘《わす》れたアルか。新八《しんぱち》はアイドル寺門通《てらかどつう》の親衛隊長《しんえいたいちょう》ネ」

「いや、知《し》ってるけど。こんなに堂々《どうどう》といく感《かん》じ？」

画面《がめん》の中《なか》の新八《しんぱち》は、なぜか妙《みょう》に覇気《はき》に満《み》ちていた。万事屋《よろずや》で仕事《しごと》しているときの数十倍《すうじゅうばい》生《い》き生《い》きとしている気《き》がする。

よくよく見《み》れば周《まわ》りのオタクたちも、かなりの熱《ねつ》がこもっているようだ。

『いや、ていうか、オイラたちは好《す》きなものをトコトン追求《ついきゅう》してるだけで、別《べつ》に無気力《むきりょく》とかじゃないんですよ』

とあるオタクの発言《はつげん》に、他《ほか》のオタクたちが『そうだそうだ！』と従《したが》う。会場《かいじょう》は早《はや》くも盛《も》り上《あ》がりを見《み》せていた。

『なるほど、それでは31番《ばん》さんの意見《いけん》はどうでしょうか』

司会者《しかいしゃ》が前列《ぜんれつ》のひとりにマイクを向《む》ける。しかし脇《わき》から身《み》を乗《の》り出《だ》し、マイクをうばってまで持論《じろん》を展開《てんかい》しようとする者《もの》がいた。新八《しんぱち》である。

『オタクをやり玉《だま》に挙《あ》げて事《こと》を僕《ぼく》らのせいにしようとするこの番組《ばんぐみ》の基本《きほん》スタンスこそが今《いま》の日《に》本《ほん》の問題《もんだい》を――』

『はいはい、わかりました、わかりました。他《ほか》の人《ひと》の意見《いけん》も聞《き》きたいので』

強気《つよき》にしゃしゃり出《で》る新八《しんぱち》を、司会者《しかいしゃ》がなんとか制止《せいし》しようとする。その姿《すがた》は、画面越《がめんご》しに見《み》ているだけでこっ恥《ぱ》ずかしい。

「オイオイ、メッチャうっとーしーヤツになってるよ。まちがいなく視聴者《しちょうしゃ》に嫌《きら》われるやつだよ、コレ」

司会者《しかいしゃ》の制止《せいし》を振《ふ》り切《き》り、新八《しんぱち》がなおも叫《さけ》んだ。

『だいたいね！　オタクって一口《ひとくち》でいっしょにするのはおかしい!!』

「おお、白熱《はくねつ》してきたアル！」神楽《かぐら》は妙《みょう》に楽《たの》しそうな様子《ようす》で、テレビの前《まえ》の録画機《ろくがき》をガチャガチャとやっている。

「いやいや、それ以上《いじょう》やめとけって……」

「早《はや》く録画《ろくが》してやらないと！　早《はや》く動《うご》けこのポンコツ！」

銀時《ぎんとき》は眉《まゆ》をひそめながら、画面《がめん》の新八《しんぱち》を見《み》つめた。こちとら家賃問題《やちんもんだい》で頭《あたま》がいっぱいだというのに、コイツはいったい何《なに》をムダに熱《あつ》くなっているのか。

『僕《ぼく》らはアイドルっていう一応現実《いちおうげんじつ》にいる存在《そんざい》を応援《おうえん》しているけれど、意味《いみ》が分《わ》からないのが、アニメとかゲームとか、二次元《にじげん》の女《おんな》の子《こ》に恋《こい》している人《ひと》たちですよね！』

議論《ぎろん》に熱《あつ》くなりすぎたせいか、新八《しんぱち》が暴言《ぼうげん》を吐《は》いてしまう。これにはさすがにアニメオタク側《がわ》から批難《ひなん》の声《こえ》が上《あ》がったようだ。

『オイ、それどーゆー意味《いみ》だ！　53番《ばん》！』

『結局《けっきょく》、二次元《にじげん》の女《おんな》の子《こ》に恋《こ》いこがれても成就《じょうじゅ》しないでしょ！　それって時間《じかん》のムダでしょ！』

『ふざけんなァ！　そのかちゃんは俺《おれ》の心《こころ》の中《なか》に生《い》きてんだよ！』

新八《しんぱち》と二次元《にじげん》オタクたちとの間《あいだ》で、壮絶《そうぜつ》なレスバトルが始《はじ》まってしまった。ほんと万事屋《よろずや》の恥《はじ》だなあのメガネ、と銀時《ぎんとき》が眉《まゆ》をひそめたところで、画面《がめん》の中《なか》のアニメオタクのひとりが声《こえ》を上《あ》げた。

『あ、ちょっと異議《いぎ》があるんだけども、いいかな？』

バンダナにそでの破《やぶ》れたGジャン《ジー》、大《おお》きなサングラスをかけた男《おとこ》だ。ありていに言《い》って、ものすごくダサいファッションである。モジモジと自分《じぶん》の二《に》の腕《うで》をつかむようなそのポーズが、正直《しょうじき》キモい。

テロップによれば、この男《おとこ》〝7番《ばん》　アニメオタク　トッシー〟なる人物《じんぶつ》らしい。

『あのォー、つまり53番《ばん》は、三次元《さんじげん》オタクは僕《ぼく》ら二次元《にじげん》オタクより現実《げんじつ》を見《み》てるって言《い》いたいんだろうけども。じゃあ、聞《き》きたいんだけども、君《きみ》はアイドルを応援《おうえん》してれば、いつか結婚《けっこん》できるとでも思《おも》っているのかな？　もし』

トッシーの的確《てきかく》な反論《はんろん》に、新八《しんぱち》は『そ、それは』と口《くち》ごもってしまう。

『できないよね？　つまり君《きみ》ら三次元《さんじげん》オタクと二次元《にじげん》オタクは叶《かな》わない恋《こい》をしているということにおいてさァ、同《おな》じ穴《あな》のムジナであって――』

『いやいやいやいやいや、それはちがう！　絶対《ぜったい》ちがう！』新八《しんぱち》が声《こえ》を荒《あら》らげた。『確《たし》かにアイドルと結婚《けっこん》なんてぶっちゃけ無理《むり》だよ！　でも一〇〇パーじゃないじゃん！　君《きみ》らは一〇〇パー無理《むり》だけど！』

『いや、ないよね。確実《かくじつ》に』

『いや、なくはないよ！　現実《げんじつ》に存在《そんざい》しているのだから！』

『いや、そういう分不相応《ぶんふそうおう》な考《かんが》えそのものが現実《げんじつ》を見《み》ていない何《なに》よりの証拠《しょうこ》であってさ』

そんなトッシーの見下《みくだ》したような言葉《ことば》が、アイドルオタクたちの怒《いか》りを買《か》ってしまったらしい。

新八《しんぱち》とそろいの法被《はっぴ》を着《き》た男《おとこ》たちが、いっせいに立《た》ち上《あ》がった。

『てめェ！　ウチの隊長《たいちょう》に生意気《なまいき》こいてんじゃねェ！』

ひとりのアイドルオタクがアニメオタクにつかみかかり、アニメオタクがそれをつき飛《と》ばす。それが暴動《ぼうどう》の始《はじ》まりだった。オタクたちは『うおおおおっ！』『だあああああっ！』と雄《お》たけびを発《はっ》しながら、スタジオ内《ない》で殴《なぐ》り合《あ》いを始《はじ》めてしまったのである。

『ああっと！　ここで二次元派《にじげんは》と三次元派《さんじげんは》の乱闘《らんとう》だァァア！』司会《しかい》が叫《さけ》んだ。

画面《がめん》の中《なか》で取《と》っ組《く》み合《あ》いをするオタクたちの姿《すがた》を見《み》て、なぜか神楽《かぐら》は盛《も》り上《あ》がっているようだった。

「このトッシーってヤツ、腹立《はらた》つアル！　やれやれェ！」

「オイオイ。オタクのケンカとか見《み》てられねーよ」

「結局録画出来《けっきょくろくができ》なかったアル。使《つか》えねーな、コレ」

神楽《かぐら》はいまだにガシャガシャと録画機《ろくがき》をいじっていた。よくよく見《み》てみれば、神楽《かぐら》はDVD《ディーブイディー》プレイヤーのディスクスロット部分《ぶぶん》に、今《いま》は懐《なつ》かしきVHS《ブイエイチエス》のビデオテープを挿入《そうにゅう》しようとしていたのである。

「サイズ感的《かんてき》にどう見《み》ても入《はい》らねえだろ！　どこから持《も》ってきたコレ!?」

銀時《ぎんとき》は神楽《かぐら》にツッコみつつ、テレビ画面《がめん》に目《め》を向《む》けた。画面《がめん》の中《なか》では、新八《しんぱち》が先《さき》ほどのアニメオタク、トッシーの胸《むな》ぐらをつかみあげているところだった。

こいつらムキになり過《す》ぎだろ、と冷《さ》めた目《め》で見《み》ていた銀時《ぎんとき》だったが、トッシーのサングラスが外《はず》れたところで「ん？」と身《み》を乗《の》り出《だ》してしまった。

トッシーの素顔《すがお》は、意外《いがい》にもオタクらしからぬ端整《たんせい》な顔立《かおだ》ち……というか、銀時《ぎんとき》らにとって非《ひ》常《じょう》に見覚《みおぼ》えのある顔《かお》だったのである。

「アレ？　こいつ、もしかして……」

トッシーの正体《しょうたい》は、真選組鬼《しんせんぐみおに》の副長《ふくちょう》・土方十四郎《ひじかたとうしろう》だったのだ。

伊東鴨太郎《いとうかもたろう》は、真選組屯所《しんせんぐみとんしょ》の縁側《えんがわ》で本《ほん》を開《ひら》いていた。目《め》では文字《もじ》を追《お》いながらも、しかし心《こころ》は思索《しさく》にふけっている。思索《しさく》の内容《ないよう》は当然《とうぜん》、自《みずか》らの「計画《けいかく》」に関《かん》する事柄《ことがら》である。

予定通《よていどお》り、あの土方《おとこ》は真選組《しんせんぐみ》から消《き》えた。局中法度《きょくちゅうはっと》に反《はん》したとがめにより、無期限《むきげん》の謹慎処分《きんしんしょぶん》となったのである。

伊東《いとう》としては切腹《せっぷく》にしてやりたいところだったのだが、近藤《こんどう》の強《つよ》い反対《はんたい》により、こういう結果《けっか》になってしまった。まったく近藤《こんどう》というのは、つくづく甘《あま》い男《おとこ》だ。人《ひと》を率《ひき》いる器《うつわ》ではない——と伊東《いとう》は思《おも》う。

まあ、それでも自分《じぶん》が真選組《しんせんぐみ》の事実上《じじつじょう》の実権《じっけん》をにぎることができたのだから、十分《じゅうぶん》な成果《せいか》だとは言《い》えるだろう。着実《ちゃくじつ》に計画《けいかく》は進《すす》んでいる。

伊東《いとう》のかたわらには、土方《ひじかた》を追放《ついほう》した功労者《こうろうしゃ》とも言《い》うべき男《おとこ》がたたずんでいた。柱《はしら》に背《せ》を預《あず》け、男《おとこ》はじっと庭先《にわさき》を見《み》つめている。

その功労者《こうろうしゃ》に向《む》け、伊東《いとう》はゆったりと口《くち》を開《ひら》いた。

「意外《いがい》だったよ、沖田君《おきたくん》。君《きみ》が僕《ぼく》の側《がわ》についてくれるとは。君《きみ》らは真選組結成前《しんせんぐみけっせいまえ》からの付《つ》き合《あ》いだと聞《き》いていた。君《きみ》は完全《かんぜん》に土方派《ひじかたは》だと思《おも》っていたが」

「土方派《ひじかたは》？　そんな派閥《はばつ》があるんですかィ？　今《いま》の今《いま》まで知《し》りやせんでしたよ」

沖田《おきた》がさらりとこたえた。昔《むかし》からの仲間《なかま》をまんまとおとしいれておいて、この厚顔《こうがん》である。この男《おとこ》もこの男《おとこ》で、現在《げんざい》の真選組《しんせんぐみ》の中《なか》でだれにつけば実益《じつえき》が得《え》られるのか、ちゃんと理解《りかい》しているということだろう。

伊東《いとう》は、「フフ」と薄《うす》い笑《え》みを浮《う》かべた。

「賢《かしこ》い男《おとこ》だ。望《のぞ》みは何《なに》かね？」

「もちろん。副長《ふくちょう》の座《ざ》でさァ」それだけつぶやき、沖田《おきた》は縁側《えんがわ》を離《はな》れ去《さ》っていく。

彼《かれ》の背中《せなか》に向《む》け、伊東《いとう》は「その望《のぞ》み、果《は》たすと約束《やくそく》しよう」と告《つ》げた。

権力欲《けんりょくよく》が強《つよ》く、打算的《ださんてき》。それでいて有能《ゆうのう》。沖田総悟《おきたそうご》のような人間《にんげん》は、駒《こま》として非常《ひじょう》に使《つか》いやすい。ああいう男《おとこ》には望《のぞ》む役職《やくしょく》を与《あた》え、こちらの都合《つごう》のいいように動《うご》かすのが得策《とくさく》だろう——。伊《い》東《とう》はそう考《かんが》えている。

もっとも、背後《はいご》に控《ひか》えていた腹心《ふくしん》の部下《ぶか》、篠原《しのはら》は、納得《なっとく》が行《い》っていないようだ。

「よろしいので？」

「かまわんよ。副長《ふくちょう》の座《ざ》など」

「しかし、それでは土方《ひじかた》を排除《はいじょ》した意味《いみ》が……」

「篠原君《しのはらくん》。君《きみ》は僕《ぼく》が副長《ふくちょう》などという役職《やくしょく》を得《え》たいがために土方《ひじかた》とくだらん権力争《けんりょくあらそ》いを繰《く》り広《ひろ》げていたとでも思《おも》っているのか」

篠原《しのはら》が眉《まゆ》をひそめる。想定内《そうていない》の反応《はんのう》だ、と伊東《いとう》は思《おも》う。

「君《きみ》も僕《ぼく》を理解《りかい》し得《え》ないか、篠原君《しのはらくん》……。武士《ぶし》にとって、最大《さいだい》の不幸《ふこう》はなんだと思《おも》う？」

篠原《しのはら》はこたえない。じっと伊東《いとう》の言葉《ことば》を待《ま》っているようだ。

「それは理解《りかい》されないことさ」伊東《いとう》が、ひとりごとを言《い》うように続《つづ》ける。「いくら才能《さいのう》を持《も》ち合《あ》わせていようと、いくら努力《どりょく》していようと、それを理解《りかい》されない。それに見合《みあ》うだけの評価《ひょうか》をされない。僕《ぼく》もまた、真《しん》の理解者《りかいしゃ》を得《え》なかった」

優秀《ゆうしゅう》な人間《にんげん》は一《ひと》にぎりである。一《ひと》にぎりだからこそ、共感者《きょうかんしゃ》に出会《であ》えることは少《すく》ない。しょせん凡人《ぼんじん》どもには、優秀《ゆうしゅう》な人間《にんげん》の優秀《ゆうしゅう》たるわけすら、理解《りかい》することができないのである。

「学問所《がくもんじょ》で神童《しんどう》とうたわれていた時《とき》も、名門《めいもん》・北斗流《ほくとりゅう》で皆伝《かいでん》を得《え》、塾頭《じゅくとう》に命《めい》じられた時《とき》も。ついには時流《じりゅう》に乗《の》り、攘夷《じょうい》の徒《と》とさえ交《まじ》わった。だがどこへ行《い》こうとも、僕《ぼく》の器《うつわ》が満《み》たされることはなかった……。それがまさか、こんな所《ところ》で出会《であ》えるとは」

伊東《いとう》は言葉《ことば》を切《き》り、屯所《とんしょ》を見《み》わたした。

真選組《しんせんぐみ》。剣《けん》を振《ふ》ることしか能《のう》のない田舎者集団《いなかものしゅうだん》の中《なか》に、自分《じぶん》が探《さが》し求《もと》めてやまなかった者《もの》との出会《であ》いがあるとは思《おも》わなかった。

「しかし、僕《ぼく》にとっての最大《さいだい》の不幸《ふこう》は、最大《さいだい》の理解者《りかいしゃ》が敵《てき》だったということだ」

土方十四郎《ひじかたとうしろう》。あの男《おとこ》だけが、伊東《いとう》の内面《ないめん》にくすぶる炎《ほのお》を見抜《みぬ》いていた。伊東《いとう》を危険視《きけんし》し、排除《はいじょ》しようと目論《もくろ》んでいた。ある意味《いみ》において、あの男《おとこ》こそが伊東《いとう》の渇《かわ》きを最《もっと》も満《み》たしていたと言《い》える。

まあ今《いま》となっては、もはや過去《かこ》の話《はなし》だ。最大《さいだい》の理解者《りかいしゃ》を排《はい》してしまった以上《いじょう》、渇《かわ》きを癒《いや》す手段《しゅだん》は多《おお》くはない。凡人《ぼんじん》どもにも理解《りかい》できる形《かたち》で、自《みずか》らの優秀《ゆうしゅう》さを示《しめ》す他《ほか》ないだろう。

「土方《ひじかた》は消《き》えた。となれば……近藤勲《こんどういさお》を暗殺《あんさつ》し、真選組《しんせんぐみ》を我《わ》がものにする」

空《そら》に勢《いきお》いよく流《なが》れる雲《くも》を見《み》つめながら、伊東《いとう》は唇《くちびる》のはしをゆがめた。

山崎退《やまざきさがる》は、真選組《しんせんぐみ》の監察方《かんさつがた》――つまり、密偵《スパイ》である。容疑者《ようぎしゃ》に張《は》り付《つ》いたり、敵組織《てきそしき》に潜入《せんにゅう》し

たりして情報《じょうほう》を得《え》るのがその職務《しょくむ》だ。

密偵《スパイ》という職務《しょくむ》の性質上《せいしつじょう》、腰《こし》を抜《ぬ》かすくらい重要《じゅうよう》な情報《じょうほう》を耳《みみ》にすることもよくある。そんな重要情報《じゅうようじょうほう》を入手《にゅうしゅ》した場合《ばあい》でも、いかに平静《へいせい》を保《たも》ち、ポーカーフェイスのままでいられるか。それが密偵《スパイ》の資質《ししつ》である……と山崎《やまざき》は常々《つねづね》思《おも》っていた。

しかし、さすがに今回《こんかい》は山崎《やまざき》も驚《おどろ》きをかくしきれなかった。なにせ、真選組《しんせんぐみ》の屯所《とんしょ》の中《なか》で、偶然《ぐうぜん》、謀反《むほん》の企《くわだ》てを耳《みみ》にしてしまったからである。

山崎《やまざき》は屯所《とんしょ》の廊下《ろうか》に潜《ひそ》み、聞《き》こえてくる声《こえ》に耳《みみ》をすましていた。声《こえ》の主《ぬし》はどうやらあの〝参謀《さんぼう》〟伊東鴨太郎《いとうかもたろう》である。

「――近藤勲《こんどういさお》を暗殺《あんさつ》し、この真選組《しんせんぐみ》を我《わ》がものにする」

篠原《しのはら》に向《む》けて告《つ》げられた伊東《いとう》の言葉《ことば》に、山崎《やまざき》は息《いき》をのんだ。伊東《いとう》の目的《もくてき》は、最初《さいしょ》から局長《きょくちょう》の暗殺《あんさつ》だったというのか。

「やはりあの男《おとこ》……！」

副長《ふくちょう》が言《い》っていた通《とお》りだった。伊東《いとう》を野放《のばな》しにしておくのは危険《きけん》だったのだ。

では、どうすればいいのか。伊東《いとう》に真選組《しんせんぐみ》を支配《しはい》されている今《いま》、おいそれと隊内《たいない》で協力者《きょうりょくしゃ》をつのることはできない。ここで下手《へた》に山崎《やまざき》が動《うご》けば、伊東側《いとうがわ》の人間《にんげん》に気《き》づかれ、始末《しまつ》されてしまうだろう。

頼《たよ》れるのは、もはやあの人《ひと》だけだ。

「副長《ふくちょう》に、早《はや》く副長《ふくちょう》に知《し》らせなければ……！」

今《いま》ならばまだ、伊東《いとう》のたくらみを阻止《そし》できるはず——。山崎《やまざき》は、急《いそ》ぎその場《ば》をかけ出《だ》した。

しかしこのときの山崎《やまざき》は、己《おのれ》が密偵《スパイ》として重大《じゅうだい》なミスを犯《おか》していたことに気《き》づいていなかった。

当《とう》の伊東《いとう》は、廊下《ろうか》で聞《き》き耳《みみ》を立《た》てていた山崎《やまざき》の動《うご》きを、すでに察知《さっち》していたのである。

第《だい》三章《しょう》

万事屋《よろずや》の応接間《おうせつま》には、とある客《きゃく》が訪《おとず》れていた。

さきほど、新八《しんぱち》がテレビ局《きょく》で殴《なぐ》り合《あ》いをした相手《あいて》である。相手《あいて》がまさか知《し》り合《あ》いだとは思《おも》っていなかったので、新八《しんぱち》自身《じしん》驚《おどろ》きであった。こうして彼《かれ》を万事屋《よろずや》に連《つ》れてきたのは、治療《ちりょう》と謝罪《しゃざい》のためである。

ソファーの向《む》かいに座《すわ》ったバンダナ姿《すがた》の人物《じんぶつ》に、新八《しんぱち》は頭《あたま》を下《さ》げた。

「すみませんでした。まさか、あんな所《ところ》にあなたがいるなんて……土方《ひじかた》さん」

「いや、いいんだよ」弱々《よわよわ》しい笑《え》みを見《み》せたのはトッシー……こと、土方《ひじかた》である。「この限定《げんてい》モノのフィギュア『香西《こうざい》そのか　スーパープレミアムシリーズ　1／8スケール』が無事《ぶじ》だっただけでも良《よ》しとするさ」

土方《ひじかた》は懐《ふところ》から取《と》り出《だ》した美少女《びしょうじょ》フィギュアを大切《たいせつ》そうになでまわしている。そのうっとりした表情《ひょうじょう》には、美少女《びしょうじょ》キャラへの愛《あい》がたっぷりとこめられているのだろう。

それは、新八《しんぱち》たちの知《し》る〝鬼《おに》の副長《ふくちょう》〟からはかけ離《はな》れた姿《すがた》だった。

銀時《ぎんとき》など、「え？」と目《め》がすっかり点《てん》になってしまっている。

「あの……おたく……？　本当《ほんとう》に土方《ひじかた》さんですよね？」

「何《なに》を言《い》ってるんだよ〜。坂田氏《さかたし》」土方《ひじかた》がこたえた。

「坂田氏《さかたし》!?」銀時《ぎんとき》が驚愕《きょうがく》しているようだった。なんだその呼称《こしょう》は。

土方《ひじかた》が取《と》り出《だ》したのは、真選組《しんせんぐみ》の警察手帳《けいさつてちょう》だ。そこには確《たし》かに写真入《しゃしんい》りで、土方《ひじかた》の名前《なまえ》が書《か》かれている。

「この通《とお》り、正真正銘《しょうしんしょうめい》の土方十四郎《ひじかたとうしろう》でござる」

「ござる!?」

このバンダナ男《おとこ》が土方本人《ひじかたほんにん》であるのはまちがいないようだ。しかし、このキャラの変貌《へんぼう》ぶりはいったいどうしたことなのか。イメチェン……というには度《ど》が過《す》ぎている気《き》がする。というか、完全《かんぜん》に別人《べつじん》だ。

「おおっ！　神楽氏《かぐらし》！」土方《ひじかた》が神楽《かぐら》に目《め》を向《む》けた。「その中華服《ちゅうかふく》は〝中華少女《ちゅうかしょうじょ》パパイヤ〟のコスプレでござるな。うーむ……かなり再現度高《さいげんどたか》いね〜。ちょっと写真撮《しゃしんと》らせてもらってもいいかな？」

きょとん、とする神楽《かぐら》を、土方《ひじかた》が「じゃあここでお願《ねが》いします！」とふすまの前《まえ》に誘導《ゆうどう》する。そこからの土方《ひじかた》は、コスプレ会場《かいじょう》のカメラ小僧《こぞう》よろしく、「いくよー！　はい撮《と》るよー！」と大《おお》はしゃぎである。

「あーカワイイ！　カワイイぃぃぃ！」

神楽《かぐら》の方《ほう》も満更《まんざら》ではないようで、パシャリパシャリとカメラのフラッシュを浴《あ》びながら頰《ほほ》を染《そ》めている。

「あいつ、なんで照《て》れてんの？」銀時《ぎんとき》はあきれた様子《ようす》で撮影会《さつえいかい》を見《み》つめていた。

土方《ひじかた》は「超《ちょう》カワイイ」を連呼《れんこ》しながら、神楽《かぐら》を連写《れんしゃ》している。

「あ、あの、もうちょっと、パパイヤ色強《しょくつよ》めてもらってもいいですか!?」「オウフゥゥゥ！　パパイヤライン！　パパイヤラインゴージャス！」「パパイヤスケール！　イエアアアア！」

「マジ超《ちょう》カワイイ！　超《ちょう》カワイすぎる！」「はい、じゃあ次《つぎ》は、千年《せんねん》に一度《いちど》のヤツいただいてもいいですかぁ？」

それはもはや真選組《しんせんぐみ》の土方《ひじかた》のイメージを百八十度《ひゃくはちじゅうど》変《か》えてしまうような、ナゾのテンションだった（神楽《かぐら》も神楽《かぐら》で言《い》われるまま、橋本環奈《はしもとかんな》ちゃんばりの〝千年《せんねん》に一度《いちど》ポーズ〟をキメているあたり、たいがいではあるのだが）。

「あ、ありがとう！　本当《ほんとう》にありがとう！　こ、今度《こんど》あの、『ラブパンク』のコスもして……いい？　そ、そうしてもらえると、拙者《せっしゃ》、うれしいでござるぅぅぅ！」

土方《ひじかた》はハァハァと息《いき》を荒《あら》らげながら、必死《ひっし》にファインダーをのぞいていた。アイドルオタクの新八《しんぱち》でさえ、若干引《じゃっかんひ》いてしまう勢《いきお》いである。

それにしても、と新八《しんぱち》は思《おも》う。なぜ真《ま》っ昼間《ぴるま》からこの人《ひと》は、あんな番組《ばんぐみ》に出《で》ていたのだろうか。江戸《えど》の治安維持《ちあんいじ》はどうしたのか。

「あの、土方《ひじかた》さん」

「なんだい、志村氏《しむらし》」

「仕事《しごと》はどうしたんですか？　こんな昼間《ひるま》からブラついて」

「仕事《しごと》？　ああ、真選組《しんせんぐみ》ならクビになったでござる」

土方《ひじかた》の衝撃発言《しょうげきはつげん》に、新八《しんぱち》は思《おも》わず「〃え〃え〃え〃え〃え〃え〃え!?」と声《こえ》を裏返《うらがえ》してしまった。

「真選組《しんせんぐみ》やめたの!?　なんでエエエエ!?」

「んー。なんかつまらない人間関係《にんげんかんけい》とか嫌《いや》になっちゃってね～。危険《きけん》な仕事《しごと》だし」

話《はなし》を聞《き》けば、土方《ひじかた》は局長《きょくちょう》の近藤《こんどう》から無期限《むきげん》の謹慎処分《きんしんしょぶん》を申《もう》しつけられてしまったらしい。ギリギリ警察手帳《けいさつてちょう》を返《かえ》さずに済《す》んでいるというだけで、事実上《じじつじょう》のクビである。

「今《いま》は働《はたら》かずに生《い》きていける手段《しゅだん》を模索中《もさくちゅう》。働《はたら》いたら負《ま》けだと思《おも》ってる」

「ニートだ！　完全《かんぜん》にニートの考《かんが》え方《かた》だ!!」

「そうか、考《かんが》えたら君《きみ》たちもニートみたいなもんだろ」

土方《ひじかた》にニート呼《よ》ばわりされたのが気《き》にさわったのか、銀時《ぎんとき》が顔《かお》をしかめた。

「だれがニートじゃ！　いま現在《げんざい》、バイトしまくりの勤労《きんろう》お兄《にい》さんじゃ！」

しかし土方《ひじかた》はまるで話《はなし》を聞《き》こうとしない、「そうだそうだ、坂田氏《さかたし》」と、何《なに》を思《おも》いついたのか、持参《じさん》してきた手提《てさ》げ袋《ぶくろ》の中《なか》を漁《あさ》り始《はじ》めた。

「坂田氏《さかたし》も漫画《まんが》は好《す》きだろ？　昨日《きのう》から『ラブパンク』の同人誌《どうじんし》を描《か》き始《はじ》めたんだけど——」

土方《ひじかた》がテーブルの上《うえ》に置《お》いたのは、妙《みょう》に厚《あつ》みの薄《うす》い漫画本《まんがぼん》である。自作感《じさくかん》バリバリ。表紙《ひょうし》に描《えが》かれているのは、流行《りゅうこう》のアイドルアニメを模《も》した絵《え》……なのだろうか。あまりにも人体構造《じんたいこうぞう》を無《む》視《し》し過《す》ぎたその絵《え》は、お世辞《せじ》にも上手《じょうず》とは思《おも》えなかった。ぶっちゃけド下手《へた》クソ。

にもかかわらず、なぜか土方《ひじかた》は自信満々《じしんまんまん》である。

「夏《なつ》のコミケで荒稼《あらかせ》ぎしないか？」

「こんなガキの絵日記《えにっき》みたいなもんが売《う》れるかァァ！」

叫《さけ》ぶ銀時《ぎんとき》に、新八《しんぱち》も同感《どうかん》であった。この男《おとこ》は、いったいどうしてしまったというのか。

「どうしよう銀《ぎん》さん……。人間《にんげん》ってこんな短時間《たんじかん》で、こんなに変《か》わっちゃうもんなんですかね？」

「鬼《おに》の副長《ふくちょう》の面影《おもかげ》もないアル」

神楽《かぐら》の言《い》う通《とお》りだ。銀時《ぎんとき》も「うーむ」と首《くび》をかしげている。

常識的《じょうしきてき》に考《かんが》えれば、突然《とつぜん》こんな性格《せいかく》の変化《へんか》が起《お》こるものではない。だとすれば今《いま》の土方《ひじかた》には、常識《じょうしき》の範囲外《はんいがい》の現象《げんしょう》が起《お》きている可能性《かのうせい》がある。

ならば、常識外《じょうしきはず》れの知識《ちしき》を持《も》つ人間《にんげん》にたずねてみるのもいいかもしれない。新八《しんぱち》の頭《あたま》に浮《う》かんだのは、かぶき町《ちょう》に住《す》む変人機械技師《へんじんからくりぎし》の顔《かお》であった。

かぶき町《ちょう》の郊外《こうがい》に建《た》つ工場《こうじょう》、源外庵《げんがいあん》。

一見《いっけん》するとクズ鉄《てつ》やガラクタにまみれた場末《ばすえ》の工場《こうじょう》にしか見《み》えない場所《ばしょ》だが、実《じつ》はここは江戸《えど》随一《ずいいち》のテクノロジーを有《ゆう》する天才技師《てんさいぎし》のラボである。戦車《せんしゃ》やらロボットやら飛行機械《ひこうきかい》やら、彼《かれ》に作《つく》れないものはない。

その機械技師《からくりぎし》の名《な》は、平賀源外《ひらがげんがい》。特注《とくちゅう》のゴーグルを頭《あたま》につけた、どことなくうさんくさげな老《ろう》人《じん》である。

「……なるほどじゃな。この首元《くびもと》にね、チップが埋《う》まってるようじゃな。〃ヘタレオタクタイプ〃って書《か》いてある」

源外《げんがい》が、エックス線写真《せんしゃしん》を見《み》ながらつぶやいた。土方《ひじかた》の首《くび》の部分《ぶぶん》を撮影《さつえい》したものである。

超常現象《ちょうじょうげんしょう》の解明《かいめい》には、超《ちょう》テクノロジーの使《つか》い手《て》に頼《たよ》るのがベストだ。万事屋一行《よろずやいっこう》は、土方《ひじかた》がとつぜんオタクと化《か》してしまった原因《げんいん》を探《さぐ》るため、この源外庵《げんがいあん》を訪《おとず》れていたのである。

そしてどうやら、その選択《せんたく》は正解《せいかい》だったようだ。土方《ひじかた》をオタク化《か》させていた原因《げんいん》は、首筋《くびすじ》に埋《う》まっているチップのせいだったという。

「チップ？」万事屋一同《よろずやいちどう》が、そろって首《くび》をかしげた。

「天人《あまんと》が一時期《いちじき》、研究開発《けんきゅうかいはつ》しとったんじゃ。この国《くに》の民《たみ》を支配《しはい》して、反乱《はんらん》を起《お》こさぬようにね。なんというか……民《たみ》の戦闘心《せんとうしん》を削《そ》ぐというチップ。脊椎《せきつい》の脳神経《のうしんけい》の集中《しゅうちゅう》するところに埋《う》めこんで、そいつを骨抜《ほねぬ》きにするっていう」

「『しとった』っていうことは……？」

新八《しんぱち》の疑問《ぎもん》に、源外《げんがい》が「やめたの」とこたえた。

「なんで？」と、銀時《ぎんとき》。

「うーん、なんていうのかな……『数多《かずおお》くね？』って。『これ、国民全員分《こくみんぜんいんぶん》のチップ作《つく》るって、数多《かずおお》すぎるやろ』って。『せめて攘夷志士《じょういしし》の数《かず》だけ作《つく》る？』みたいな意見《いけん》も出《で》たらしいんだけど、『だったら殺《ころ》した方《ほう》が早《はや》くね？』って。そしたらみんな『あー』って。そしたらみんな、

『じゃあチップはやめよっか』って話《はなし》になったそうじゃな」

なるほど、それは確《たし》かに一理《いちり》ある。いちいちチップを作《つく》って埋《う》めこむ手間《てま》を考《かんが》えたら、荒《あら》っぽい手段《しゅだん》をとった方《ほう》が楽《らく》そうだ。万事屋《よろずや》一同《いちどう》は「わかるぅぅ」とうなずいた。

「その研究所《けんきゅうじょ》から、いくつか持《も》ち出《だ》したヤツがいるってウワサは聞《き》いてた。文春《ぶんしゅん》の友達《ともだち》から」

ソースは文春《ぶんしゅん》なのか。週刊誌業界《しゅうかんしぎょうかい》トップクラスの情報収集能力《じょうほうしゅうしゅうのうりょく》なら信《しん》じざるを得《え》ない。神楽《かぐら》も「さすが文春《ぶんしゅん》アル」と深《ふか》くうなずいている。

「それはさながら、ルパンが若《わか》かりし頃《ころ》、カリオストロの城《しろ》に侵入《しんにゅう》し、ゴート札《さつ》を盗《ぬす》み出《だ》し、銃《じゅう》で撃《う》たれてクラリスに助《たす》けられたごとしなのでござるか？」

トッシーのよくわからないたとえに、源外《げんがい》は「あー、うん」と生返事《なまへんじ》をしつつ、「何《なに》言《い》ってんのコイツ？」と面倒《めんどう》くさそうな顔《かお》で銀時《ぎんとき》に視線《しせん》を向《む》けた。

銀時《ぎんとき》もすでにうんざりしているようで、

「ね？　ウザいでしょ？　ねえ、そのチップ、早《はや》く壊《こわ》しちゃってよ」

「無理無理《むりむり》～」源外《げんがい》が肩《かた》をすくめた。「だって背骨《せぼね》にチップくっ付《つ》いてるからさ。それ取《と》ろうとしたら近《ちか》くにある神経《しんけい》までガツっと行《い》っちゃうからさ。どんな腕《うで》のいい医者《いしゃ》でも無理無理《むりむり》～」

どうやらそのチップ、外科的《げかてき》な方法《ほうほう》で取《と》り出《だ》すことはできないらしい。これはなにか別《べつ》の方法《ほうほう》を考《かんが》えた方《ほう》がいいのではないか――新八《しんぱち》が考《かんが》えこんでいると、工場《こうじょう》の入《い》り口《ぐち》のあたりから、何者《なにもの》かの声《こえ》が聞《き》こえてきた。

「やりますよ」

声《こえ》の主《ぬし》の方《ほう》を見《み》る。髪《かみ》は半分白髪《はんぶんしらが》、黒《くろ》ずくめのコートの男《おとこ》だった。かたわらに、おかっぱ頭《あたま》にリボンをつけた少女《しょうじょ》を連《つ》れている。少女《しょうじょ》は舌足《したた》らずな口調《くちょう》で「やるのよさ」と胸《むね》を張《は》っているではないか。

顔《かお》に大《おお》きな手術痕《しゅじゅつあと》のあるその男《おとこ》は、某手塚漫画《ぼうてづかまんが》の登場人物《とうじょうじんぶつ》に酷似《こくじ》していた。世界最高《せかいさいこう》の腕《うで》を持《も》つ無免許医師《むめんきょいし》、確《たし》か名前《なまえ》はブラックなんとか……略《りゃく》してＢＪ《ビージェイ》とか呼《よ》ばれていたような気《き》がする。

突然現《とつぜんあらわ》れたＢＪ《ビージェイ》氏《し》に、源外《げんがい》がけむたげな表情《ひょうじょう》を向《む》ける。

「ええー、高《たか》いじゃんあなた。いくら？」

「二億円《おくえん》」

ＢＪ《ビージェイ》氏《し》がためらいなく告《つ》げた。金《かね》にガメついのもウワサ通《どお》りらしい。

源外《げんがい》が万事屋一同《よろずやいちどう》に向《む》けて「ある？」とたずねた。

二億円《おくえん》なんて法外《ほうがい》な額《がく》、新八《しんぱち》たちが持《も》っているはずがない。そもそも万事屋《よろずや》は、今月《こんげつ》の家賃《やちん》すら払《はら》えずに困《こま》っているのだ。そんなの「ない」とこたえるしかないではないか。

「じゃ、ダメだな」「ダメなのよさ」

立《た》ち去《さ》ろうとするＢＪ《ビージェイ》氏《し》の顔《かお》を、銀時《ぎんとき》がしげしげとのぞきこんだ。

「『相棒《あいぼう》』の鑑識《かんしき》の人《ひと》ですよね。そして前《まえ》に、シャアをやったおじさんですよね」

ＢＪ《ビージェイ》氏《し》は「いやあ」と笑《え》みを浮《う》かべ、そのまま立《た》ち去《さ》っていく。

そういえば実写版第《じっしゃばんだい》一弾《だん》でも、マスクをかぶったおじさんが出《で》てきていた。あの人《ひと》、コスプレが趣味《しゅみ》なのだろうか——。新八《しんぱち》が首《くび》をかしげた。

一方《いっぽう》、源外《げんがい》は、土方《ひじかた》を見《み》つめ「ううむ」とうなっていた。

「なんか手《て》はないの？　ヘタレを治《なお》す手《て》は？」銀時《ぎんとき》がたずねる。

「では、あれをやるしかないな」

源外《げんがい》が思《おも》わせぶりにつぶやいた。


ちょうど同《おな》じころ山崎《やまざき》は、ひとり森《もり》の中《なか》を走《はし》っていた。

痛《いた》む腕《うで》を押《お》さえながら、荒《あら》い息《いき》をもらす。屯所《とんしょ》を離《はな》れる際《さい》、不覚《ふかく》にも何者《なにもの》かにおそわれ、負傷《ふしょう》

してしまったのだ。おそらく伊東《いとう》の手《て》の者《もの》だろう。山崎《やまざき》の存在《そんざい》は、すでに敵《てき》に見破《みやぶ》られていたのである。

命《いのち》からがら屯所《とんしょ》から逃《に》げだすことには成功《せいこう》したが、非常《ひじょう》にマズい状況《じょうきょう》だった。伊東《いとう》はもう、近藤暗殺計画《こんどうあんさつけいかく》を実行《じっこう》に移《うつ》そうとしている。もはや猶予《ゆうよ》はない。

「伊東《いとう》に……近藤《こんどう》さんが伊東《いとう》にやられる！　早《はや》く、早《はや》く副長《ふくちょう》に知《し》らせないと……副長《ふくちょう》までヤツらに――」

そのときだった。走《はし》る山崎《やまざき》の目前《もくぜん》に、ひとりの男《おとこ》が現《あらわ》れた。背中《せなか》に三味線《しゃみせん》を背負《せお》った、痩身《そうしん》の男《おとこ》だ。黒《くろ》のサングラスはスタイリッシュ、頭《あたま》につけたヘッドホンからはシャカシャカと音楽《おんがく》がもれている。ミュージシャンのような見《み》た目《め》でありながら、この男《おとこ》からはどこか危険《きけん》な匂《にお》いがする。

「お、お前《まえ》は……!?」

男《おとこ》は表情《ひょうじょう》を変《か》えず、ゆらりと刀《かたな》を抜《ぬ》いた。

土方《ひじかた》は今《いま》、操縦席《そうじゅうせき》にいた。身体《からだ》にピッタリ密着《みっちゃく》したパイロットスーツを着《き》せられ、ナゾの巨大《きょだい》

ロボットに乗《の》せられている。

正面《しょうめん》モニターの向《む》こうには、異形《いぎょう》の怪物《かいぶつ》がいた。どういうわけか自分《じぶん》は、巨大《きょだい》ロボットでこの怪物《かいぶつ》との戦闘《せんとう》を命《めい》じられてしまったのである。ここで怪物《かいぶつ》を止《と》めないと、人類《じんるい》の未来《みらい》がヤバイとかなんとか。

急《きゅう》にそんなこと言《い》われても——と、土方《ひじかた》は表情《ひょうじょう》をひきつらせた。

「無理《むり》だ！　僕《ぼく》にはやれない！　僕《ぼく》はヘタレなんだ」

『こいつじゃダメアルな。パイロットを変《か》えるアル』

基地《きち》からの通信画面《つうしんがめん》に現《あらわ》れたのは、サングラスをかけた神楽《かぐら》である。両手《りょうて》を顔《かお》の前《まえ》で組《く》む司令《しれい》官《かん》スタイルで、なにやら偉《えら》そうなことを言《い》っていた。

その脇《わき》から、『トッシー、行《い》きなさい！』と、銀時《ぎんとき》が口《くち》をはさんでくる。この男《おとこ》もなぜか、ロングヘアのカツラをかぶり、丈《たけ》の短《みじか》いジャンパーにミニスカという某《ぼう》お姉《ねえ》さん風《ふう》スタイルだった。

この女装男《じょそうおとこ》が作戦指揮官《さくせんしきかん》らしい。

『人類《じんるい》の未来《みらい》は君《きみ》にかかっているのよ！』

「ダメだ！　怖《こわ》い！　逃《に》げたい！　どうして僕《ぼく》じゃなきゃいけないんですか！」

『やっぱりダメアル。ヤツを呼《よ》べアル』

神楽《かぐら》が首《くび》を振《ふ》る。期待《きたい》外《はず》れだった、とでも言《い》いたげに、土方《ひじかた》から視線《しせん》をそらした。

『ちょっと博士《はかせ》！　あんなヤツにやらせないで、あたしにやらせてくださいよ！』

強気《つよき》な口調《くちょう》で文句《もんく》を言《い》っているのは、ツーサイドアップの髪型《かみがた》に真《ま》っ赤《か》なパイロットスーツを身《み》につけた平賀源外《ひらがげんがい》である。オッサンにはなかなか無理《むり》のあるコスチュームだった。

強気系《つよきけい》ヒロインがいるとなれば、当然《とうぜん》無口系《むくちけい》ヒロインもいる。制服姿《せいふくすがた》の青髪《あおがみ》の少女《しょうじょ》は、どう見《み》ても新八《しんぱち》だった。

制服姿《せいふくすがた》の新八《しんぱち》が、顔色《かおいろ》を変《か》えずに静《しず》かにたずねる。

『トッシー、やっぱりダメなんですか』

『ダメなんかじゃないわ。彼《かれ》はちゃんとやれる子《こ》よ！　もともと〝鬼《おに》の副長《ふくちょう》〟って呼《よ》ばれてたんだから！』

そう言《い》う銀時《ぎんとき》の脇《わき》で、源外《げんがい》が『ふん！』とツンデレ気味《ぎみ》に鼻息《はないき》を鳴《な》らした。

『鬼《おに》の副長《ふくちょう》が聞《き》いてあきれるわ！』

『トッシー、私《わたし》が代《か》わります』と、新八《しんぱち》。

『トッシー！　いつまでウジウジしてるの！　早《はや》く攻撃《こうげき》しなさい！』

銀時《ぎんとき》に急《せ》かされるも、土方《ひじかた》の身体《からだ》は動《うご》かない。

「こ、攻撃《こうげき》の仕方《しかた》なんてわからない……！」

土方《ひじかた》がとまどっているうちに、正面《しょうめん》の怪物《かいぶつ》はこちらに近《ちか》づいてきてしまう。怪物《かいぶつ》の腕《うで》がこちらのロボを捕《と》らえ、攻撃《こうげき》を加《くわ》えてくる。

「うわァァァ!?　僕《ぼく》は逃《に》げる！　僕《ぼく》にはできない!!」

『トッシー、あきらめないで！』銀時《ぎんとき》が言《い》う。

『とことんダメなヤツアル』神楽《かぐら》が首《くび》を振《ふ》る。

『死《し》んだ方《ほう》がいい』新八《しんぱち》がつぶやく。

『このヘタレェェェ！』源外《げんがい》が叫《さけ》ぶ。

「そんなこと言《い》ったって、僕《ぼく》には何《なに》もできないよ！　僕《ぼく》は戦《たたか》うのが怖《こわ》いんだ！　早《はや》くアニメが観《み》たいよォォォォ！」

土方《ひじかた》が涙《なみだ》を流《なが》して悲鳴《ひめい》を上《あ》げるも、状況《じょうきょう》はなにも変《か》わらなかった。ロボットは無抵抗《むていこう》のまま怪物《かいぶつ》の攻撃《こうげき》を受《う》け、そのまま爆発四散《ばくはつしさん》してしまう。

人類《じんるい》の未来《みらい》は絶望《ぜつぼう》に閉《と》ざされたのだった。

「はあっ……！　はあっ……！」

VR《ブイアール》用《よう》のヘッドマウントディスプレイを外《はず》した土方《ひじかた》は、すっかり息切《いきぎ》れしてしまっていた。様《よう》子《す》を見《み》るに、どうもヘタレオタク化《か》は治《なお》っていないようだ。

源外《げんがい》が、ううむと首《くび》をひねる。

「やはりこのチップ、なかなか手強《てごわ》いな。この程度《ていど》の矯正《きょうせい》では歯《は》が立《た》たんわ。ヘタレを治《なお》すには最適《さいてき》なんじゃがなあ」

「USJ《ユーエスジェイ》よりはるかにショボかったですね」

「キャスティングミスがヤバかったアル」

「これ絶対《ぜったい》、〇〇〇《ピー》に怒《おこ》られるヤツだよね」

ヘッドマウントディスプレイを外《はず》しながら、新八《しんぱち》、神楽《かぐら》、銀時《ぎんとき》がそろってため息《いき》をつく。このVR《ブイアール》マシンによる矯正《きょうせい》を始《はじ》め、思《おも》いつく案《あん》はひと通《とお》りためしてみたものの、土方《ひじかた》はいっこうに元《もと》にもどる気配《けはい》を見《み》せなかった。

さすがに万策尽《ばんさくつ》きた。万事屋《よろずや》一行《いっこう》は、そろって肩《かた》を落《お》としてしまう。

そんな中《なか》、ふと新八《しんぱち》の耳《みみ》に「カチッ」という金属音《きんぞくおん》が聞《き》こえてきた。ふと脇《わき》を見《み》れば、土方《ひじかた》がライターを取《と》り出《だ》している。ふるえる手《て》で、タバコを口《くち》にくわえようとしているのだ。

「え!? タバコ……!? ってことは、土方《ひじかた》さんもどった!?」

「いや、自分《じぶん》でもわかる。こいつが最後《さいご》の一本《いっぽん》だ」

額《ひたい》に汗《あせ》を浮《う》かべながら、土方《ひじかた》がタバコに火《ひ》をつける。その言動《げんどう》はトッシーではなく、まちがいなく元々《もともと》の土方《ひじかた》のものだった。

「これで土方十四郎《ひじかたとうしろう》とはおさらばだ。もう何分《なんぷん》もすると俺《おれ》の人格《じんかく》は完全《かんぜん》にこのチップに乗《の》っ取《と》られる」

土方《ひじかた》は今《いま》、最後《さいご》の意識《いしき》を振《ふ》りしぼり、体内《たいない》のチップと懸命《けんめい》に戦《たたか》っているのかもしれない。銀時《ぎんとき》に向《む》け、強《つよ》がりの笑《え》みを浮《う》かべてみせる。

「ふふふ……俺《おれ》もヤキが回《まわ》ったもんだ。まァ、いい……」

土方《ひじかた》が、ふうっと大《おお》きなけむりを吐《は》き出《だ》した。まるで今生《こんじょう》の別《わか》れのような表情《ひょうじょう》で、じっくりと最後《さいご》の一服《いっぷく》を味《あじ》わっている。

「コイツで最後《さいご》だ。ワラだろうがなんだろうが、すがってやらァ……」

どうしてもこちらになにか伝《つた》えたいことがあるのだろう。新八《しんぱち》たちは、固唾《かたず》をのんで土方《ひじかた》の言《こと》葉《ば》を待《ま》った。

「いいか。時間《じかん》がねェ。一度《いちど》しか言《い》わねェ……。てめーらに……最初《さいしょ》で最後《さいご》の頼《たの》みがある」

土方《ひじかた》はやおらにひざまずき、両手《りょうて》を地面《じめん》につけた。それから銀時《ぎんとき》を強《つよ》く見《み》つめ、しっかりと頭《あたま》を下《さ》げる。

「頼《たの》む……。真選組《しんせんぐみ》を……俺《おれ》の……俺《おれ》たちの真選組《しんせんぐみ》を……護《まも》ってくれ……！」

ぐぼっと、山崎《やまざき》の口《くち》から血《ち》があふれる。目《め》の前《まえ》の男《おとこ》の刀《かたな》に胸《むね》を貫《つらぬ》かれたのである。この男《おとこ》の剣《けん》さばき、常人《じょうじん》のものではない。まるで反応《はんのう》できなかった。

山崎《やまざき》が男《おとこ》を見上《みあ》げる。その顔《かお》は以前《いぜん》、手配書《てはいしょ》で見《み》たことがあった。

「お、お前《まえ》は……伝説《でんせつ》の剣豪《けんごう》、河上万斉《かわかみばんさい》……千人斬《せんにんぎ》りの万斉《ばんさい》は……実在《じつざい》したのか……」

「今《いま》は、鬼兵隊《きへいたい》の万斉《ばんさい》でござる」

ヘッドホンの男《おとこ》——河上万斉《かわかみばんさい》が、山崎《やまざき》の身体《からだ》から刀《かたな》を引《ひ》き抜《ぬ》いた。山崎《やまざき》の胸《むね》からこぼれる鮮血《せんけつ》

が、地面《じめん》を赤黒《あかぐろ》くぬらす。

「鬼兵隊《きへいたい》……!?」

鬼兵隊《きへいたい》とは、攘夷浪士《じょういろうし》・高杉晋助《たかすぎしんすけ》が組織《そしき》する武力組織《ぶりょくそしき》である。その目的《もくてき》は幕府《ばくふ》の破壊《はかい》。真選組《しんせんぐみ》にとって目下《もっか》、最大《さいだい》の敵《てき》と言《い》ってもいい存在《そんざい》だった。その一員《いちいん》が、いったいなぜここに現《あらわ》れたというのか。

混乱《こんらん》する山崎《やまざき》の背後《はいご》から、伊東鴨太郎《いとうかもたろう》とその配下《はいか》の隊士《たいし》たちがやってきた。山崎《やまざき》を追《お》ってきたのだろうか。前門《ぜんもん》の河上《かわかみ》、後門《こうもん》の伊東《いとう》。もはや山崎《やまざき》に逃《に》げ場《ば》はない。

鬼兵隊《きへいたい》と真選組《しんせんぐみ》は、テロリストと警察《けいさつ》という関係《かんけい》にある。本来《ほんらい》であれば、敵同士《てきどうし》のはずなのだ。なのに、伊東《いとう》は万斉《ばんさい》に意味深《いみしん》な視線《しせん》を向《む》けただけで、捕《と》らえようともしなかった。

それだけで、山崎《やまざき》は理解《りかい》する。

「い、伊東《いとう》……! 貴様《きさま》ァ……! 鬼兵隊《きへいたい》と内通《ないつう》していたかァ……!」

地《ち》にたおれ伏《ふ》した山崎《やまざき》を見下《みお》ろし、伊東《いとう》が口《くち》を開《ひら》いた。

「山崎君《やまざきくん》。斬《き》り合《あ》いばかりでは世《よ》の中《なか》は変《か》わらない。僕《ぼく》たちはもっとたがいにうまく付《つ》き合《あ》っていけるはずなんだ。双方《そうほう》の利潤《りじゅん》を満《み》たし、均衡《きんこう》を保《たも》つためのパートナーとして」

そもそもテロリストがいなければ、警察《けいさつ》はいらなくなってしまう——と伊東《いとう》は言《い》う。だからこそ裏《うら》で手《て》を組《く》み、たがいに双方《そうほう》が双方《そうほう》にとってバランスの良《よ》い活動《かつどう》をすべきだ、と。

警察《けいさつ》とテロリストが陰《かげ》で結託《けったく》し、活動《かつどう》する――。山崎《やまざき》にとってそれは、まるで理解《りかい》できない理屈《りくつ》だった。江戸《えど》に暮《く》らす人々《ひとびと》にとって、これ以上《いじょう》の絶望《ぜつぼう》があるだろうか。

伊東《いとう》が、眼鏡《めがね》をくいと持《も》ち上《あ》げた。

「君《きみ》の上司《じょうし》のようなやり方《かた》では真選組《しんせんぐみ》はこれ以上強《いじょうつよ》くならない。僕《ぼく》の手《て》によって真選組《しんせんぐみ》は生《う》まれ変《か》わるんだ。もっと強《つよ》く、もっと大《おお》きく。そうしてこの伊東鴨太郎《いとうかもたろう》が、器《うつわ》を天下《てんか》に示《しめ》すための方舟《はこぶね》となってもらう」

「やりたきゃやりなよ」山崎《やまざき》は伊東《いとう》をにらみつけ、息《いき》も絶《た》え絶《だ》えに続《つづ》ける。「アンタの器《うつわ》がどれほどのもんか知《し》らないが、士道《しどう》も節義《せつぎ》も持《も》ち合《あ》わせない空《から》っぽの器《うつわ》になんか、だれも入《はい》っていかないよ」

山崎《やまざき》はその場《ば》から立《た》ち上《あ》がろうとしたが、うまく身体《からだ》に力《ちから》が入《はい》らなかった。だが、それならそれで構《かま》わない。はってでも逃《に》げるだけだ。

あの人《ひと》のもとにたどり着《つ》きさえすれば、あとはきっとなんとかしてくれる。これまでずっと、そうだったのだから。

「俺《おれ》は、土方《あのひと》たちについていかせてもらうよ……。最後《さいご》まで」

「ふふ」伊東《いとう》がほくそ笑《え》む。「死《し》ぬ最期《さいご》の時《とき》まで土方《ひじかた》に知《し》らせようと前進《ぜんしん》する。それが監察《かんさつ》である君《きみ》の士道《しどう》だと……？」

伊東《いとう》が万斉《ばんさい》に向《む》き直《なお》った。「万斉殿《ばんさいどの》、あとは頼《たの》む」

万斉《ばんさい》が近《ちか》づいてくる。とどめを刺《さ》すつもりなのだろう。山崎《やまざき》の頭上《ずじょう》に、刀《かたな》を振《ふ》り上《あ》げた。

しかしそれでも、山崎《やまざき》は前《まえ》に進《すす》むのをやめなかった。副長《ふくちょう》の部下《ぶか》として、ここで諦《あきら》めるわけにはいかないのだ。

「君《きみ》には攘夷浪士《じょういろうし》と戦《たたか》い、討《う》ち死《じ》にした名誉《めいよ》の殉職《じゅんしょく》を与《あた》えよう。良《よ》かったな。君《きみ》らの大好《だいす》きな士《し》道《どう》とやらが通《とお》せるんだ。上司《じょうし》たちにもしっかりと伝《つた》えておくよ」

伊東《いとう》が山崎《やまざき》に背《せ》を向《む》け、言《い》い捨《す》てるようにつぶやいた。

「いや、必要《ひつよう》ないか。彼《かれ》らもすぐに君《きみ》のところに行《い》くのだから」

それが最期《さいご》だった。山崎《やまざき》に向《む》け、万斉《ばんさい》の刀《かたな》が振《ふ》り下《お》ろされたのである。

かぶき町《ちょう》の空《そら》には、厚《あつ》い雲《くも》がかかっていた。じめじめしたしめった空気《くうき》が、不快感《ふかいかん》をあおって

いる。よくないことが起《お》こりそうな気配《けはい》だった。

「真選組《しんせんぐみ》の中《なか》で何《なに》かが起《お》きてる。おかしなチップを埋《う》めこまれて、それで真選組《しんせんぐみ》をクビになって……」

源外《げんがい》のところからもどる道《みち》すがら、新八《しんぱち》がつぶやいた。

背後《はいご》をひと目《め》見《み》ると、猫背《ねこぜ》の土方《ひじかた》がついてくるのが見《み》える。おどおどして、どこか暗《くら》そうな表情《ひょうじょう》だ。あのあと結局《けっきょく》、土方《ひじかた》は完全《かんぜん》にヘタレオタクと化《か》してしまったのである。

銀時《ぎんとき》が「さあな」とこたえた。

「まァ、何《なに》が起《お》きてようが起《お》きてなかろうが、俺《おれ》たちには関係《かんけい》ねーだろ。これ以上深入《いじょうふかい》りはよそうや」

「でも、あの土方《ひじかた》さんが、よりによって僕《ぼく》らに頼《たの》みごとをするなんて……」

真選組《しんせんぐみ》を護《まも》ってくれ――。土方《ひじかた》が告《つ》げた言葉《ことば》には、尋常《じんじょう》でなく強《つよ》い想《おも》いがこめられていた。あれはもう、本来《ほんらい》の土方《ひじかた》が消《き》える前《まえ》に残《のこ》した、いわば遺言《ゆいごん》のようなものなのだ。

銀時《ぎんとき》も、それが無視《むし》していいものでないことはわかっているはずである。

「あのプライドの高《たか》い土方《ひじかた》さんが……銀《ぎん》さんとは犬猿《けんえん》の仲《なか》であるはずの土方《ひじかた》さんが、恥《はじ》も外聞《がいぶん》も捨《す》てて僕《ぼく》らに頼《たよ》るなんて、よほどのことが――」

ふと、背後《はいご》を歩《ある》いていた当《とう》の土方《ひじかた》が「あのォ、坂田氏《さかたし》」と声《こえ》をかけてきた。

「実《じつ》は今日《きょう》、レアものの『ラブパンク』フィギュアの販売会《はんばいかい》なんだけど、一人一個《ひとりいっこ》しか売《う》ってくれないんだ。しかし、拙者《せっしゃ》としては保存用《ほぞんよう》と鑑賞用《かんしょうよう》、そして……デュフフ、実用用《じつようよう》と三《みっ》つそろえておきたいところでね」

何《なに》を言《い》い出《だ》したんだ、このヘタレオタクは。

「そこで諸君《しょくん》らに指令《しれい》を下《くだ》す！　拙者《せっしゃ》といっしょに販売会《はんばいかい》に——」

土方《ひじかた》が言《い》い終《お》わらないうちに、神楽《かぐら》のハイキックが彼《かれ》の顔面《がんめん》に炸裂《さくれつ》していた。

「今《いま》いい感《かん》じで、お前《まえ》が簡単《かんたん》にもの頼《たの》まない話《はなし》してたんだよ！」新八《しんぱち》の拳《こぶし》がうなる。

「恥《はじ》と外聞《がいぶん》捨《す》て過《す》ぎなんだよ！」銀時《ぎんとき》も土方《ひじかた》のボディに蹴《け》りを放《はな》つ。

「三《みっ》つ目《め》の実用《じつよう》って何《なに》に使《つか》うんだ!?　マジキモイアル！」神楽《かぐら》も容赦《ようしゃ》なくドツいていた。

トッシー、いくらなんでも空気読《くうきよ》めなすぎである。

「心配《しんぱい》してるこっちがバカバカしいわ！」

新八《しんぱち》らが土方《ひじかた》を総《そう》ツッコミで制裁《せいさい》していると、ファンファンとサイレンの音《おと》が聞《き》こえてきた。

真選組《しんせんぐみ》のパトカーである。

「副長《ふくちょう》！　ようやく見《み》つけた!!」

真選組隊士《しんせんぐみたいし》が数名《すうめい》、弾《はじ》かれるようにパトカーから飛《と》び出《だ》してきた。

「大変《たいへん》なんです！　副長《ふくちょう》ォ」「スグに……スグに隊《たい》にもどってください！」

だれも彼《かれ》も、ひどく血相《けっそう》を変《か》えている。とても不穏《ふおん》な予感《よかん》がする。新八《しんぱち》は「何《なに》かあったんですか？」とたずねた。

真選組隊士《しんせんぐみたいし》のひとりが、真《ま》っ青《さお》な顔《かお》でこたえた。

「山崎《やまざき》さんが……！　山崎《やまざき》さんが何者《なにもの》かに殺害《さつがい》されました！」

「や、山崎《やまざき》さんが!?」

新八《しんぱち》は耳《みみ》を疑《うたが》った。どうやら山崎《やまざき》は、屯所《とんしょ》の外《はず》れで血《ち》まみれでたおれていたらしい。

真選組《しんせんぐみ》の山崎《やまざき》と言《い》えば、新八《しんぱち》もよく知《し》る人物《じんぶつ》だった。たがいに地味《じみ》ポジション同士《どうし》、妙《みょう》にウマが合《あ》ったりしたのだが……まさか、あの人《ひと》が殺《ころ》されてしまうなんて。正直信《しょうじきしん》じられない。何《なに》かのまちがいだと思《おも》いたい。

あせった様子《ようす》で、隊士《たいし》たちは報告《ほうこく》を続《つづ》ける。

「下手人《げしゅにん》はまだ見《み》つかっておりません」

「とにかく一度《いちど》、屯所《とんしょ》にもどってください！」

隊士《たいし》のひとりが土方《ひじかた》の腕《うで》をつかみ、パトカーに乗《の》せようとする。しかし当《とう》の土方《ひじかた》は「えええ!?」と不安《ふあん》げな表情《ひょうじょう》を浮《う》かべていた。

「でも拙者《せっしゃ》、クビになった身《み》だし……」

「そんなことを言《い》っている場合《ばあい》じゃないんですよ!! さっ、早《はや》く……!」

隊士《たいし》たちが、土方《ひじかた》を囲《かこ》んだ。なんだか強引《ごういん》すぎる気《き》もする。しかもどういうわけか、そのうちの幾人《いくにん》かは、刀《かたな》の柄《つか》をにぎっているようだ。

「副長《ふくちょう》も……山崎《やまざき》のところへ……」

あれ、なにかおかしいぞ――新八《しんぱち》が眉《まゆ》をひそめたそのときだ。隊士《たいし》たちが一斉《いっせい》に刀《かたな》を抜《ぬ》き放《はな》ったではないか。

土方《ひじかた》が「!?」と目《め》を見開《みひら》く。なんとこの隊士《たいし》たち、最初《さいしょ》から土方《ひじかた》を亡《な》き者《もの》にしようとしていたようだ。

しかし、銀時《ぎんとき》の反応《はんのう》は素早《すばや》かった。土方《ひじかた》の首根《くびね》っこをつかみ、脱兎《だっと》のごとくかけ出《だ》したのである。さすが、幾度《いくど》も死線《しせん》を乗《の》り越《こ》えてきただけのことはある。

新八《しんぱち》と神楽《かぐら》も、あわてて銀時《ぎんとき》の後《あと》を追《お》うことにした。まずはあの真選組連中《しんせんぐみれんちゅう》から逃《に》げなければ、自分《じぶん》たちまで始末《しまつ》されてしまうかもしれないのだ。

「しまった!! 逃《に》げられた!!」

銀時《ぎんとき》は土方《ひじかた》を引《ひ》きずりながら、近《ちか》くの路地《ろじ》にかけこんだ。多勢《たぜい》に無勢《ぶぜい》なのだ。とりあえずあの真選組連中《しんせんぐみれんちゅう》と距離《きょり》を取《と》らなければならない。

だというのに土方《ひじかた》と来《き》たら、じたばたと暴《あば》れて非常《ひじょう》に面倒《めんどう》くさい。

「いたたたたた!! 坂田氏《さかたし》ィィ!! シャツが身体《からだ》に食《く》いこんでるぅぅ!! ちぎれるぅぅ!! さながら、ジオングとの戦《たたか》いで追《お》いこまれたガンダムのように、腕《うで》と首《くび》がちぎれそうだァァァァァァ〜〜!」

「うるせエエエエ!! てめっ、だまってろ!!」

ヘタレ発言《はつげん》にイラっときたのか、銀時《ぎんとき》が怒鳴《どな》った。今《いま》の土方《ひじかた》は、すっかりお荷物《にもつ》と化《か》してしまっている。これを引《ひ》っ張《ぱ》って逃《に》げるのも、楽《らく》ではなさそうだ。

「ああもう、どういうことですかァァァ!? どうして真選組《しんせんぐみ》が土方《ひじかた》さんを殺《ころ》そうとするんですかァァァ!?」

路地《ろじ》を走《はし》りつつ、新八《しんぱち》が疑問《ぎもん》の声《こえ》を上《あ》げる。しかし、その疑問《ぎもん》にこたえる余裕《よゆう》のある者《もの》はいなかった。

先《さき》ほどの連中《れんちゅう》が先回《さきまわ》りしたのだろう。前方《ぜんぽう》から、真選組《しんせんぐみ》のパトカーが猛《もう》スピードでつっこんできたのである。

これはヤバい！　ひき殺《ころ》される――と新八《しんぱち》はうろたえる。

しかし、そんな新八《しんぱち》を後目《しりめ》に、勇敢《ゆうかん》にもパトカーにつっこんでいく者《もの》がいた。

「ぬうううううううう！」

神楽《かぐら》である。なんと神楽《かぐら》は自《みずか》らパトカーの前《まえ》に身《み》をおどらせ、「ふんごォォォォォ!!」と両腕《りょううで》の力《ちから》だけでパトカーを止《と》めてしまったのだった。

その衝撃《しょうげき》により、パトカーのフロント部分《ぶぶん》は完全《かんぜん》に大破《たいは》。車《くるま》一台《だい》を素手《すで》で止《と》めてみせるなんて、相変《あいか》わらず神楽《かぐら》の怪力《かいりき》は計《はか》り知《し》れない。

「あわばば!?」土方《ひじかた》が驚《おどろ》きに目《め》を見張《みは》った。「神楽氏《かぐらし》!!　すごいよ！　さながらドクタースランプ・アラレ氏《し》の再来《さいらい》のごとく――」

「うるせエェ！　だれかこいつをだまらせろォォォ!!」

銀時《ぎんとき》が叫《さけ》びつつ、神楽《かぐら》が止《と》めたパトカーにおどりかかった。運転席《うんてんせき》から中《なか》のドライバーを引《ひ》きずりだし、入《い》れ替《か》わりに飛《と》び乗《の》る。

銀時《ぎんとき》はあろうことか、パトカーを強奪《ごうだつ》してしまったのである。

「ぎゃああああああああああああ!?」

パトカーの車内《しゃない》に土方《ひじかた》の悲鳴《ひめい》が響《ひび》きわたった。

ハンドルをにぎる銀時《ぎんとき》に、一切《いっさい》のためらいはない。フルスロットルでアクセルを踏《ふ》みこみ、全《ぜん》速力《そくりょく》で逃走《とうそう》を図《はか》っているのだ。途中《とちゅう》、体当《たいあ》たりで何台《なんだい》のパトカーを吹《ふ》っ飛《と》ばしたのか、新八《しんぱち》はもう覚《おぼ》えていなかった。

銀時《ぎんとき》のやりたい放題《ほうだい》は止《と》まらない。今度《こんど》はなんと、車内《しゃない》に備《そな》え付《つ》けの警察無線《けいさつむせん》を勝手《かって》に使《つか》うという暴挙《ぼうきょ》に出《で》たのである。

「あー、あー、こちら三番隊《ばんたい》、こちら三番隊《ばんたい》、応答願《おうとうねが》います。どーぞ」

返答《へんとう》はすぐに返《かえ》ってきた。『土方《ひじかた》は見《み》つかったか?』

無線《むせん》の向《む》こうの人物《じんぶつ》は、銀時《ぎんとき》を本物《ほんもの》の真選組隊士《しんせんぐみたいし》だと思《おも》いこんでいるらしい。

神楽《かぐら》はにんまりと笑《え》みを浮《う》かべると、すかさず銀時《ぎんとき》から無線機《むせんき》をうばい取《と》った。

「見《み》つかりましたが、超《ちょう》カワイイ上《うえ》に超強《ちょうつよ》い味方《みかた》がついてまして、かないませんでした。どーぞアル」

『アル？』

さすがに調子《ちょうし》に乗《の》りすぎだと思《おも》ったのか、銀時《ぎんとき》が神楽《かぐら》の頭《あたま》をドツいた。幸《さいわ》い、無線相手《むせんあいて》はまだこちらがニセモノであることに気《き》づいてはいないようなので、セーフではあったが。

『どんな手《て》を使《つか》ってでも殺《ころ》せ。近藤《こんどう》を消《け》しても土方《ひじかた》がいたら意味《いみ》がない。とにかく近藤《こんどう》を暗殺《あんさつ》する前《まえ》に不安要素《ふあんようそ》はすべて取《と》り除《のぞ》くんだ。近藤《こんどう》、土方《ひじかた》が死《し》ねば真選組《しんせんぐみ》はすべて伊東鴨太郎《いとうかもたろう》に従《したが》う』

無線《むせん》から聞《き》こえてきた物騒《ぶっそう》な単語《たんご》に、新八《しんぱち》は眉《まゆ》をひそめた。

「近藤《こんどう》さんと土方《ひじかた》さんを暗殺《あんさつ》？」

『あくまで攘夷浪士《じょういろうし》たちの犯行《はんこう》に見《み》せかけろ。この段階《だんかい》で伊東《いとう》さんの計画《けいかく》が露見《ろけん》すれば、真選組《しんせんぐみ》は真《ま》っ二《ぷた》つに割《わ》れてしまう』

新八《しんぱち》はちらりと、土方《ひじかた》の表情《ひょうじょう》をうかがった。顔色《かおいろ》がひどく悪《わる》い。ヘタレオタク化《か》してクビになったとはいえ、彼《かれ》なりにまだ真選組《しんせんぐみ》を想《おも》っているということだろう。

『近藤《こんどう》は予定通《よていどお》り、伊東《いとう》さんが仕込《しこ》んだ列車《れっしゃ》に乗《の》っている』

「え？　どの列車《れっしゃ》ですか？」しれっと銀時《ぎんとき》がたずねる。

『お前《まえ》ら、話《はなし》を聞《き》いてなかったのか!?　松平片栗虎《まつだいらかたくりこ》が将軍《しょうぐん》を連《つ》れて箱根《はこね》の温泉《おんせん》に向《む》かったので、護衛《ごえい》に行《い》くと言《い》ってある！』

「また将軍《しょうぐん》んん!?」

新八《しんぱち》は思《おも》わず、悲鳴《ひめい》を上《あ》げてしまった。ここのところ将軍《しょうぐん》がらみのトラブルばかりに巻《ま》きこまれている気《き》がする。

しかしすぐに『ウソに決《き》まってるだろ』と、無線《むせん》の声《こえ》が続《つづ》く。

『バカな近藤《こんどう》はまんまとだまされてくれたよ。付《つ》き従《したが》う隊士《たいし》はすべて伊東派《いとうは》の仲間《なかま》。ヤツはひとりだ。もう近藤《こんどう》は殺《や》ったも同然《どうぜん》だ。近藤《こんどう》は地獄《じごく》へ落《お》ちる』

万事屋《よろずや》一同《いちどう》が顔《かお》を見合《みあ》わせる。現在《げんざい》、近藤《こんどう》は大《だい》ピンチにおちいっているらしい。事態《じたい》はもはや一刻《いっこく》の猶予《ゆうよ》もない。

さあ、どうする？　とでも言《い》うように銀時《ぎんとき》が、土方《ひじかた》に目《め》を向《む》けた。

列車《れっしゃ》の窓《まど》の外《そと》を、景色《けしき》がゆっくりと流《なが》れていく。江戸《えど》から離《はな》れたこのあたりには、のどかな田《でん》園《えん》が広《ひろ》がり、青《あお》い山々《やまやま》が連《つら》なっている。

伊藤《いとう》の対面《たいめん》には、近藤勲《こんどういさお》が座《すわ》っている。

近藤《こんどう》はゆったりと座席《ざせき》に身《み》を預《あず》け、流《なが》れる景色《けしき》をぼんやりとながめていた。

「この列車《れっしゃ》は武州《ぶしゅう》を通《とお》るよな……。あそこは俺《おれ》やトシや総悟《そうご》が生《う》まれ育《そだ》った土地《とち》でね。どいつもこいつもケンカばかりしている荒《あ》れた所《ところ》だった」

のんきなものだ、と伊東《いとう》は思《おも》う。この車両《しゃりょう》に乗《の》っている真選組隊士《しんせんぐみたいし》は、みな伊東《いとう》の息《いき》のかかった者《もの》たちだ。自分《じぶん》がひとたび合図《あいず》を送《おく》れば、この目《め》の前《まえ》の男《おとこ》は、まちがいなく命《いのち》を落《お》とすことになるだろう。

ただまあ、最期《さいご》に慈悲《じひ》をくれてやるのも悪《わる》くはない。死《し》ぬ前《まえ》にせいぜい、郷愁《きょうしゅう》にひたらせてやることにしよう——。伊東《いとう》は無言《むごん》で、近藤《こんどう》に話《はなし》の先《さき》をうながした。

「考《かんが》えたらやっていることは今《いま》も変《か》わらんな。たまに不安《ふあん》になる。俺《おれ》ァあの頃《ころ》から、ちったアマシなヤツになれたのかって。少《すこ》しは前《まえ》に進《すす》めているのかって」

「君《きみ》は立派《りっぱ》な侍《さむらい》だ」伊東《いとう》が静《しず》かに口《くち》を開《ひら》いた。「僕《ぼく》は君《きみ》ほど清廉《せいれん》な人物《じんぶつ》に会《あ》ったことがない。無垢《むく》とも言《い》うのかな……。君《きみ》は白《しろ》い布《ぬの》のようなものだ。何者《なにもの》をも受《う》け入《い》れ、何色《なにいろ》にも染《そ》まる。真選組《しんせんぐみ》とはきっと、その白《しろ》い布《ぬの》に皆《みな》がそれぞれの色《いろ》で思《おも》いを描《えが》いた御旗《みはた》なのだろう」

近藤《こんどう》は、伊東《いとう》の言葉《ことば》をじっと聞《き》いていた。その真《ま》っすぐな目《め》は、これから部下《ぶか》の手《て》で自分《じぶん》が殺《ころ》されるなど、まったく思《おも》ってはいないようだ。

「比《くら》べて僕《ぼく》の色《いろ》は黒《くろ》だ。何者《なにもの》にも染《そ》まらないし、全《すべ》てを黒《くろ》くぬりつぶしてしまう……」

伊東《いとう》が周囲《しゅうい》の座席《ざせき》に視線《しせん》を送《おく》る。すると、同《おな》じ車両《しゃりょう》に控《ひか》えていた隊士《たいし》たちが一斉《いっせい》に席《せき》を立《た》ちあがった。事前《じぜん》の打《う》ち合《あ》わせ通《どお》りに近藤《こんどう》を包囲《ほうい》し、刀《かたな》の切《き》っ先《さき》を向《む》ける。

近藤《こんどう》が眉《まゆ》をひそめる。自分《じぶん》の置《お》かれた状況《じょうきょう》がわかっていないのだろう。

「近藤《こんどう》さん、すまないね」何《なん》ら悪《わる》びれることなく、伊東《いとう》が冷静《れいせい》に告《つ》げた。「君《きみ》たちの御旗《みはた》は、もう真《ま》っ黒《くろ》になってしまったんだよ」

近藤《こんどう》ひとりに対《たい》して、こちらの手勢《てぜい》は数十《すうじゅう》。簡単《かんたん》にくつがえすことのできる差《さ》でないのは明白《めいはく》だった。

近藤《こんどう》に残《のこ》された道《みち》は、無謀《むぼう》な抵抗《ていこう》の末《すえ》に惨殺《ざんさつ》されるか、潔《いさぎよ》く死《し》を選《えら》ぶかのどちらかしかないのである。

さあ、我《われ》らが真選組局長《しんせんぐみきょくちょう》は、どういう態度《たいど》に出《で》るつもりなのか——。伊東《いとう》がその挙動《きょどう》をうかがっていると、「……わははははは！」とつぜん、近藤《こんどう》が大口《おおぐち》を開《あ》けて笑《わら》い出《だ》した。

周囲《しゅうい》の部下《ぶか》たちは、近藤《こんどう》の態度《たいど》に目《め》を丸《まる》くしていた。

「さすが先生《せんせい》、面白《おもしろ》いことを言《い》うな」伊東《いとう》をまっすぐに見《み》すえ、近藤《こんどう》が続《つづ》ける。「俺《おれ》たちが真《ま》っ黒《くろ》に染《そ》まった？　なるほど、俺《おれ》が白《しろ》い布《ぬの》だとすると、確《たし》かにそうかもな。だが俺《おれ》なんざいいとこ、ちぢれ毛《げ》だらけのふんどしってトコかな」

この男《おとこ》、いったい何《なに》を言《い》い出《だ》したのか。伊東《いとう》は、近藤《こんどう》の言葉《ことば》の真意《しんい》を測《はか》り切《き》れずにいた。

「白《しろ》い布《ぬの》にそれぞれの色《いろ》で思《おも》いを描《えが》いた御旗《みはた》？　そんな甘《あま》っちょろいもんじゃないさ、ヤツらは……。先生《せんせい》の周《まわ》りにいる連中《れんちゅう》は知《し》らんが、ヤツらはちがう。ヤツらは色《いろ》なんて呼《よ》べる代物《しろもの》じゃねェ」

〝ヤツら〟とは、土方《ひじかた》や山崎《やまざき》のことを指《さ》しているのだろうか。伊東《いとう》が眉根《まゆね》を寄《よ》せる。

「垢《あか》だよ」近藤《こんどう》が、にいっと白《しろ》い歯《は》を見《み》せる。「洗《あら》っても洗《あら》っても取《と》れねェ、しみついちまった垢《あか》だ。しつこくて洗《あら》っても取《と》れねェもんだから、しまいには愛着《あいちゃく》までわいてきやがって困《こま》ったもんだよ。……だがね先生《せんせい》、汚《よご》れも寄《よ》せ集《あつ》まって年季《ねんき》が入《はい》るうちに、見《み》れるようになってね。いつの間《ま》にやら立派《りっぱ》な御旗《みはた》になっていやがった」

この男《おとこ》は、今《いま》さらなにを言《い》っているのだろう。土方《ひじかた》も山崎《やまざき》も、もはや始末《しまつ》したのだ。過去《かこ》の人間《にんげん》のはずなのだ。それに思《おも》いをはせたところで、なんの意味《いみ》もない。

意味《いみ》もないはずなのに……伊東《いとう》の胸《むね》には言《い》い知《し》れぬ不安《ふあん》が去来《きょらい》していた。

「学《がく》もねーし、思想《しそう》もねェ。理屈《りくつ》より感情《かんじょう》で動《うご》くような連中《れんちゅう》だ。何《なに》を考《かんが》えてるかわからん、得体《えたい》の知《し》れねェ連中《れんちゅう》だ……。先生《せんせい》、あんたの手《て》にゃ負《お》えない。ヤツらは何色《なにいろ》にもぬりつぶせないし、何《なに》ものにも染《そ》まらん」

　そのときだった。車両後部《しゃりょうこうぶ》のドアが開《ひら》いた。待機《たいき》させていたはずの沖田総悟《おきたそうご》が、伊東《いとう》の方《ほう》へと向《む》かってくる。

「沖田君《おきたくん》。何《なに》をやっている。君《きみ》は見張《みは》りのはず」

「……が、何《なに》やってんだ」

　沖田《おきた》が、何事《なにごと》かをぼそりとつぶやいた。いったいこの男《おとこ》、どうしたというのだろうか。

　沖田《おきた》の荒々《あらあら》しくも冷《つめ》たい目《め》が、じっと伊東《いとう》をにらんでいた。伊東《いとう》は、背筋《せすじ》にぞくりと冷《つめ》たいものを感《かん》じてしまう。

「てめーが何《なに》やってんだって聞《き》いてんだァ、クソヤロー……！」

　とつぜん、沖田《おきた》が吐《は》いた暴言《ぼうげん》に、伊東《いとう》は眉《まゆ》をひそめる。

　周囲《しゅうい》の隊士《たいし》たちも、沖田《おきた》の行動《こうどう》に反逆《はんぎゃく》の兆《きざ》しを見《み》て取《と》ったようだ。篠原《しのはら》が、すぐさま沖田《おきた》に走《はし》り寄《よ》り、腕《うで》をつかまえる。

「手《て》を離《はな》せ」沖田《おきた》が告《つ》げる。

「沖田君《おきたくん》、伊東先生《いとうせんせい》に向《む》かってなんて口《くち》を――」

沖田《おきた》をたしなめようとした篠原《しのはら》だったが、それは叶《かな》わなかった。口《くち》を開《ひら》くや否《いな》や、沖田《おきた》によって斬《き》り捨《す》てられてしまったからだ。

「その人《ひと》から、手《て》を離《はな》せって言《い》ってんだァァァ！」沖田《おきた》が近藤《こんどう》を見《み》すえ、吼《ほ》えた。

「総悟《そうご》……」近藤《こんどう》がつぶやく。

何色《なにいろ》にもぬりつぶすことができず、何《なに》ものにも染《そ》まらない連中《れんちゅう》──。なるほど、と伊東《いとう》は理解《りかい》する。確《たし》かに、近藤《こんどう》の言《い》う通《とお》りだった。うまく沖田《おきた》を飼《か》い慣《な》らすことができたと思《おも》っていたのだが、それは計算《けいさん》ちがいだったというわけだ。

「沖田君《おきたくん》。君《きみ》はやはり土方派《ひじかたは》……。僕《ぼく》に近《ちか》づき、その動向《どうこう》を探《さぐ》るためのスパイ。土方《ひじかた》を裏切《うらぎ》ったのも、僕《ぼく》をあざむくための芝居《しばい》だったのか」

「芝居《しばい》じゃねーよ」沖田《おきた》が吐《は》き捨《す》てるように告《つ》げた。「言《い》ったはずだ。俺《おれ》の眼中《がんちゅう》にあるのは、真《しん》選組副長《せんぐみふくちょう》の座《ざ》だけだ。ジャマなヤツはだれだろうと叩《たた》きつぶす。土方《ひじかた》は消《き》えた。次《つぎ》は──」

沖田《おきた》は手《て》にした刀《かたな》の切《き》っ先《さき》を、まっすぐに伊東《いとう》へとつきつけた。

「テメーの番《ばん》だよ、伊東先生《いとうせんせい》。俺《おれ》ァ、テメーの下《した》にも土方《ひじかた》の下《した》にもつくのはごめんだ。俺《おれ》の大将《たいしょう》はただひとり……」

不敵《ふてき》な笑《え》みを浮《う》かべ、沖田《おきた》が伊東《いとう》を見《み》すえる。

「そこをどけ。近藤《こんどう》のとなりは、副長の席《オレのせき》だァ」

この沖田《おきた》という男《おとこ》、あくまで近藤《こんどう》の右腕《みぎうで》にこだわるということか。伊東《いとう》はどうやらこの男《おとこ》の行動理念《こうどうりねん》を、完全《かんぜん》に読《よ》みちがえてしまっていたようだ。

伊東《いとう》は思《おも》わず「ククク」と笑《え》みをこぼしてしまった。

「とんだ性悪《しょうわる》だ。土方《ひじかた》を消《け》すために僕《ぼく》を利用《りよう》し、用済《ようず》みとあらば僕《ぼく》をも消《け》すか……。例《れい》のチップはずいぶん高《たか》くついた。こうなると君《きみ》に代金《だいきん》を払《はら》ってもらわないとね」

「冥土《めいど》の土産《みやげ》にいくらでも払《はら》ってやらァ」

「ふん……。いいじゃないか。僕《ぼく》の狙《ねら》いは、局長《きょくちょう》だ」

伊東《いとう》が、沖田《おきた》の背後《はいご》に視線《しせん》を向《む》ける。物陰《ものかげ》に潜《ひそ》ませておいた部下《ぶか》に、沖田《おきた》への攻撃《こうげき》を合図《あいず》したのだ。

いかにこの男《おとこ》が手練《てだ》れだろうと、背後《はいご》からの不意《ふい》の一撃《いちげき》は避《さ》けられないはず——伊東《いとう》は勝利《しょうり》を確信《かくしん》していたのだが、切《き》り札《ふだ》を持《も》っていたのは沖田《おきた》も同《おな》じだったようだ。

沖田《おきた》は制服《せいふく》の懐《ふところ》に手《て》を差《さ》し入《い》れ、棒状《ぼうじょう》の機械《きかい》を取《と》り出《だ》した。いったい何《なに》をするつもりなのか——。沖田《おきた》がそのスイッチらしきものを操作《そうさ》した瞬間《しゅんかん》、伊東《いとう》の背後《はいご》でものすごい轟音《ごうおん》が響《ひび》きわたったではないか。

「!?」

車両《しゃりょう》が大《おお》きくゆれる。隊士《たいし》たちはまともに立《た》っていることができず、体勢《たいせい》をくずしてしまう。

どこかの車両《しゃりょう》が爆発《ばくはつ》したらしい。

「チッ、爆弾《ばくだん》を……！」

この爆発《ばくはつ》は、こちらの気《き》をそらすための陽動《ようどう》だったようだ。沖田《おきた》は動揺《どうよう》する隊士《たいし》たちの隙《すき》をつき、一足飛《いっそくと》びに距離《きょり》を詰《つ》めてきた。近藤《こんどう》を救出《きゅうしゅつ》するつもりなのだろう。

その疾風《しっぷう》のような身《み》のこなしに、反応《はんのう》できた隊士《たいし》たちはいなかった。沖田《おきた》は近藤《こんどう》の腕《うで》を引《ひ》き、そのまま前方車両《ぜんぽうしゃりょう》へと逃《に》げ去《さ》ってしまう。

伊東《いとう》は沖田《おきた》の背《せ》をにらみながら、つくづく食《く》えない男《おとこ》だ、と歯《は》がみする。


バンパーがボコボコに凹《へこ》んだパトカーが、江戸《えど》の町《まち》をひた走《はし》る。

銀時《ぎんとき》たちの乗《の》る車《くるま》は、真選組《しんせんぐみ》とのカーチェイスや激突《げきとつ》を繰《く》り返《かえ》し、見《み》るも無残《むざん》な姿《すがた》に成《な》り果《は》てていた。まだ走《はし》り続《つづ》けているのが奇跡《きせき》とも言《い》えるほどだ。

しかし、ここで止《と》まってもらっても困《こま》る。なにせ人《ひと》の命《いのち》がかかっているのだから。

「近藤《こんどう》さんが……！　このままでは近藤《こんどう》さんが暗殺《あんさつ》される！」

後部座席《こうぶざせき》に座《すわ》る新八《しんぱち》が、土方《ひじかた》の耳元《みみもと》で叫《さけ》んだ。

「土方《ひじかた》さん！　しっかりしてください！　土方《ひじかた》さん!!」

「ぼ、僕《ぼく》は知《し》らない。僕《ぼく》は知《し》らない」

土方《ひじかた》が顔《かお》じゅうに脂汗《あぶらあせ》を浮《う》かべ、ガタガタとふるえている。この男《おとこ》、やはり魂《たましい》までヘタレと化《か》してしまったのだろうか。

これじゃダメだ、と新八《しんぱち》は首《くび》を振《ふ》る。真選組《しんせんぐみ》を救《すく》うことができるとすれば、副長《ふくちょう》であるこの人《ひと》だけだ。新八《しんぱち》は、土方《ひじかた》の肩《かた》を強《つよ》くつかんだ。

「このままじゃ、あなたの大切《たいせつ》な人《ひと》が、大切《たいせつ》なものが、全部《ぜんぶ》なくなっちゃうかもしれないんですよ!!」

「銀《ぎん》ちゃん、どうするアルか？」

助手席《じょしゅせき》の神楽《かぐら》にたずねられ、ハンドルをにぎる銀時《ぎんとき》が眉間《みけん》にシワを寄《よ》せる。さきほどは「俺《おれ》たちには関係《かんけい》ねえ」と言《い》っていたが、それでも思《おも》うところはあるのだろう。

土方《ひじかた》は、最後《さいご》の力《ちから》を振《ふ》りしぼって真選組《しんせんぐみ》の未来《みらい》を銀時《ぎんとき》に託《たく》したのだ。ひとりの男《おとこ》の、魂《たましい》をかけての頼《たの》みである。ここで動《うご》かなければ、新八《しんぱち》の知《し》る坂田銀時《さかたぎんとき》ではない。

そして銀時《ぎんとき》は、やはり新八《しんぱち》の知《し》る銀時《ぎんとき》だった。

「神楽《かぐら》、無線《むせん》を全車両《ぜんしゃりょう》から本部《ほんぶ》までつなげ」

神楽《かぐら》が「あいあいさ」と、パトカーのダッシュボードに手《て》をつっこんだ。そのままガチャガチャとチューナーをいじり、「全域《ぜんいき》」に合《あ》わせる。

「あ～あ～、もしも～し。聞《き》こえますか～、税金泥棒《ぜいきんどろぼう》」

無線機《むせんき》を手《て》にした銀時《ぎんとき》は、挑発的《ちょうはってき》な言葉《ことば》で口火《くちび》を切《き》った。

「伊東派《いとうは》だかマヨネーズ派《は》だか知《し》らねえが、全《すべ》ての税金泥棒《ぜいきんどろぼう》どもに告《つ》ぐ。今《いま》すぐ持《も》ち場《ば》を離《はな》れて、近藤《こんどう》の乗《の》った列車《れっしゃ》を追《お》え。モタモタしてたらてめーらの大将《たいしょう》、首取《くびと》られちゃうよ～。こいつは命令《めいれい》だ。背《そむ》いたヤツには士道不覚悟《しどうふかくご》で切腹《せっぷく》してもらいまーす」

警察《けいさつ》をなめ切《き》った銀時《ぎんとき》の口調《くちょう》は、さすがに不審《ふしん》に思《おも》われたのだろう。スピーカーから、怒鳴《どな》り声《ごえ》が聞《き》こえてくる。

『なんのイタズラだァ!? てめェ、だれだ!?』

「てめっ、だれに口利《くちき》いてんだ。……だれだと？」

銀時《ぎんとき》は、すうっと息《いき》を大《おお》きく吸《す》いこみ、無線機《むせんき》に向《む》けて大声《おおごえ》で言《い》い放《はな》つ。

「真選組副長《しんせんぐみふくちょう》、土方十四郎《ひじかたとうしろう》だ、コノヤロー!!」

銀時《ぎんとき》は投《な》げつけるように無線機《むせんき》を置《お》き、通信《つうしん》を終了《しゅうりょう》する。

さすが銀時《ぎんとき》だ、と新八《しんぱち》はうなずく。局長救出《きょくちょうきゅうしゅつ》のために隊士《たいし》たちをふるい立《た》たせるのは、副長《ふくちょう》の役目《やくめ》に他《ほか》ならない。銀時《ぎんとき》は土方《ひじかた》に代《か》わり、それを見事《みごと》にやってのけたのだ。

銀時《ぎんとき》は運転席《うんてんせき》で前《まえ》を向《む》いたまま、後部座席《こうぶざせき》でふるえる土方《ひじかた》に告《つ》げた。

「ふぬけたツラは見飽《みあ》きたぜ。ちょうどいい。真選組《しんせんぐみ》が消《き》えるならてめーもいっしょに消《き》えればいい。墓場《はかば》までは送《おく》ってやらァ」

「冗談《じょうだん》じゃない！　僕《ぼく》は行《い》かな――」

土方《ひじかた》が言《い》い終《お》わる前《まえ》に、銀時《ぎんとき》が後部座席《こうぶざせき》に身《み》を乗《の》り出《だ》し、その胸《むな》ぐらをつかんでいた。

「勝手《かって》にケツまくって、人様《ひとさま》にやっかいごと押《お》しつけてんじゃねーぞコラァ！」

土方《ひじかた》のヘタレた態度《たいど》がよほど腹《はら》にすえかねたのだろう。銀時《ぎんとき》は運転《うんてん》を放《ほ》ったらかして、強《つよ》く土方《ひじかた》をにらみつけている。助手席《じょしゅせき》の神楽《かぐら》が「あわわわわ」と脇《わき》からハンドルをにぎった。

銀時《ぎんとき》が土方《ひじかた》に向《む》け、吼《ほ》える。

「てめーが人《ひと》にもの頼《たの》むタマか!?　てめーが真選組《しんせんぐみ》、他人《たにん》に押《お》し付《つ》けてくたばるタマか!?　くたばるなら大事《だいじ》なもんのかたわらで、剣振《けんふ》り回《まわ》してくたばりやがれ!!　それが土方十四郎《ひじかたとうしろう》だろーがァァァ!!」

「……ってーな」

それまでだまってふるえていたはずの土方《ひじかた》が、なにかをつぶやいた。銀時《ぎんとき》の手首《てくび》をつかみ返《かえ》すその手《て》には、思《おも》い切《き》り握力《あくりょく》がこめられているようだ。

「痛《いて》エって……言《い》ってんだろうーがァァ!」

激《はげ》しい咆哮《ほうこう》と共《とも》に、土方《ひじかた》が銀時《ぎんとき》の顔面《がんめん》を殴《なぐ》りつける。ヘタレなトッシーには決《けっ》して振《ふ》るうことのできないような、情《なさ》け容赦《ようしゃ》の無《な》い鉄拳《てっけん》だった。

「土方《ひじかた》さん……まさか……!!」

土方《ひじかた》が懐《ふところ》からタバコを取《と》り出《だ》し、それに火《ひ》をつけるのを見《み》て、新八《しんぱち》が目《め》を丸《まる》くする。この所作《しょさ》はまちがいなく、真選組副長《しんせんぐみふくちょう》・土方十四郎《ひじかたとうしろう》のもの。

鬼《おに》の副長《ふくちょう》が、帰《かえ》ってきたのだ。

第《だい》四章《しょう》

伊東《いとう》たちを乗《の》せた列車《れっしゃ》が、爆炎《ばくえん》を上《あ》げて線路《せんろ》を走《はし》る。
沖田《おきた》にはしてやられた――。伊東《いとう》は歯《は》がみする。爆破《ばくは》による混乱《こんらん》に乗《じょう》じて、近藤《こんどう》を奪還《だっかん》されてしまったのだ。

あれだけの部下《ぶか》たちの包囲網《ほういもう》を乗《の》り越《こ》えるとは、さすが一番隊隊長《ばんたいたいちょう》というだけのことはある。

今頃《いまごろ》、近藤《こんどう》を連《つ》れ、前方車両《ぜんぽうしゃりょう》へと向《む》かっていることだろう。

追跡《ついせき》に出《だ》していた部下《ぶか》のひとりが「伊東先生《いとうせんせい》！」と、血相《けっそう》を変《か》えてもどってきた。

「爆破《ばくは》された場所《ばしょ》から炎《ほのお》が出《で》て、これ以上《いじょう》は危険《きけん》です！」

「列車《れっしゃ》を止《と》めるな。止《と》めれば近藤《こんどう》に逃《に》げられる」伊東《いとう》がこたえた。「この列車《れっしゃ》にはあの二人《ふたり》以外《いがい》、我々《われわれ》の味方《みかた》しかいない。列車《れっしゃ》が走《はし》り続《つづ》ける限《かぎ》り、ヤツらは袋《ふくろ》のネズミだ」

追《お》っ手《て》をなんとかやり過《す》ごしつつ、近藤《こんどう》は沖田《おきた》と共《とも》に列車前方《れっしゃぜんぽう》の機関部《きかんぶ》を目指《めざ》していた。この列車《れっしゃ》から脱出《だっしゅつ》するためには、まず列車自体《れっしゃじたい》を停止《ていし》させねばならない。
車両《しゃりょう》をつなぐ連結部《れんけつぶ》を飛《と》び越《こ》えながら、近藤《こんどう》は沖田《おきた》に向《む》けて口《くち》を開《ひら》いた。

「すまねェ、総悟《そうご》。こんなことになったのはすべて俺《おれ》のせいだ」

どうやら、この列車に乗《の》っていた真選組隊士《しんせんぐみたいし》は、そのほとんどが伊東《いとう》の配下《はいか》らしい。今回《こんかい》の箱根《はこね》行《い》きの任務《にんむ》も、全《すべ》ては近藤《こんどう》を亡《な》き者《もの》にするため、伊東《いとう》によって前《まえ》もって計画《けいかく》されていたものだった。近藤《こんどう》は、完全《かんぜん》に伊東《いとう》の手《て》のひらの上《うえ》で転《ころ》がされていたことになる。

こんな大規模《だいきぼ》なクーデターの発生《はっせい》を予期《よき》できなかったなんて、自分《じぶん》は局長失格《きょくちょうしっかく》だ――。近藤《こんどう》は深《ふか》く後悔《こうかい》していた。沖田《おきた》の助《たす》けがなければ、確実《かくじつ》に命《いのち》を落《お》としていたことだろう。

「なんて詫《わ》びればいい。俺《おれ》ァ、お前《まえ》らに……トシになんて詫《わ》びればいいんだ」

思《おも》えば土方《トシ》は最初《さいしょ》から、伊東《いとう》の危険性《きけんせい》に気《き》づいていたようだった。土方《ひじかた》が再三警鐘《さいさんけいしょう》を鳴《な》らしてくれていたにもかかわらず、自分《じぶん》はそれを無視《むし》した。その結果《けっか》、こうした事態《じたい》を引《ひ》き起《お》こしてしまったのである。

せめて今《いま》、背後《はいご》の沖田《おきた》がうらみ言《ごと》のひとつでも言《い》ってくれれば、まだ気《き》が楽《らく》だっただろう。しかし、沖田《おきた》は何《なに》も言《い》わなかった。それどころか、近藤《こんどう》のいる車両《しゃりょう》に乗《の》りこもうともせず、だまって扉《とびら》を閉《し》めてしまったのだ。

「総悟《そうご》!? 何《なに》をやっている! 開《あ》けろ!」

「近藤《こんどう》さん。大将《たいしょう》の首《くび》を取《と》られたら戦《いくさ》は負《ま》けだ。ここは引《ひ》き下《さ》がっておくんなせェ」

窓《まど》の向《む》こうの沖田《おきた》は、近藤《こんどう》に背《せ》を向《む》けた。ひとりで追《お》っ手《て》を食《く》い止《と》めるつもりらしい。

いくらなんでも無謀《むぼう》である。近藤《こんどう》はすぐさま止《と》めようとしたのだが、扉《とびら》が開《あ》かない。沖田《おきた》が外《そと》からロックをかけたようだ。

「ふざけるな！　開《あ》けろ!!」

「近藤《こんどう》さん、だから何度《なんど》も言《い》ったでしょ。アンタの悪《わる》い所《ところ》は、人《ひと》が良《よ》すぎるところだって。だれでも彼《かれ》でも信《しん》じて疑《うたが》おうとしねェ。挙句《あげく》、あんなキツネまで懐《ふところ》に抱《かか》えこんじまうたァ……まァ、いずれはこうなると思《おも》ってやしたがねェ」

沖田《おきた》は扉《とびら》の外《そと》でレバーを操作《そうさ》し、車両連結部《しゃりょうれんけつぶ》を解除《かいじょ》してしまった。車両《しゃりょう》を切《き》り離《はな》し、近藤《こんどう》を逃《に》がすつもりなのだ。

「だが、そんなアンタだからこそ、俺《おれ》たちゃ集《あつ》まったんだ。そんなアンタだからこそ、いっしょに戦《たたか》ってきたんだ。そんなアンタだからこそ、命張《いのちは》って護《まも》る甲斐《かい》があるのさァ」

「総悟《そうご》ォォォォ！　おめーに死《し》なれたら、俺《おれ》ァ……俺《おれ》ァ……」

沖田《おきた》の乗《の》る車両《しゃりょう》がだんだんと減速《げんそく》し、近藤《こんどう》の車両《しゃりょう》と離《はな》れていく。

沖田《おきた》はそれを確認《かくにん》した後《あと》、こちらを振《ふ》り向《む》くことなく、車両内部《しゃりょうないぶ》に乗《の》りこんだ。単身《たんしん》、伊東《いとう》らの下《もと》へともどるつもりのようだ。

沖田《おきた》の背中《せなか》が、どんどん小《ちい》さくなっていく。

「総悟《そうご》ォォォォォォ！」

近藤《こんどう》の叫《さけ》びは、もう届《とど》かない。

伊東《いとう》のかたわらで、部下《ぶか》のひとりが叫《さけ》んだ。

「伊東先生《いとうせんせい》！　前方車両《ぜんぽうしゃりょう》、切《き》り離《はな》されました！」

「後方《こうほう》の動力《どうりょく》を作動《さどう》させろ。近藤《こんどう》を逃《に》がすな」

部下《ぶか》は「はいっ！」と返事《へんじ》をして、後方《こうほう》の機関部《きかんぶ》へと向《む》かった。

現状《げんじょう》、なにも問題《もんだい》はない、と伊東《いとう》はひとりごとを言《い》う。たとえ逃《に》げた近藤《こんどう》らが連結部《れんけつぶ》を切《き》り離《はな》そうと、しょせんは一時《いちじ》しのぎにしかならないのだ。後方機関部《こうほうきかんぶ》に火《ひ》を入《い》れれば、すぐにでも追《お》いつけるのだから。

近藤《こんどう》の味方《みかた》は、今《いま》や沖田《おきた》ひとり。ヤツらがどれだけの手練《てだ》れだろうと、数《かず》による劣勢《れっせい》をくつがえすことはできないだろう。追《お》いつめるのは時間《じかん》の問題《もんだい》だ――。伊東《いとう》がそう考《かんが》えていたとき、目《め》の前《まえ》で車両前方《しゃりょうぜんぽう》のドアが開《あ》いた。

現《あらわ》れたのは、沖田総悟《おきたそうご》である。まさかこの男《おとこ》、ひとりでもどってきたというのか。

てっきり近藤《こんどう》とふたりで逃《に》げるつもりなのかと思《おも》っていたが、そうではないらしい。単独《たんどく》でこちらを足止《あしど》めし、近藤《こんどう》を無事《ぶじ》に逃《に》がそうという考《かんが》えのようだ。

大《たい》した忠犬《ちゅうけん》だ、と伊東《いとう》は鼻《はな》を鳴《な》らす。しかしそれは、愚《おろ》か者《もの》のする行為《こうい》だ。

「沖田君《おきたくん》。君《きみ》はもっと利口《りこう》な男《おとこ》だと思《おも》っていたが……。我々全員《われわれぜんいん》をひとりで片《かた》づけるつもりか？」

伊東《いとう》の質問《しつもん》に、沖田《おきた》はこたえない。表情《ひょうじょう》を変《か》えず、まっすぐに伊東《いとう》を見《み》すえている。

「近藤《こんどう》を逃《に》がし、ひとり敵陣《てきじん》に残《のこ》り、討《う》ち死《じ》にすることで悲壮感《ひそうかん》にでもひたろうというのかね？だが残念《ざんねん》だったな。近藤《こんどう》は僕《ぼく》の計画通《けいかくどお》り、死《し》ぬ」

伊東《いとう》が車両《しゃりょう》の窓《まど》に目《め》を向《む》けた。外《そと》の荒野《こうや》に、幾筋《いくすじ》もの土《つち》けむりが上《あ》がっている。河上万斉《かわかみばんさい》から借《か》り受《う》けた数十台《すうじゅうだい》からなる戦闘車両部隊《せんとうしゃりょうぶたい》が、この列車《れっしゃ》に並走《へいそう》しているのだ。

「この戦場《いくさば》にいるのは、僕《ぼく》たちだけではない」

「鬼兵隊《きへいたい》か……」

そうつぶやく沖田《おきた》の表情《ひょうじょう》には、なぜかおびえの色《いろ》はなかった。列車《れっしゃ》の外《そと》も内《うち》も、敵《てき》だらけということはわかっているはずなのに。なぜこの男《おとこ》は平気《へいき》な表情《ひょうじょう》をしているのか。

不審《ふしん》に思《おも》う伊東《いとう》に、沖田《おきた》が告《つ》げた。

「ワリーね、伊東《いとう》さん。実《じつ》は俺《おれ》もひとりじゃねェ」

そのときだった。外《そと》を走《はし》る戦闘車両《せんとうしゃりょう》が一台《だい》、ナゾの爆発《ばくはつ》を起《お》こした。後方《こうほう》から砲撃《ほうげき》を受《う》けたようだ。いったい何者《なにもの》の仕業《しわざ》なのか。鬼兵隊《きへいたい》の面々《めんめん》も、とつぜんの急襲《きゅうしゅう》にうろたえを見《み》せている。

「あ、あれは……!?」

後方《こうほう》から猛《もう》スピードでつっこんできたのは、半壊《はんかい》したパトカーだった。車内《しゃない》にいるのは見慣《みな》れぬ三人組《にんぐみ》だ。銀髪《ぎんぱつ》の男《おとこ》と、眼鏡《めがね》の少年《しょうねん》、それから大《おお》きな髪飾《かみかざ》りをつけた少女《しょうじょ》。いずれも真選組《しんせんぐみ》の制服《せいふく》を着《き》ているが、伊東《いとう》に見覚《みおぼ》えはない連中《れんちゅう》だった。

しかし、そのパトカーの屋根《やね》に膝《ひざ》を立《た》てて乗《の》っている男《おとこ》――タバコをくわえた目《め》つきの悪《わる》い男《おとこ》の顔《かお》は、伊東《いとう》もよく知《し》っているものだった。

「バカな。あれは……!?」

伊東《いとう》が隊《たい》から追放《ついほう》したはずの男《おとこ》――土方十四郎《ひじかたとうしろう》。すっかりふぬけと化《か》したはずのあの男《おとこ》が、どうしてこの局面《きょくめん》に現《あらわ》れたのか。

「御用改《ごようあらた》めであるぅぅぅ!」

「てめーらァァァ! 神妙《しんみょう》にお縄《なわ》につきやがれェェェ!」

髪飾《かみかざ》りの少女《しょうじょ》と銀髪《ぎんぱつ》の男《おとこ》が、それぞれ機関銃《きかんじゅう》とバズーカ砲《ほう》を乱射《らんしゃ》している。手《て》あたり次第《しだい》に弾《たま》を撃《う》ちまくりながら突撃《とつげき》するパトカーを、鬼兵隊《きへいたい》の連中《れんちゅう》は止《と》められずにいるようだ。

しかし、伊東配下《いとうはいか》の隊士《たいし》たちにとって、真《しん》に恐《おそ》るべきは重火器《じゅうかき》などではなかったらしい。

「ひっ……土方《ひじかた》ァァァァ!!」「バカな。な、なぜヤツがこんなところに……!」

伊東《いとう》の部下《ぶか》たちは、鬼《おに》の副長《ふくちょう》の姿《すがた》にうろたえていた。

はたしてヤツは本物《ほんもの》なのだろうか。伊東《いとう》が土方《ひじかた》を注視《ちゅうし》していると、その顔面《がんめん》に、破壊《はかい》された戦闘車両《とうしゃりょう》の破片《はへん》がぶち当《あ》たるのが見《み》えた。

破片《はへん》を派手《はで》に食《く》らった土方《ひじかた》は、パトカーの上《うえ》で転倒《てんとう》し悲鳴《ひめい》をあげてしまっている。

「痛《いた》ぁぁぁぁぁぁ！　怖《こわ》いいいいいいい！」

「てめエエエ！　少《すこ》しくらいカッコつけてられねーのか！」

パトカーの中《なか》から銀髪《ぎんぱつ》の男《おとこ》が屋根《やね》にはい上《あ》がり、土方《ひじかた》につかみかかった。

「仲間《なかま》の士気《しき》高《たか》めんのに、副長健在《ふくちょうけんざい》見《み》せつけねーとダメだっつっただろ！　人殴《ひとなぐ》るときだけ復活《ふっかつ》して、すぐにヘタレにもどりやがってエエエ!!」

銀髪《ぎんぱつ》の男《おとこ》は手《て》にしたバズーカ砲《ほう》を振《ふ》り回《まわ》し、土方《ひじかた》の尻《しり》を叩《たた》いていた。土方《ひじかた》は尻《しり》を叩《たた》かれるたび、「あふんあふん」と情《なさ》けない悲鳴《ひめい》を上《あ》げている。

「無理無理《むりむり》ィ!! あふうっ! 拙者《せっしゃ》には無理《むり》でござる! 坂田氏《さかたし》、任《まか》せた!」

あの銀髪《ぎんぱつ》の男《おとこ》たちは、土方《ひじかた》の仲間《なかま》なのだろうか。ヘタレ化《か》した土方《ひじかた》を、無理《むり》やり戦場《せんじょう》に引《ひ》きずり出《だ》しているように見《み》える。

沖田《おきた》がその連中《れんちゅう》に目《め》を向《む》けながら、どこか楽《たの》しげに口元《くちもと》をゆがませる。

「目《め》ざわりなのがついてきやがったなァ。だが、ヤツらをつぶすにゃ、軍隊一個《ぐんたいいっこ》あっても足《た》らねーぜ」

伊東《いとう》は「ふん」と鼻《はな》を鳴《な》らしてこたえた。

「土方《ひじかた》め。今《いま》さら来《き》たところで何《なに》ができる。近藤《こんどう》もろとも全員《ぜんいん》消《け》してくれる」

「消《き》えるのはてめーらだ。見知《みし》った顔《かお》も見《み》えるが、伊東派《いとうは》に付《つ》いたからにゃ死《し》ぬ覚悟《かくご》はできてんだろうな」

沖田《おきた》が腰《こし》の刀《かたな》を抜《ぬ》き放《はな》ち、伊東《いとう》とその配下《はいか》に告《つ》げた。

「真選組局中法度二十一条《しんせんぐみきょくちゅうはっとにじゅういちじょう》。敵《てき》と内通《ないつう》せし者《もの》、これを罰《ばっ》する。……てめーら全員《ぜんいん》、俺《おれ》が粛清《しゅくせい》する」

沖田《おきた》の殺気《さっき》に、部下《ぶか》の幾人《いくにん》かが身構《みがま》えた。しかし伊東《いとう》にとっては、決《けっ》して恐《おそ》れる状況《じょうきょう》などではない。いぜん頭数《あたまかず》では、こちらが圧倒《あっとう》しているのだ。沖田《おきた》の言葉《ことば》など、見《み》え見《み》えの虚勢《きょせい》に過《す》ぎないではないか。

伊東《いとう》は「ククククク」と忍《しの》び笑《わら》いをもらしてしまう。

「自分《じぶん》の状況《じょうきょう》が見《み》えていないのか。今《いま》、この場《ば》において主流派《しゅりゅうは》は僕《ぼく》。反乱分子《はんらんぶんし》は君以外《きみいがい》の何者《なにもの》でもない。土方《ヤツ》が作《つく》った局中法度《きょくちゅうはっと》などもはや、なんの意味《いみ》もなさん。君《きみ》たちの真選組《しんせんぐみ》は消《き》えるのだ」

伊東《いとう》が部下《ぶか》たちに向《む》き直《なお》り、命《めい》じる。

「ヤツを粛清《しゅくせい》しろ。僕《ぼく》は近藤《こんどう》を追《お》う」

伊東《いとう》は沖田《おきた》に背《せ》を向《む》け、車両後部《しゃりょうこうぶ》に向《む》かう。近藤《こんどう》の乗《の》る車両《しゃりょう》を追《お》うのなら、外《そと》の鬼兵隊《きへいたい》の戦闘《せんとう》車両《しゃりょう》を使《つか》った方《ほう》が早《はや》いと判断《はんだん》したのである。

伊東配下《いとうはいか》の隊士《たいし》たちが、沖田《おきた》に向《む》けて一斉《いっせい》に刀《かたな》を構《かま》えた。

対《たい》する沖田《おきた》は、十数人《じゅうすうにん》を相手《あいて》にしているというのに少《すこ》しも動揺《どうよう》を見《み》せていない。落《お》ち着《つ》き払《はら》った口調《くちょう》で、隊士《たいし》たちに語《かた》り始《はじ》めた。

「真選組《しんせんぐみ》一番隊隊長《ばんたいたいちょう》として、てめーらに最期《さいご》の教《おし》えを授《さず》けてやらァ。圧倒的《あっとうてき》に力《ちから》の差《さ》がある敵《てき》を前《まえ》にしたとき、その実力差《じつりょくさ》をくつがえすには数《かず》に頼《たよ》るのが一番《いちばん》だ」

隊士《たいし》たちは眉《まゆ》をひそめた。いったい沖田《おきた》は何《なに》を言《い》い始《はじ》めたのか。これから自分《じぶん》を殺《ころ》そうとしている者《もの》たちに教《おし》えを授《さず》けるなど、まともな人間《にんげん》のすることではない。

「呼吸《こきゅう》を合《あ》わせろ。心体《しんたい》ともに気《き》を練《ね》り、最《もっと》も充実《じゅうじつ》した瞬間《しゅんかん》、同時《どうじ》に一斉《いっせい》に斬《き》りかかれ」

言《い》われるまでもない。沖田《おきた》の言《い》う通《とお》り、隊士《たいし》たちは一斉《いっせい》に斬《き》りかかった。

最初《さいしょ》から沖田《おきた》に逃《に》げ場《ば》などないのだ。これだけの数《かず》でたたみかければ、たやすく袋叩《ふくろだた》きにできる——隊士《たいし》たちはそう確信《かくしん》していたのだが、現実《げんじつ》はそうはならなかった。

飛《と》びかかっていったはずの隊士《たいし》たちは、まとめて沖田《おきた》に吹《ふ》っ飛《と》ばされてしまっていたのである。窓《まど》を割《わ》り、列車《れっしゃ》の外《そと》まではじき出《だ》されてしまった者《もの》もいる。

そのたった一太刀《ひとたち》で、勝負《しょうぶ》は決《けっ》してしまった。

〝圧倒的《あっとうてき》〟どころではない。沖田《おきた》と他《ほか》の隊士《たいし》たちの間《あいだ》には、〝絶望的《ぜつぼうてき》〟と言《い》えるほどの力《ちから》の差《さ》があったのである。集団戦《しゅうだんせん》のセオリーなど、いっそバカバカしくなるほどに。

「そして——死《し》んじまいなァ」

元部下《もとぶか》たちの返《かえ》り血《ち》を浴《あ》びながら、沖田《おきた》がペロリと舌《した》を出《だ》した。

江戸町内《えどちょうない》を流《なが》れる静《しず》かな川《かわ》の上《うえ》に、一隻《いっせき》の屋形船《やかたぶね》が浮《う》かんでいる。

窓枠《まどわく》に腰《こし》かけ、優雅《ゆうが》に船《ふね》の外《そと》をながめる着流《きなが》しの男《おとこ》は、川遊《かわあそ》びを楽《たの》しむ風流人《ふうりゅうじん》ではない。世《よ》の転覆《てんぷく》を目論《もくろ》む攘夷浪士《じょういろうし》、鬼兵隊《きへいたい》を統《す》べる長《おさ》である。

「万斉《ばんさい》、そろそろいい頃合《ころあ》いだぜ」

「わかっているでござる」万斉《ばんさい》がうなずく。

鬼兵隊配下《きへいたいはいか》からの連絡《れんらく》によれば、伊東鴨太郎《いとうかもたろう》の一派《いっぱ》は今《いま》、大混乱《だいこんらん》におちいっているらしい。近藤《こんどう》を取《と》り逃《に》がしたところに、副長《ふくちょう》・土方《ひじかた》がもどってきたというのだ。

まあ、事態《じたい》がどちらに転《ころ》ぼうとも構《かま》わない。鬼兵隊《きへいたい》の目的《もくてき》は、また別《べつ》にあるのだから。

着流《きなが》しの男《おとこ》は、楽《たの》しげに口角《こうかく》を吊《つ》り上《あ》げた。

「計画通《けいかくどお》り、江戸《えど》の警備《けいび》は空《から》っぽだ」

「伊東鴨太郎《いとうかもたろう》、なかなかできる男《おとこ》でござるな」

「絶好《ぜっこう》の機会《きかい》だ」着流《きなが》しの男《おとこ》——高杉晋助《たかすぎしんすけ》の隻眼《せきがん》が、妖《あや》しく輝《かがや》く。「殺《や》ってこい。将軍《しょうぐん》を」

高杉《たかすぎ》にうなずき返《かえ》し、万斉《ばんさい》が立《た》ち上《あ》がる。

万事屋《よろずや》一行《いっこう》＋土方《ひじかた》が乗《の》るパトカーの真横《まよこ》を、前方《ぜんぽう》からバズーカ弾《だん》がかすめる。あちらこちらで爆発《ばくはつ》だらけ。線路《せんろ》の周囲《しゅうい》は完全《かんぜん》に戦場《せんじょう》と化《か》していた。

背後《はいご》からやってくるのは、真選組《しんせんぐみ》のパトカーが数十台《すうじゅうだい》。さきほどの銀時《ぎんとき》の無線《むせん》が役《やく》に立《た》ったようだ。彼《かれ》らはさっそく、前方《ぜんぽう》の戦闘車両《せんとうしゃりょう》と撃《う》ち合《あ》いを始《はじ》めている。

戦闘車両《せんとうしゃりょう》に乗《の》っているのは、浪人風《ろうにんふう》の男《おとこ》たちだった。バズーカ片手《かたて》に、真選組《しんせんぐみ》を口汚《くちぎたな》く罵《ののし》っている。

新八《しんぱち》はハンドルをにぎりしめながら、うーん、とうなっていた。見《み》たところ自分《じぶん》たちの敵《てき》は、伊東派《いとうは》とかいう真選組《しんせんぐみ》の裏切《うらぎ》り者連中《ものれんちゅう》だけではないらしい。戦闘車両《せんとうしゃりょう》に乗《の》っている者《もの》たちは、明《あき》らかにカタギの人間《にんげん》には見《み》えなかった。

銀時《ぎんとき》が後部座席《こうぶざせき》からつぶやく。

「ヤツら、攘夷浪士《じょういろうし》か？　どうやら内輪《うちわ》モメだけじゃねーらしいな」

「近藤《こんどう》さんは……近藤《こんどう》さんはどこにいるんだよ」

新八《しんぱち》がつぶやくと、助手席《じょしゅせき》に座《すわ》る神楽《かぐら》が「あれアル！」と前方《ぜんぽう》に向《む》けて指《ゆび》をさした。

「前《まえ》に離《はな》れてる車両《しゃりょう》！　敵《てき》がみーんなあそこに向《む》かってくネ！」

「……だそうだ」銀時《ぎんとき》が、土方《ひじかた》の首根《くびね》っこをつかんだ。「土方氏《ひじかたし》、てめーらの援軍《えんぐん》も来《き》たことだし、あとは自分《てめー》でなんとかしろぃ」

銀時《ぎんとき》が無情《むじょう》にも、土方《ひじかた》をパトカーの外《そと》に放《ほう》りだしてしまう。

「ちょ、ちょっと待《ま》ってよォオオオ！　坂田氏《さかたし》ィイイイ！」

土方《ひじかた》がとっさに、開《あ》いたドアにしがみついた。パトカーに振《ふ》り落《お》とされまいと、引《ひ》きずられながらも必死《ひっし》に耐《た》えている。

根性《こんじょう》あるんだかないんだかわからないな、この人《ひと》——と、新八《しんぱち》は苦笑《にがわら》いを浮《う》かべた。

かぶき町《ちょう》の路地《ろじ》を、タクシーがゆっくり進《すす》んでいく。
庶民《しょみん》のタクシーに乗《の》るなど久《ひさ》しぶりだ、と、松平片栗虎《まつだいらかたくりこ》は思《おも》う。移動《いどう》なら警察車両《けいさつしゃりょう》を使《つか》った方《ほう》が圧倒的《あっとうてき》に安全《あんぜん》だし、楽《らく》なのだが、連《つ》れに言《い》わせれば「それではお忍《しの》びの意味《いみ》がない」らしい。

面倒《めんどう》なものだ。

その連《つ》れ——となりに座《すわ》る徳川茂茂《とくがわしげしげ》に向《む》け、松平《まつだいら》は口《くち》を開《ひら》いた。

「今夜《こんや》はいつもんとことは別《べつ》の店行《みせい》こうや」

「片栗虎《かたくりこ》。江戸《えど》の夜《よる》はオトナのお店以外《みせいがい》に楽《たの》しいところはないのか」

「ない」

松平《まつだいら》は断言《だんげん》した。この歳《とし》まで夜遊《よあそ》びを繰《く》り返《かえ》してきた自分《じぶん》だからこそわかる。きれいなお姉《ねえ》ちゃんと酒《さけ》。それに勝《まさ》る喜《よろこ》びはないのだ。

急《きゅう》に乗《の》っていたタクシーが減速《げんそく》した。なにかと思えば、薄汚《うすぎたな》い格好《かっこう》の浪人集団《ろうにんしゅうだん》が、タクシーの前方《ぜんぽう》をふさいでいるようだ。

「おいおい、道《みち》ふさがれてるぜ。これじゃ店《みせ》に行《い》けねーな。おい、止《と》めろや」

松平《まつだいら》はひとり、タクシーから降《お》りる。

よくよく浪人集団《ろうにんしゅうだん》を見《み》てみれば、先頭《せんとう》でバイクにまたがっている男《おとこ》には見覚《みおぼ》えがあった。ヘッドホンを付《つ》けた、ミュージシャンスタイルの男《おとこ》。手配書《てはいしょ》でなじみの人物《じんぶつ》だ。

「これはこれは、人斬《ひとき》りの河上万斉《かわかみばんさい》じゃねェか。そんなとこでボヤボヤしてっと、逮捕《たいほ》しちゃうよ?」

万斉《ばんさい》は車内《しゃない》の将軍《しょうぐん》をひと目見《めみ》て、「くくく」と不気味《ぶきみ》な笑《え》みを浮《う》かべる。

連中《れんちゅう》の狙《ねら》いは明《あき》らかだった。将軍《しょうぐん》の殺害《さつがい》である。

松平《まつだいら》は「ったくよォ」と舌打《したう》ちをする。せっかくオトナのお店《みせ》に繰《く》り出《だ》そうと思《おも》ってたのに、台《だい》なしじゃねーか。

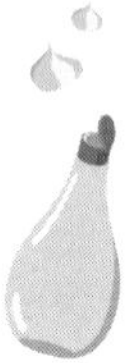

近藤《こんどう》は、目《め》の前《まえ》の光景《こうけい》に目《め》を見張《みは》った。

廃車寸前《はいしゃすんぜん》のパトカーが一台《だい》、自分《じぶん》の乗《の》る列車《れっしゃ》を目指《めざ》してつっ走《ぱし》ってくる。攘夷浪士《じょういろうし》たちの戦闘《せんとう》車両《しゃりょう》を蹴散《けち》らしながら、こちらを目指《めざ》して必死《ひっし》に追《お》ってくるのだ。

乗《の》っているのは、見慣《みな》れた連中《れんちゅう》だった。万事屋《よろずや》の三人組《にんぐみ》。それから、近藤《こんどう》がこれまでの人生《じんせい》において、最《もっと》も頼《たよ》りにしてきたあの男《おとこ》。

「ヒッ!?　ヒィイイイ!?　イヤァアアアアァ!?」

その男《おとこ》――恐怖《きょうふ》で悲鳴《ひめい》を上《あ》げる土方十四郎《ひじかたとうしろう》の顔《かお》を見《み》て、近藤《こんどう》は「……カヤロウ」とつぶやいていた。

「なんでお前《まえ》が……なんでお前《まえ》がこんなところにいるんだよ……。俺《おれ》にクビにされたお前《まえ》が、俺《おれ》のためにこんなところまで……」

鼻《はな》の奥《おく》が熱《あつ》くなり、目《め》がうるむ。

「トシぃいいいいい！　なんで来《き》やがったァ！　バカヤロォォォォォ!!」

近藤《こんどう》は感極《かんきわ》まっていた。やはり土方《トシ》は土方《トシ》だった。近藤《こんどう》が一番助《いちばんたす》けを欲《ほっ》している時《とき》、いつも手《て》を貸《か》してくれたのは、あの男《おとこ》なのだ。

今《いま》さらどう声《こえ》をかけるべきなのか——。悩《なや》む近藤《こんどう》だったが、残念《ざんねん》ながらじっくり物思《ものおも》いにふけるヒマは与《あた》えられなかった。万事屋《よろずや》の天然《てんねん》パーマが、あろうことか近藤《こんどう》の乗《の》る車両《しゃりょう》に向《む》けて、バズーカ砲《ほう》を発射《はっしゃ》したのである。

そもそも近藤《こんどう》はこの車両《しゃりょう》から逃《に》げられないのだ。砲弾《ほうだん》をよける余地《よち》もなく、近藤《こんどう》は「あべし！」と扉《とびら》ごと吹《ふ》き飛《と》ばされてしまった。

「近藤《こんどう》さーん！　無事《ぶじ》ですかァ!?」車両《しゃりょう》の外《そと》から、新八《しんぱち》の声《こえ》が聞《き》こえてくる。

「ダメだ。ゴリラの死体《したい》が一体転《いったいころ》がってるだけだ」

そんな銀時《ぎんとき》の無責任《むせきにん》な言葉《ことば》には、さすがの近藤《こんどう》も怒《いか》り心頭《しんとう》である。

「何《なに》すんだァァァ！　てめーらァァァ！」

むくりと起《お》き上《あ》がった近藤《こんどう》を見《み》て、銀時《ぎんとき》が「あ、いた」と指《ゆび》をさした。

「無事《ぶじ》かオイ。なんかお前《まえ》、暗殺《あんさつ》されそうになってるらしいな。一丁前《いっちょうまえ》に」

「今《いま》されそうになったよ！　たった今《いま》！」

近藤《こんどう》はため息《いき》交《ま》じりに、空気《くうき》の読《よ》めない天然《てんねん》パーマをにらみつける。

「つか、なんでお前《まえ》らがトシといるんだよ!?　ありえなくね!?　お前《まえ》らが俺《おれ》らの肩持《かたも》つとか」

「遺言《ゆいごん》でな」銀時《ぎんとき》が、同乗《どうじょう》する土方《ひじかた》を見《み》た。

「遺言《ゆいごん》？」

「脳《のう》みそを操《あやつ》るチップに魂食《たましいく》われちまった。今《いま》のコイツはただのヘタレたオタク。もうもどってくることもあるめェ」

「脳《のう》みそ操《あやつ》るチップだと!?」

唐突《とうとつ》に告《つ》げられた荒唐無稽《こうとうむけい》な事実《じじつ》に、近藤《こんどう》は声《こえ》を裏返《うらがえ》らせてしまう。

だが、ある意味納得《いみなっとく》はできた。このところの土方《ひじかた》の変《か》わりようは、あまりにも不可解過《ふかかいす》ぎるものだったからである。鬼《おに》の副長《ふくちょう》・土方十四郎《ひじかたとうしろう》がヘタレと化《か》すなど、太陽《たいよう》が西《にし》から上《のぼ》るくらいに有《あ》り得《え》ない。それが天人《あまんと》の超《ちょう》テクノロジーによるものだというのならば、まだ理解《りかい》できるだろう。

近藤《こんどう》は、ごくりと息《いき》をのんだ。

「おい！　そんな状態《じょうたい》で……トシはお前《まえ》らに何《なに》を頼《たの》んだんだ!?」

「真選組《しんせんぐみ》を護《まも》ってくれってよ」銀時《ぎんとき》が近藤《こんどう》に、いつになく真剣《しんけん》な眼差《まなざ》しを向《む》けた。「面倒《めんどう》だから、てめーでやれってここまで連《つ》れてきた次第《しだい》だ。俺達《おれたち》の仕事《しごと》はここまでだ。ギャラはたんまりいただくぜ」

真選組《しんせんぐみ》を護《まも》ってくれ——銀時《ぎんとき》から伝《つた》えられた土方《ひじかた》の言葉《ことば》に、近藤《こんどう》は打《う》ちのめされてしまった。

土方《ひじかた》は最期《さいご》の最期《さいご》まで、真選組《しんせんぐみ》を案《あん》じていた。クビを命《めい》じた近藤《こんどう》に対《たい》して文句《もんく》を言《い》うでもなく、さらにはその命《いのち》を護《まも》ろうとしてくれていたのだった。

土方《ひじかた》が真摯《しんし》に仲間《なかま》を想《おも》うその心《こころ》の強《つよ》さに、胸《むね》が張《は》りさけそうになる。

そんな土方《トシ》のために、今《いま》の自分《じぶん》ができることはなんだろうか——。近藤《こんどう》は顔《かお》を上《あ》げ、銀時《ぎんとき》に告《つ》げた。

「万事屋《よろずや》、俺《おれ》もお前《まえ》らに依頼《いらい》がある。これも遺言《ゆいごん》と思《おも》ってくれていい」

「え？　ギャラの件《けん》は無視《むし》？」

「トシ連《つ》れて、このまま逃《に》げてくれ。こんなことになったのは俺《おれ》の責任《せきにん》だ。戦《たたか》いを拒《こば》む今《いま》のトシを巻《ま》きこみたくはねェ」

万事屋《よろずや》一同《いちどう》に向《む》け、近藤《こんどう》は頭《あたま》を下《さ》げる。

「俺《おれ》ァ、伊東《いとう》に注意《ちゅうい》しろというトシの助言《じょげん》を拒《こば》んだ。さらには些細《ささい》な失態《しったい》を犯《おか》したトシを、伊東《いとう》の言《い》うがままに処断《しょだん》した。トシが……トシがこんなことになってるとも知《し》らずに。トシがそんな身《み》になってまで真選組護《しんせんぐみまも》ろうとしてたのも知《し》らずに……。プライドの高《たけ》ェコイツが、お前《まえ》らに頭《あたま》下《さ》げて、真選組託《しんせんぐみたく》したのも知《し》らずに……」

土方《ひじかた》に目《め》を向《む》ける。土方《ひじかた》もまた、近藤《こんどう》をじっと見《み》ていた。

「すまなかったなァ、トシィ……。すまなかったなァ、みんな……。俺《おれ》ァ、俺《おれ》ァ……大《おお》バカ野郎《やろう》だ」

近藤《こんどう》は己《おのれ》の声《こえ》に嗚咽《おえつ》が混《ま》じるのを、止《と》めることができなかった。

だが、いくら悔《く》やんでも、いくら謝罪《しゃざい》をしても、土方《ひじかた》が元《もと》にもどることはもうない。愚《おろ》かな自《じ》分《ぶん》は、かけがえのない友《とも》を失《うしな》ってしまったのだ。

「全車両《ぜんしゃりょう》に告《つ》げてくれ。今《いま》すぐ戦線《せんせん》を離脱《りだつ》しろと……。近藤勲《こんどういさお》は戦死《せんし》した。これ以上《いじょう》、仲間同士《なかまどうし》でやり合《あ》うのはたくさんだ」

そのときだった。

「あーあー、ヤマトの諸君《しょくん》……！」

それまでだまっていた土方《ひじかた》が、おもむろにパトカー内《ない》の無線機《むせんき》へと手《て》を伸《の》ばしたのである。

「我《われ》らが局長《きょくちょう》、近藤勲《こんどういさお》は無事救出《ぶじきゅうしゅつ》した。勝機《しょうき》は我《われ》らの手《て》にある。局長《きょくちょう》の顔《かお》に泥《どろ》をぬり、受《う》けた恩《おん》を仇《あだ》で返《かえ》す不逞《ふてい》の輩《やから》……あえて言《い》おう！　カスであると！　今《いま》こそヤツらを月《つき》に代《か》わってお仕置《しお》きするのだ！」

土方《ひじかた》は妙《みょう》なオタク用語《ようご》を交《まじ》えながら、よどみなく無線機《むせんき》に向《む》けて語《かた》り出《だ》している。

いったい急《きゅう》にどうしたというのか。近藤《こんどう》はうろたえてしまう。

無線《むせん》を聞《き》いていた他《ほか》の隊士《たいし》たちも、みな混乱《こんらん》しているようだ。パトカーのスピーカーから、とまどいの声《こえ》が響《ひび》いていた。

『オイ、だれだ？　気《き》の抜《ぬ》けた演説《えんぜつ》してんのは!?』

「だれだと……？」土方《ひじかた》が無線機《むせんき》に向《む》けて、声高《こえたか》らかに言《い》い放《はな》った。「真選組副長《しんせんぐみふくちょう》！　土方十四郎《ひじかたとうしろう》ナリ!!」

「土方《ひじかた》さん……」

運転席《うんてんせき》の新八《しんぱち》が、じっと土方《ひじかた》を見守《みまも》っている。万事屋一同《よろずやいちどう》も、土方《ひじかた》の突然《とつぜん》の行動《こうどう》に驚《おどろ》かされているようだった。

「近藤氏《こんどうし》、僕《ぼく》らは君《きみ》に命《いのち》を預《あず》ける。その代《か》わりに、君《きみ》に課《か》せられた義務《ぎむ》がある」

土方《ひじかた》は顔《かお》を上《あ》げ、再《ふたた》び近藤《こんどう》と視線《しせん》を合《あ》わせた。

「それは死《し》なねーことだ。何《なに》が何《なん》でも生《い》き残《のこ》る。どんなに恥辱《ちじょく》にまみれようが、目《め》の前《まえ》でどれだけ隊士《たいし》が死《し》のうが、君《きみ》は生《い》きなければならない。君《きみ》がいる限《かぎ》り、真選組《しんせんぐみ》は終《お》わらないんだ……！」

土方《ひじかた》の声色《こわいろ》の中《なか》に、徐々《じょじょ》に懐《なつ》かしいものがもどってくる。

土方《ひじかた》は懐《ふところ》をまさぐり、タバコを取《と》り出《だ》した。かつてのこの男《おとこ》がいつもそうしていたように、慣《な》れた手《て》つきでタバコに火《ひ》をつけてみせた。

「近藤《こんどう》さん。あんたは真選組《しんせんぐみ》の魂《たましい》だ。俺《おれ》たちはそれを護《まも》る剣《けん》なんだよ」

「トシ……」

土方《ひじかた》たちの乗《の》るパトカーの背後《はいご》からエンジンの駆動音《くどうおん》が響《ひび》いてくる。

攘夷浪士《じょういろうし》の戦闘車両《せんとうしゃりょう》に乗《の》って現《あらわ》れたのは、伊東鴨太郎《いとうかもたろう》である。とうとう追《お》いつかれてしまったらしい。

「一度折《いちどお》れた剣《けん》に、何《なに》が護《まも》れるというのだ」伊東《いとう》が土方《ひじかた》に、蔑《さげす》みの視線《しせん》を向《む》けた。「大《おお》きな出費《しゅっぴ》をして君《きみ》にヘタレオタクになってもらったが……ここまで来《き》たからには決着《けっちゃく》をつけねばならないようだな」

チップとやらを使《つか》って土方《ひじかた》をおとしいれたのは、伊東《いとう》の策略《さくりゃく》だったのか。なんてことをしてくれた、と近藤《こんどう》は怒《いか》りに拳《こぶし》をにぎる。

当然《とうぜん》、土方自身《ひじかたじしん》も強《つよ》い憤《いきどお》りを覚《おぼ》えているようだ。強《つよ》く伊東《いとう》をにらみ、腰《こし》の刀《かたな》に手《て》をかけた。

「てめェが……てめェが俺《おれ》をこんなことに……」

「そうだ。抜《ぬ》けるものなら抜《ぬ》いてみろ」伊東《いとう》が口角《こうかく》を吊《つ》り上《あ》げる。

「土方《ひじかた》さん！　オタクだってやるときはやるってことを、見《み》せつけてやってください！」

脇《わき》から新八《しんぱち》が声援《せいえん》を送《おく》っていたが、土方《ひじかた》はまだ刀《かたな》を抜《ぬ》かないようだ。

いや、抜《ぬ》かないのではなく、抜《ぬ》けないのかもしれない。体内《たいない》のチップが、いまだ土方《ひじかた》の闘争本《とうそうほん》能《のう》を抑制《よくせい》しているということなのか。

土方《ひじかた》は刀《かたな》の柄《つか》をにぎりながら「ぬぐぐぐぐぐ」と顔《かお》を引《ひ》きつらせている。どうしても抜《ぬ》けないようだ。

そんな土方《ひじかた》がじれったく思《おも》えたのか、銀時《ぎんとき》が眉《まゆ》をひそめた。

「何《なに》モタクサしてやがる。さっさと抜《ぬ》きやがれ」

「だまりやがれ」

土方《ひじかた》は大《おお》きく息《いき》を吸《す》いこみ、刀《かたな》をにぎった。全身全霊《ぜんしんぜんれい》をこめて引《ひ》き抜《ぬ》こうとしているようだ。

「俺《おれ》はやる。俺《おれ》は抜《ぬ》く……！　世界中《せかいじゅう》の元気玉《げんきだま》よ！　オラに力《ちから》をォォオオォ！」

土方《ひじかた》は咆哮《ほうこう》しつつ、パトカーの後部《こうぶ》ガラスに拳《こぶし》を叩《たた》きつける。ガシャンと派手《はで》な音《おと》がして、ガラスはくだけ散《ち》った。

土方《ひじかた》はそこから身《み》を乗《の》り出《だ》し、後部《こうぶ》トランクの上《うえ》に立《た》ち上《あ》がる。そして叫《さけ》んだ。

「万事屋《よろずや》ァァァァァ!!」

「なんでしょ」

「聞《き》こえたぜェェ！　てめーのくされ説教《せっきょう》ォォォ!!　偉《えら》そうにベラベラ語《かた》りやがってェェ！　てめーに一言《ひとこと》言《い》っておく！」

銀時《ぎんとき》に背《せ》を向《む》けたまま、土方《ひじかた》は声《こえ》を張《は》り上《あ》げた。

「ありがとよォォォォォォ!!」

銀時《ぎんとき》もまさか、土方《ひじかた》に礼《れい》を言《い》われるとは思《おも》ってもみなかったのだろう、鳩《はと》が豆鉄砲《まめてっぽう》を食《く》ったような顔《かお》で肩《かた》をすくめている。

「オイオイ、またトッシー出《で》たのか。またトッシーなのか」

「俺《おれ》は……俺《おれ》は土方十四郎《ひじかたとうしろう》だァァァァ！」

雄《お》たけびと共《とも》に、土方《ひじかた》が刀《かたな》を抜《ぬ》き放《はな》った。その血気《けっき》あふれる表情《ひょうじょう》は、まぎれもなく〝鬼《おに》の副《ふく》長《ちょう》〟そのもの。土方《ひじかた》は己《おのれ》の気合《きあ》いで、チップの呪縛《じゅばく》を打《う》ち破《やぶ》ったのである。

「近藤《こんどう》の首《くび》を殺《と》りたくば、この俺《おれ》をたおしてからにしろ。何人《なんぴと》たりともここは通《とお》さねェ。何人《なんぴと》たりとも俺《おれ》たちの魂《たましい》は汚《よご》させねェ……！　俺《おれ》は近藤勲《こんどういさお》を護《まも》る最後《さいご》の砦《とりで》っ！　真選組副長《しんせんぐみふくちょう》！　土方《ひじかた》十四郎《とうしろう》だァァァァァァ！」

抜《ぬ》いた刀《かたな》を振《ふ》りあげ、土方《ひじかた》が伊東《いとう》へと飛《と》びかかった。

伊東《いとう》もまた刀《かたな》を抜《ぬ》き、土方《ひじかた》を迎《むか》え討《う》つ。

「来《こ》いっ！　最後《さいご》の決着《けっちゃく》の時《とき》だァァァァ！」

人斬《ひとき》り・河上万斉《かわかみばんさい》が率《ひき》いる攘夷浪士《じょういろうし》たちに囲《かこ》まれ、松平片栗虎《まつだいらかたくりこ》は眉《まゆ》をひそめた。まったく、早《はや》く夜遊《よあそ》びしたいところだというのに、面倒《めんどう》な連中《れんちゅう》である。

「警察庁長官《けいさつちょうちょうかん》・松平片栗虎《まつだいらかたくりこ》にケンカ売《う》るたァ、大《たい》したもんだ。その度胸《どきょう》だけは認《みと》めるぜ。しかしなァ、俺《おれ》の鶴《つる》の一声《ひとこえ》で真選組《しんせんぐみ》がどっと来《き》ちゃうのよ」

こんなこともあろうかと、無線機《むせんき》はいつも携帯《けいたい》している。松平《まつだいら》は懐《ふところ》から無線機《むせんき》を取《と》り出《だ》し、緊《きん》急用《きゅうよう》の周波数《しゅうはすう》に合《あ》わせた。

「あーあー、真選組全隊《しんせんぐみぜんたい》に告《つ》ぐ。かぶき町《ちょう》で将《しょう》ちゃんと遊《あそ》んでるんだけどォ、鬼兵隊《きへいたい》に囲《かこ》まれちゃいました！　速攻《そっこう》、出動《しゅつどう》せよォォ！」

連絡《れんらく》を終《お》え、松平《まつだいら》はニヤリと唇《くちびる》をゆがめた。

「はい、すぐにサイレンが鳴《な》るぅ」

たかが攘夷浪士《じょういろうし》の十数人程度《じゅうすうにんていど》、精鋭《せいえい》ぞろいの真選組《しんせんぐみ》の敵《てき》ではない。あっという間《ま》に片《かた》が付《つ》くだろう。

しかし、そんな松平《まつだいら》の思惑《おもわく》は見事《みごと》に裏切《うらぎ》られてしまった。待《ま》てど暮《く》らせど、パトカーのサイレンはいっこうに聞《き》こえてこなかったのである。

「……鳴《な》らないね」

首《くび》をかしげる松平《まつだいら》に、万斉《ばんさい》が冷《つめ》たい声《こえ》で告《つ》げた。

「真選組《しんせんぐみ》は……箱根《はこね》に温泉旅行《おんせんりょこう》でござる」

「あー、そう。そっかそっか……」

真選組《しんせんぐみ》の箱根旅行《はこねりょこう》など、松平《まつだいら》にとっては初耳《はつみみ》だった。この連中《れんちゅう》の奸計《かんけい》によって、真選組《しんせんぐみ》は江戸《えど》から遠《とお》ざけられてしまっているようだ。将軍暗殺《しょうぐんあんさつ》のため、周到《しゅうとう》に計画《けいかく》をしていたということだろう。

だが松平《まつだいら》とて、なんの準備《じゅんび》もしていなかったわけではない。

「そんなら、俺《おれ》が相手《あいて》してやんねェとな」

言《い》いつつ松平《まつだいら》は、タクシー後部《こうぶ》のトランクを開《ひら》いた。中《なか》から取《と》り出《だ》したのは、真選組御用達《しんせんぐみごようたし》の対戦車《たいせんしゃ》バズーカ砲《ほう》。松平《まつだいら》がそれを肩《かた》に担《かつ》ぐと、周囲《しゅうい》の攘夷浪士《じょういろうし》たちが一斉《いっせい》にぎょっとうろたえを見《み》せた。

「ホラホラ、真《ま》ん中寄《なかよ》って～。表情硬《ひょうじょうかた》いよォ？　笑顔《えがお》で、ね？」

悪党《あくとう》に手加減《てかげん》するのは松平《まつだいら》の流儀《りゅうぎ》ではない。松平《まつだいら》はまるでカメラのシャッターを切《き》るがごとく、

「はい、チーズ！」と、景気《けいき》よくバズーカをぶっ放《ぱな》したのだった。

バズーカ砲《ほう》の威力《いりょく》はてきめんだ。店《みせ》の看板《かんばん》が爆発四散《ばくはつしさん》し、浪士《ろうし》たちの「ぎゃあああああ!?」という悲鳴《ひめい》が響《ひび》きわたる。

阿鼻叫喚《あびきょうかん》の中《なか》、松平《まつだいら》はタクシーの運転席《うんてんせき》のドアを開《あ》ける。「ハイ交代《こうたい》」と中《なか》の運転手《うんてんしゅ》を押《お》しのけて、おもむろにハンドルをうばう。

三十六計《さんじゅうろっけい》逃《に》げるに如《し》かず。松平《まつだいら》はアクセルを全力《ぜんりょく》でふかし、逃走《とうそう》を試《こころ》みる。

後部座席《こうぶざせき》の将軍《しょうぐん》が、重々《おもおも》しいため息《いき》をついた。

「すまんな。面倒《めんどう》なことになって」

「いつの世《よ》も、男《おとこ》の火遊《ひあそ》びにゃ危険《きけん》が付《つ》き物《もの》なのよ」

松平《まつだいら》がバックミラーに目《め》を向《む》ける。攘夷浪士《じょういろうし》たちが体勢《たいせい》を立《た》て直《なお》し、こちらを追《お》いかけようとしているのが見《み》えた。

先頭《せんとう》に立《た》つのは河上万斉《かわかみばんさい》の単車《バイク》だ。うまいこと砲撃《ほうげき》をかわしたのか、傷《きず》ひとつない。

「ふふふ。逃《に》げてもムダでござるよ」

底冷《そこび》えをするような笑《え》みを浮《う》かべ、万斉《ばんさい》が追《お》ってきた。鬼兵隊《きへいたい》の部下《ぶか》たちもいっしょだ。

ちっ、と松平《まつだいら》は舌打《したう》ちをする。強面《こわもて》のゴロツキどもに追跡《ついせき》されても、なにも面白《おもしろ》くはない。同《おな》じ追《お》っかけられるなら、お店《みせ》のねーちゃんたちに追《お》っかけられた方《ほう》がいい。

まあ、これもおまわりさんのお仕事《しごと》だ、と松平《まつだいら》は観念《かんねん》する。将軍《しょうぐん》の命《いのち》を守《まも》るため、松平《まつだいら》はギアをトップに入《い》れた。


車両《しゃりょう》の中《なか》に、伊東派隊士《いとうはたいし》の断末魔《だんまつま》の叫《さけ》びが響《ひび》きわたった。沖田《おきた》がまたひとり、敵《てき》を斬《き》り捨《す》てたのである。

沖田《おきた》は、ふう、と額《ひたい》の汗《あせ》をぬぐった。格下《かくした》の雑魚《ざこ》相手《あいて》と言《い》えど、これだけの人数《にんずう》を一度《いちど》に相手《あいて》にするのはさすがに骨《ほね》が折《お》れる。そろそろスタミナにも底《そこ》が見《み》えてきた。

敵《てき》もそんな沖田《おきた》の疲《つか》れを見《み》て取《と》ったのか、

「沖田《おきた》ァァァァ！　死《し》ねエエエエ!!」

とつぜん、全方位《ぜんほうい》からの急襲《きゅうしゅう》を仕掛《しか》けてくる。疲《つか》れた身体《からだ》では、これをさばくのは難《むずか》しい。沖《おき》田《た》はうまく回避《かいひ》することができず、やむなく背中《せなか》に一撃《いちげき》をもらってしまった。

「ぐうっ……！」

灼《や》けるような激痛《げきつう》。背中《せなか》から鮮血《せんけつ》がほとばしる。沖田《おきた》は体勢《たいせい》をくずし、一歩《いっぽ》後《あと》ずさった。

それで敵《てき》は好機《こうき》と判断《はんだん》したのだろう。沖田《おきた》を包囲《ほうい》するようににじり寄《よ》ってくる。この八方《はっぽう》ふさがりの状況《じょうきょう》を前《まえ》にして、沖田《おきた》はふっと笑《え》みをこぼす。

「お前《まえ》ら、よく鍛錬《たんれん》してきたな。なかなかいいぜ」

伊東派隊士《いとうはたいし》たちは沖田《おきた》を見下《みお》ろし、無情《むじょう》にも刀《かたな》を振《ふ》り上《あ》げた。ついに年貢《ねんぐ》の納《おさ》め時《どき》ということなのだろうか。沖田《おきた》は覚悟《かくご》を決《き》めたのだが、

「ぐはああっ！」

何《なに》が起《お》こったのか。沖田《おきた》を囲《かこ》んでいた伊東派隊士《いとうはたいし》たちが急《きゅう》に苦悶《くもん》の声《こえ》を上《あ》げた。何者《なにもの》かが放《はな》っ

た電光石火《でんこうせっか》の飛《と》び蹴《げ》りが、彼《かれ》らをまとめて吹《ふ》っ飛《と》ばしてしまったのである。

蹴《け》りの主《ぬし》は、まるで猫《ねこ》のように軽《かろ》やかに近《ちか》くの座席《ざせき》の背《せ》もたれ部分《ぶぶん》に着地《ちゃくち》する。ニヤニヤ顔《がお》で沖田《おきた》を見下《みお》ろすその小娘《こむすめ》は、万事屋《よろずや》のチャイナ娘《むすめ》——神楽《かぐら》だ。

この小娘《こむすめ》、登場《とうじょう》に格好《かっこう》つけ過《す》ぎである。さてはタイミングを狙《ねら》っていたのだろう。沖田《おきた》は神楽《かぐら》を見上《みあ》げ、顔《かお》をしかめた。

「オイオイ、お前《まえ》らが遊《あそ》びに来《く》るところじゃねえぜ？」

「その程度《ていど》でバテてるようじゃ、お前《まえ》も大《たい》したことないアルな」

「かつての仲間相手《なかまあいて》についつい優《やさ》しさが出《で》ちまってね」

血《ち》まみれでそう言《い》っても説得力《せっとくりょく》は薄《うす》かったのだろう。神楽《かぐら》は「へー」と鼻《はな》で笑《わら》った。

「まあその傷《きず》、箱根《はこね》の温泉《おんせん》で治《なお》してもらえヨ」

「余計《よけい》なお世話《せわ》だ」

となりの車両《しゃりょう》から、「いたぞぉぉぉ！」と声《こえ》が響《ひび》いた。新手《あらて》だろう。

背中《せなか》を斬《き》られはしたが、この程度《ていど》の傷《きず》ならまだ戦《たたか》える。沖田《おきた》は立《た》ち上《あ》がり、再《ふたた》び刀《かたな》を構《かま》えた。

どうやらチャイナ娘《むすめ》も、もうひと暴《あば》れするつもりらしい。ニッと白《しろ》い歯《は》を見《み》せる。

彼女《かのじょ》は座席《ざせき》の上《うえ》から大《おお》きくジャンプし、やってきた隊士《たいし》たちにひざ蹴《げ》りを食《く》らわせながら着地《ちゃくち》した。そしてそのまま、振《ふ》り下《お》ろされた敵《てき》の刀《かたな》をバク転《てん》で回避《かいひ》し、すかさずカウンターのアッパーでもうひとり仕留《しと》めてみせる。

相変《あいか》わらずの凶暴《きょうぼう》ぶりである。狭《せま》い車内《しゃない》を縦横無尽《じゅうおうむじん》に暴《あば》れる小娘《こむすめ》の身体能力《しんたいのうりょく》に、伊東派隊士《いとうはたいし》たちはすっかり振《ふ》り回《まわ》されてしまっているようだった。

しかし、沖田《おきた》は知《し》っている。このチャイナ娘《むすめ》は、ただ戦闘能力《せんとうのうりょく》が高《たか》いだけではないことを。

「ふんんんぬぬぬぬごおおおおおお!!」

チャイナ娘《むすめ》は力任《ちからまか》せに床《ゆか》から座席《ざせき》を引《ひ》きちぎり、それを思《おも》い切《き》りまっすぐ前《まえ》にブン投《な》げたのである。敵《てき》もろとも、沖田《おきた》まで亡《な》き者《もの》にする勢《いきお》いで。

まるで巨大砲弾《きょだいほうだん》のように伊東派隊士《いとうはたいし》を蹴《け》ちらしながらつっこんでくる座席《ざせき》を、沖田《おきた》は間一髪《かんいっぱつ》で反応《はんのう》し、手《て》にした刀《かたな》で両断《りょうだん》する。もう少《すこ》し遅《おそ》かったら、自分《じぶん》もあのイスの餌食《えじき》になっていただろう。

「危《あぶ》ねェじゃねーか!」

沖田《おきた》がにらみつけるも、チャイナ娘《むすめ》は素知《そし》らぬ顔《かお》で鼻《はな》をほじるだけだった。本当《ほんとう》にムカつく小《こ》娘《むすめ》である。

これが終《お》わったら、チャイナ娘《コイツ》は絶対《ぜったい》ぶっ飛《と》ばす。沖田《おきた》は舌打《したう》ち交《ま》じりに、残《のこ》りの敵《てき》に斬《き》りかかるのだった。

『鬼兵隊《きへいたい》に囲《かこ》まれちゃいました！　速攻《そっこう》、出動《しゅつどう》せよォォ！』

無線機《むせんき》から入《はい》った連絡《れんらく》を聞《き》き、銀時《ぎんとき》と新八《しんぱち》は顔《かお》を見合《みあ》わせた。

無線《むせん》の主《ぬし》は警察庁長官《けいさつちょうちょうかん》・松平片栗虎《まつだいらかたくりこ》。ここ最近《さいきん》、バイト中《ちゅう》に顔《かお》を合《あ》わせるたびに人《ひと》をやっかいごとに巻《ま》きこんでくる、あの迷惑《めいわく》なオッサンである。

かぶき町《ちょう》では現在《げんざい》、松平《まつだいら》たちが鬼兵隊《きへいたい》の襲撃《しゅうげき》を受《う》けているらしい。おそらくこの真選組《しんせんぐみ》の一件《いっけん》は、鬼兵隊《きへいたい》にとっては目《め》くらましのための作戦《さくせん》なのだろう。連中《れんちゅう》の本命《ほんめい》は、松平《まつだいら》が連《つ》れまわしている人物《じんぶつ》の方《ほう》だったのだ。

「銀《ぎん》さん……！　将軍《しょうぐん》が……！」

「オイオイ。そーゆーことかよ、高杉《たかすぎ》の野郎《やろう》……」

銀時《ぎんとき》が眉《まゆ》をひそめた。鬼兵隊《きへいたい》の大将《たいしょう》、高杉晋助《たかすぎしんすけ》は、銀時《ぎんとき》の昔《むかし》なじみ。共《とも》に攘夷戦争《じょういせんそう》を戦《たたか》った因《いん》縁深《ねんぶか》い間柄《あいだがら》なのだ。

「銀《ぎん》さん！　江戸《えど》が！　将軍《しょうぐん》が危《あぶ》ない！」

今《いま》すぐ助《たす》けに行《い》くべきだ――。新八《しんぱち》はそう主張《しゅちょう》したのだが、銀時《ぎんとき》はあまり乗《の》り気《き》ではない様子《ようす》だった。

「うん、でもさでもさ、俺《おれ》が将軍《しょうぐん》を護《まも》らないといけない？　ねえ、そんな義理《ぎり》ある？」

「将軍《しょうぐん》やられたら高杉晋助《たかすぎしんすけ》の侵略《しんりゃく》が始《はじ》まりますよ！」

「そんなこと言《い》われてもさぁ」

銀時《ぎんとき》が面倒《めんどう》くさそうに鼻《はな》をほじる。もしかして、将軍《しょうぐん》のせいでバイトがあれこれダメになってしまったことをまだ根《ね》に持《も》っているのだろうか。

まったくこの男《おとこ》と来《き》たら、ジャンプ主人公《しゅじんこう》にあるまじき怠慢《たいまん》ぶりである。もうちょっとこう、ヒロイックなところを見《み》せてもらいたいものだ。

と、そのとき「はっはっは！」と不敵《ふてき》な笑《わら》い声《ごえ》が聞《き》こえてきた。新八《しんぱち》がパトカーの窓《まど》から外《そと》を見《み》ると、ナゾの物体《ぶったい》が後《うし》ろから飛《と》んでくるのが目《め》に入《はい》る。

どこかオバQ《キュー》っぽい、白《しろ》い着《き》ぐるみ状《じょう》の何《なに》か――よく見《み》ればそれは、宇宙生物《うちゅうせいぶつ》・エリザベスである。手《て》に持《も》っているのは、『おまた』のプラカード。背中《せなか》に乗《の》っているのは、彼《かれ》の相棒《あいぼう》・桂《かつら》だった。

「うわっ!?　桂小太郎《かつらこたろう》!?」

近藤《こんどう》が目《め》をむいている。裏切り者《うらぎもの》やら鬼兵隊《きへいたい》やらで、現在真選組《げんざいしんせんぐみ》は大変《たいへん》な状況《じょうきょう》におちいっているのだ。そのうえ別勢力《べつせいりょく》の桂《テロリスト》まで現《あらわ》れてしまえば、近藤《こんどう》が混乱《こんらん》するのも無理《むり》はないだろう。

当《とう》の桂《かつら》はエリザベスの背中《せなか》で、悠然《ゆうぜん》と腕《うで》を組《く》んでいる。

「銀時《ぎんとき》、決《けっ》して真選組《しんせんぐみ》に加担《かたん》するわけではないが、鬼兵隊《きへいたい》を野放《のばな》しにはできん。加勢《かせい》するぞ!」

そうだった。そういえばこの桂《かつら》という男《おとこ》も、高杉一派《たかすぎいっぱ》とは浅《あさ》からぬ因縁《いんねん》があったのである。そのあたりは前作《ぜんさく》・実写劇場版《じっしゃげきじょうばん》『銀魂《ぎんたま》』第一弾《だいだん》でも語《かた》られていたことだ。気《き》になる人《ひと》はDVD《ディーブイディー》／ブルーレイか、ノベライズ本《ぼん》でおさらいしよう——新八《しんぱち》はひとりごとを言《い》う。

「江戸《えど》を根絶《ねだ》やしにせんとする、高杉《たかすぎ》の——」

桂《かつら》が何《なに》か言《い》いかけたところで、エリザベスは急《きゅう》に飛行速度《ひこうそくど》を上《あ》げた。そのまま反転《はんてん》し、背後《はいご》の鬼兵隊《きへいたい》の集団《しゅうだん》につっこんで行《い》ってしまう。

「おいエリザベス!?　今《いま》からカッコイイセリフを言《い》おうとしていたところだぞ!　エリザベエエエエス!」

桂《かつら》の声《こえ》を無視《むし》し、エリザベスが鬼兵隊《きへいたい》の戦闘車両《せんとうしゃりょう》に体当《たいあ》たりをしかけた。車両《しゃりょう》は爆発炎上《ばくはつえんじょう》し、桂《かつら》の悲鳴《ひめい》が響《ひび》きわたる。

「………」あまりの展開《てんかい》の速《はや》さに、新八《しんぱち》は絶句《ぜっく》する。

まあ、なんだかんだ言《い》ってあの桂《かつら》という男《おとこ》、とぼけたように見《み》えて案外《あんがい》しぶといのだった。くさっても「狂乱《きょうらん》の貴公子《きこうし》」である。じゅうぶん近藤《こんどう》たちの助《たす》けになってくれるだろう。

新八《しんぱち》が、銀時《ぎんとき》に向《む》き直《なお》る。

「ここは真選組《しんせんぐみ》と桂《かつら》さんに任《まか》せて！　江戸《えど》にとって返《かえ》さないと！」

「いやいや。そんなに速攻《そっこう》もどれないでしょ。もうここ、結構田舎《けっこういなか》よ？」

銀時《ぎんとき》が肩《かた》をすくめたそのときだった。

横合《よこあ》いから、「銀《ぎん》の字《じ》ィイイイ！」と聞《き》き慣《な》れた声《こえ》が聞《き》こえてくる。

声《こえ》と共《とも》に現《あらわ》れたのは、見慣《みな》れぬ巨大《きょだい》な乗《の》り物《もの》である。新八《しんぱち》はその乗《の》り物《もの》を見《み》て、あっけに取《と》られてしまう。

バス……なのだろうか。一見《いっけん》するとバスのようだが、全体《ぜんたい》にフサフサとした毛《け》が生《は》えており、バスらしからぬ挙動《きょどう》でぴょんぴょん跳《は》ねてやってくる。前面部《ぜんめんぶ》はケモノっぽい顔《かお》。目《め》がライト代《が》わりに光《ひか》る仕組《しく》みのようだ。車体《しゃたい》の後《うし》ろにはシマシマ模様《もよう》のしっぽが生《は》えていた。

「銀《ぎん》の字《じ》ィイイイ！　これに乗《の》れェエエエエ!!」

運転席《うんてんせき》から顔《かお》を出《だ》しているのは、やはりと言《い》うべきかあの変人《へんじん》、平賀源外《ひらがげんがい》だった。この男《おとこ》、他《ほか》作品《さくひん》の版権《はんけん》に対《たい》して果敢《かかん》に挑戦《ちょうせん》しすぎである。

ナゾのバスは、そのまま銀時《ぎんとき》の目《め》の前《まえ》で止《と》まった。それと同時《どうじ》に額《ひたい》の行《い》き先案内《さきあんない》も、『銀時《ぎんとき》』から『江戸城《えどじょう》』に変更《へんこう》される。

あまりに危険《きけん》すぎるそのパロディに、銀時《ぎんとき》も「わあああ!?」と驚愕《きょうがく》の叫《さけ》びをあげた。

「第一弾《だいだん》に続《つづ》いて、〇〇〇《ピー》のやばいヤツ来《き》たァァァァァ!?」

「ねえ、コレ大丈夫《だいじょうぶ》なんですか!?　許可取《きょかと》ってるんですか!?」

新八《しんぱち》がつめ寄《よ》るも、源外《げんがい》は不思議《ふしぎ》そうに首《くび》をかしげるだけだった。

「なにがじゃ？　これはアライグマじゃ。見《み》ろ、リンゴを洗《あら》っとるじゃろ、お前《まえ》」

見《み》れば確《たし》かに、バスから生《は》えたフサフサの手《て》（？）が、リンゴをふきふきしていた。ならばこれはアライグマバス、とでも呼《よ》ぶべきなのだろうか。なんだか語呂《ごろ》が悪《わる》い。

源外《げんがい》によれば「絶妙《ぜつみょう》な案配《あんばい》と尊敬《そんけい》をこめて」ということらしい。リスペクトで押《お》しとおすつもりのようだ。

銀時《ぎんとき》も銀時《ぎんとき》で、なんだか楽《たの》しいらしい。はしゃぎながらバスに乗《の》りこんでいる。

「早《はや》く！　早《はや》くメイちゃんのところへ！」

「あ、メイちゃんって言《い》っちゃった」源外《げんがい》がまるで悪《わる》びれずに舌《した》を出《だ》す。

ダッシュで走《はし》り去《さ》るアライグマバスを目《め》で追《お》いながら、新八《しんぱち》は頭《あたま》を抱《かか》えた。

「これ、ダメだろォォォ!!」

と、そのとき新八《しんぱち》は、背後《はいご》から列車《れっしゃ》の走行音《そうこうおん》が近《ちか》づいてくることに気《き》がついた。

よくよく考《かんが》えてみれば、現在《げんざい》、新八《しんぱち》の乗《の》るパトカーは線路《せんろ》の上《うえ》にいる。このままでは、後方《こうほう》からやってくる列車車両《れっしゃしゃりょう》に追突《ついとつ》される。そうなれば、近藤《こんどう》の乗《の》る車両《しゃりょう》との間《あいだ》でパトカーごとミンチになってしまうだろう。

「――って、こっちもダメエエエエ!?」

「うおおおおおおおおおおおお!?」近藤《こんどう》も目《め》をむいている。

パトカーと車両《しゃりょう》が衝突《しょうとつ》するその瞬間《しゅんかん》、新八《しんぱち》は近藤《こんどう》と目配《めくば》せをした。近藤《こんどう》は前《まえ》の車両《しゃりょう》から、新八《しんぱち》はパトカーから脱出《だっしゅつ》し、開《ひら》いた扉《とびら》から後方車両《こうほうしゃりょう》の中《なか》へと飛《と》びこんだのである。

列車内《れっしゃない》の床《ゆか》で受《う》け身《み》を取《と》り、ふたりはなんとか体勢《たいせい》を立《た》て直《なお》す。今《いま》、この列車内《れっしゃない》はどういう状況《じょうきょう》になっているのだろうか。

少《すこ》し前《まえ》に神楽《かぐら》ちゃんがひとりで突入《とつにゅう》していったきりだけど――。と、周囲《しゅうい》の状況《じょうきょう》を見回《みまわ》したところで、新八《しんぱち》は息《いき》をのんだ。

「こ、これは……!?」

列車内《れっしゃない》は、激《はげ》しい戦闘《せんとう》が行《おこな》われていたようだ。乱雑《らんざつ》に荒《あ》らされた座席《ざせき》のあちこちに、伊東派隊《いとうはたい》士《し》と思《おぼ》しき真選組《しんせんぐみ》の連中《れんちゅう》がたおれているのが見《み》える。

生《い》き残《のこ》りはふたりだけ——。神楽《かぐら》と、沖田《おきた》である。

ふたりとも、すっかり息《いき》が上《あ》がってしまっていた。これだけの数《かず》をたったふたりで相手《あいて》にするのは、かなり大変《たいへん》だったはずだ。

顔《かお》も制服《せいふく》もボロボロになってしまった沖田《おきた》が、近藤《こんどう》に笑《え》みを向《む》けた。

「ちょいと働《はたら》きすぎちまった。残業代《ざんぎょうだい》出《で》ますよね、コレ」

「総悟《そうご》オォ！」

近藤《こんどう》は、目《め》に安堵《あんど》の涙《なみだ》を浮《う》かべていた。


松平片栗虎《まつだいらかたくりこ》が逃《に》げこんだのは、当然《とうぜん》のことながら江戸城《えどじょう》だった。江戸城《えどじょう》といえば将軍《しょうぐん》の居城《きょじょう》でもあり、この国《くに》で一番《いちばん》の要塞《ようさい》である。どんなテロリストであろうと、ここを攻《せ》め落《お》とすのは難《むずか》しいだろう。

しかし松平《まつだいら》はあえて大手門《おおてもん》を開《ひら》いたままにし、鬼兵隊《きへいたい》の一団《いちだん》を敷地内《しきちない》に迎《むか》え入《い》れたのである。

当然《とうぜん》、考《かんが》えがあってのことだ。

松平《まつだいら》は将軍《しょうぐん》と共《とも》に、本丸前《ほんまるまえ》の広場《ひろば》で彼《かれ》らを待《ま》ち受《う》けていた。ほどなくして鬼兵隊《きへいたい》のゴロツキどもが、我《わ》が物顔《ものがお》でバイクにまたがり、松平《まつだいら》らの前《まえ》に現《あらわ》れる。

「いらっしゃいませ～。こちらでお召《め》し上《あ》がりですか？　それともお持《も》ち帰《かえ》りですか～？」

無作法者《ぶさほうもの》たちに向《む》け、松平《まつだいら》は皮肉《ひにく》たっぷりに告《つ》げた。

「いやあ、ここんとこ、将軍暗殺《しょうぐんあんさつ》を目論《もくろ》む輩《やから》がいるってウワサでなァ。そいつら引《ひ》っ張《ぱ》り出《だ》すために、影武者《かげむしゃ》連《つ》れてブラブラしてたんだ。よくぞ網《あみ》にかかってくれたな」

そうなのだ。全《すべ》ては鬼兵隊《きへいたい》をおびき寄《よ》せるための罠《わな》。鬼兵隊《きへいたい》の連中《れんちゅう》はこちらを追《お》いつめたと思《おも》っていたのだろうが、その逆《ぎゃく》なのだ。彼《かれ》らは、松平《まつだいら》の策《さく》にまんまとハマってしまっているのである。

ここにいる将軍《しょうぐん》が影武者《かげむしゃ》だったという事実《じじつ》は、鬼兵隊連中《きへいたいれんちゅう》にとっては寝耳《ねみみ》に水《みず》だったのだろう。

彼《かれ》らはそろって動揺《どうよう》を見《み》せていた。

ただひとり、河上万斉《かわかみばんさい》を除《のぞ》いては。

「ほほう」万斉《ばんさい》が口角《こうかく》を吊《つ》り上《あ》げた。「真選組《しんせんぐみ》のいないこの城《しろ》でそんな大口《おおぐち》を叩《たた》いてよろしいのでござるか」

「どうやら局長《きょくちょう》が拉致《らち》られたらしいわ。あいつら優秀《ゆうしゅう》なんだけどよォ。そりゃ局長《きょくちょう》がやられるとなりゃ、何《なに》も見《み》えなくなっちまうわな。すんばらしい作戦《さくせん》組《く》んだじゃねェか。ほめてやるよ」

松平《まつだいら》がアゴをしゃくると、周囲《しゅうい》に忍《しの》びの者《もの》たちが現《あらわ》れた。その数《かず》、三十《さんじゅう》。将軍暗殺《しょうぐんあんさつ》を見越《みこ》し、松平《まつだいら》が事前《じぜん》に待機《たいき》させておいた者《もの》たちである。これだけの数《かず》がいれば、テロリストなど容易《ようい》に殲《せん》滅《めつ》できるだろう。

しかし万斉《ばんさい》の表情《ひょうじょう》に、動揺《どうよう》はなかった。刀《かたな》を抜《ぬ》き放《はな》ち、こちらへ向《む》かってくる。

「主人《しゅじん》からの言《い》いつけは、将軍《しょうぐん》の暗殺《あんさつ》……。そいつらを皆殺《みなごろ》しにしても、将軍《しょうぐん》の首《くび》、持《も》ち帰《かえ》るでござるよ」

「さすが千人斬《せんにんぎ》りの万斉《ばんさい》だ。楽《たの》しもうじゃねェか」

松平《まつだいら》の物怖《ものお》じせぬ言動《げんどう》は、鬼兵隊連中《きへいたいれんちゅう》を激怒《げきど》させたらしい。彼《かれ》らは雄《お》たけびを上《あ》げて、松平《まつだいら》の方《ほう》へと向《む》かってきた。

計画通《けいかくどお》りだな――。松平《まつだいら》が心中《しんちゅう》でほくそ笑《え》む。

ゴロツキのひとりが松平《まつだいら》に近《ちか》づいたその瞬間《しゅんかん》、その足元《あしもと》で大爆発《だいばくはつ》が起《お》こった。爆発《ばくはつ》は次々《つぎつぎ》と連《れん》鎖《さ》し、またたく間《ま》に鬼兵隊《きへいたい》たちを爆炎《ばくえん》の中《なか》にのみこんでいく。

実《じつ》は松平《まつだいら》の周辺《しゅうへん》の地面《じめん》には、さきほど忍《しの》びの者《もの》たちに設置《せっち》させておいた地雷《じらい》がいくつも埋《う》まっていたのだ。鬼兵隊《きへいたい》は、そこに見事《みごと》に誘《さそ》いこまれてしまったのである。

作戦《さくせん》の首尾《しゅび》は上々《じょうじょう》。鬼兵隊《きへいたい》の一団《いちだん》を、ものの数秒《すうびょう》で壊滅《かいめつ》させることに成功《せいこう》した。

しかし、河上万斉《かわかみばんさい》を仕留《しと》めるには至《いた》らなかったようだ。さすが伝説《でんせつ》の人斬《ひとき》り。爆発《ばくはつ》を巧《たく》みにかわし、距離《きょり》を詰《つ》めてくる。

「ふふふふ。面白《おもしろ》い……！」

こいつァ、面倒《めんどう》くせェのを相手《あいて》にしちまったな――松平《まつだいら》は舌打《したう》ち交《ま》じりに、きびすを返《かえ》した。

こうなればもう、影武者《かげむしゃ》を連《つ》れて、逃《に》げられるところまで逃《に》げるしかない。

河上《かわかみ》の相手《あいて》を忍《しの》びの者《もの》たちに任《まか》せ、松平《まつだいら》は全力《ぜんりょく》でかけ出《だ》した。

本丸内部《ほんまるないぶ》の脱出用《だっしゅつよう》の通路《つうろ》は、天守閣《てんしゅかく》の裏手《うらて》へ通《つう》じている。ここを抜《ぬ》ければ、江戸《えど》の市街地《しがいち》へと抜《ぬ》け出《だ》すことができる。
将軍《しょうぐん》の影武者《かげむしゃ》と共《とも》に通路《つうろ》を走《はし》りながら、「ったく」と松平《まつだいら》はため息《いき》をついた。これだけ全力《ぜんりょく》で

走《はし》っていると、さすがに足腰《あしこし》に来《く》る。こちとら、もういい歳《とし》なのだ。

松平《まつだいら》はようやく建物《たてもの》を抜《ぬ》け、市街地《しがいち》へと続《つづ》く裏庭《うらにわ》にたどり着《つ》く。

しかし、そこで安堵《あんど》することは叶《かな》わなかった。背後《はいご》から、河上万斉《かわかみばんさい》の声《こえ》が響《ひび》いてきたのである。

「……ほほう。江戸城《えどじょう》の裏《うら》はこのようになっていたでござるか。天人《あまんと》たちのビルとつながれ……。傀儡政治《かいらいせいじ》のなれの果《は》てでござるな」

いつの間《ま》にか追《お》いつかれてしまった。足止《あしど》めを任《まか》せた忍《しの》びの者《もの》たちは、すべてこの男《おとこ》に斬《き》られてしまったのだろう。やはり、人斬《ひとき》りの名《な》は伊達《だて》ではないということか。

こうなってしまえば腹《はら》をくくるしかない。松平《まつだいら》は振《ふ》り返《かえ》り、腰《こし》の刀《かたな》を抜《ぬ》き放《はな》った。

「よーし。最後《さいご》はこのダンディーおじさんが相手《あいて》だ。来《こ》いや」

「そなたも実権《じっけん》なき幕府《ばくふ》に未練《みれん》はないでござろう。心置《こころお》きなく地獄《じごく》に落《お》ちるがいい」

万斉《ばんさい》が松平《まつだいら》に、刀《かたな》の切《き》っ先《さき》を向《む》けた。放《はな》たれる殺気《さっき》に、松平《まつだいら》は「むう」と顔《かお》をしかめる。

松平《まつだいら》は、抜《ぬ》いた刀《かたな》を野球《やきゅう》のバットのごとく構《かま》え、「おう、やんのかコラァ」と凄《すご》んで見《み》せた。

これでも松平《まつだいら》はその昔《むかし》、バッティングセンターではずいぶん鳴《な》らしたのである。そっちが伝説《でんせつ》の人斬《ひとき》りなら、こっちは伝説《でんせつ》のホームラン王《おう》だ——と、松平《まつだいら》が臨戦態勢《りんせんたいせい》に入《はい》ったそのときだった。

「……どんだけ強《つよ》いか知《し》らねェが、おじさんのかなう相手《あいて》じゃねーよ」

ふと背後《はいご》から、木刀《ぼくとう》をたずさえた男《おとこ》が現《あらわ》れた。

もじゃもじゃの銀髪《ぎんぱつ》に、ダルそうな表情《ひょうじょう》の男《おとこ》だ。銀髪《ぎんぱつ》の男《おとこ》は松平《まつだいら》をかばうようにして、万斉《ばんさい》の前《まえ》に立《た》ちふさがった。

「おい、コレ返《かえ》すぜ」

銀髪《ぎんぱつ》の男《おとこ》が松平《まつだいら》に、たたんだ服《ふく》をつきつける。よく見《み》れば、真選組《しんせんぐみ》の制服《せいふく》のようだ。

「あれ？　うちの制服《せいふく》じゃねェか」

「あとさぁ」男《おとこ》はさらに、紙切《かみき》れを手《て》わたしてきた。「アンタんとこのやつらに散々《さんざん》働《はたら》かされたから、ここに、振《ふ》りこんどいてよ」

「え？」松平《まつだいら》は首《くび》をかしげる。

「家賃払《やちんはら》わなきゃなんねーんだ」

どうやら紙切《かみき》れには何《なに》かの数字《すうじ》が書《か》かれているようだが、細《こま》かい字《じ》で書《か》かれているのでよく見《み》えなかった。松平《まつだいら》は紙切《かみき》れを遠《とお》くに持《も》ち、目《め》を細《ほそ》めて数字《すうじ》を読《よ》む。

「それ絶対見《ぜったいみ》えてるよね」

「いやあ、老眼《ろうがん》でなあ」

「絶対見《ぜったいみ》えてる。結構大《けっこうおお》きく書《か》いてるから」

「あー。若《わか》い頃《ころ》は2・0だったんだけどなあ。えーと……」

紙切《かみき》れの数字《すうじ》を読《よ》もうとしたところで、松平《まつだいら》はふと気《き》がついた。

「ん？　あれ？　兄《にい》ちゃん、こないだの店《みせ》にいたしゃくれ女《おんな》と似《に》てるな」

「人《ひと》ちがいだ」

「床屋《とこや》のヒゲの……」

「人《ひと》ちがいだ」

銀髪《ぎんぱつ》の男《おとこ》が、なぜかあわてて顔《かお》を背《そむ》けた。やましいことでもあるのだろうか。男《おとこ》はコホン、と咳《せき》ばらいをし、万斉《ばんさい》に木刀《ぼくとう》を向《む》ける。

「どいてな。人斬《ひとき》りさんは俺《おれ》が片《かた》づける」

「そう目《め》の色変《いろか》えてムキになるんじゃねェよ。影武者《かげむしゃ》だ」

松平《まつだいら》が将軍《しょうぐん》そっくりの連《つ》れを指《ゆび》さすと、銀髪《ぎんぱつ》の男《おとこ》は「だろうな」とうなずいた。

「本物連《ほんものつ》れて町《まち》をブラブラする警察庁長官《けいさつちょうちょうかん》なんて、即刻《そっこく》クビだろ」

「本物《ほんもの》さん、どうぞ」

松平《まつだいら》が懐《ふところ》から取《と》り出《だ》したリモコンをポチっと操作《そうさ》すると、空中《くうちゅう》にモニターが浮《う》かび上《あ》がる。天人伝来《あまんとでんらい》の世《よ》にもハイテクな道具《どうぐ》なのだ。

モニターには、温泉《おんせん》の光景《こうけい》が映《うつ》し出《だ》されている。ゆったりと湯《ゆ》につかるのは、本物《ほんもの》の将軍《しょうぐん》・徳《とく》川茂茂《がわしげしげ》である。湯船《ゆぶね》でのんびりと四肢《しし》を伸《の》ばすその姿《すがた》は、まるで平和《へいわ》そのものだった。

「箱根《はこね》の温泉《おんせん》から生中継《なまちゅうけい》」

松平《まつだいら》の言葉《ことば》を聞《き》き、河上万斉《かわかみばんさい》が「ふふ」と口《くち》の端《はし》をゆがめた。

「我々《われわれ》の動《うご》きを見通《みとお》して、本当《ほんとう》に箱根《はこね》に逃《に》がしてあったとは……粋《いき》なことをするでござる」

暗殺計画《あんさつけいかく》が失敗《しっぱい》したというのに、万斉《ばんさい》は余裕《よゆう》の表情《ひょうじょう》である。しょせんは人斬《ひとき》り、計画《けいかく》の達成《たっせい》そのものは、さほど重視《じゅうし》してはいなかったということか。

対《たい》して銀髪《ぎんぱつ》の男《おとこ》は、画面《がめん》の将軍《しょうぐん》を見《み》て「はわわわわ」と露骨《ろこつ》にうろたえ始《はじ》めていた。特《とく》に、将《しょう》軍《ぐん》のヘアスタイルに対《たい》して激《はげ》しく動揺《どうよう》しているようである。

『どうかな。イメチェンとやらをしてみたのだが』

画面《がめん》の中《なか》の将軍《しょうぐん》が、自《みずか》らのチョンマゲのない頭《あたま》をなでてみせた。

「や、やっぱり本物《ほんもの》だったんじゃねーか……！」

なぜか銀髪《ぎんぱつ》の男《おとこ》は顔《かお》を引《ひ》きつらせてしまっていたが、松平《まつだいら》にはどうでもいいことだった。

この男《おとこ》が河上万斉《かわかみばんさい》の相手《あいて》をしてくれるというのなら、ありがたく任《まか》せるべきだろう。自分《じぶん》には、他《ほか》にやるべきことがあるのだから。

「悪《わり》ぃな、兄《にい》ちゃん。任《まか》せたわ」松平《まつだいら》は銀髪《ぎんぱつ》の男《おとこ》の肩《かた》をぽん、と叩《たた》き、連《つ》れの影武者《かげむしゃ》の方《ほう》に向《む》き直《なお》った。「じゃあ、飲《の》みに行《い》こうや」

「かたじけない」影武者《かげむしゃ》も頭《あたま》を下《さ》げる。

松平《まつだいら》は影武者《かげむしゃ》とふたり、そそくさと裏庭《うらにわ》を離《はな》れる。人斬《ひとき》りの相手《あいて》より、お店《みせ》の姉《ねえ》ちゃんと遊《あそ》んだ方《ほう》が百万倍楽《ひゃくまんばいたの》しいに決《き》まっている。

「本気《ほんき》？　こんな場面《ばめん》でホントに飲《の》みに行《い》くの？　ねえ？」

背後《はいご》から銀髪《ぎんぱつ》の男《おとこ》の文句《もんく》が聞《き》こえてきたが、構《かま》うことはない。警察庁長官《けいさつちょうちょうかん》にとってはオトナのお店《みせ》で将軍《しょうぐん》の接待《せったい》をするのも、立派《りっぱ》な仕事《しごと》のひとつなのだから。

ふつうに歩《ある》き去《さ》ってしまった松平《まつだいら》と将軍《しょうぐん》の影武者《かげむしゃ》の背《せ》を見送《みおく》り、銀時《ぎんとき》は絶句《ぜっく》してしまった。せっかく人《ひと》が助《たす》けに来《き》たというのに、なんなんだあのオッサンは。さすが税金泥棒《ぜいきんどろぼう》の元締《もとじ》めというべきなのか。
銀時《ぎんとき》は気《き》を取《と》り直《なお》し、万斉《ばんさい》の方《ほう》を見《み》やる。

「てめェ、高杉《たかすぎ》のとこにいんのか」

「ふふ。ノリとリズムが狂《くる》った……。将軍暗殺《しょうぐんあんさつ》は取《と》りやめでござる。しかし、お主《ぬし》のことは消《け》して帰《かえ》るでござるよ」

万斉《ばんさい》は問《と》いにこたえようとせず、刀《かたな》を構《かま》え直《なお》した。こいつもこいつで、そうとうマイペースな人間《にんげん》のようだ。

「オイ、人《ひと》と話《はな》すときはヘッドホンをとりなさい。どういう教育《きょういく》受《う》けてんだ、テメー。チャラチャラしやがって」

「坂田銀時《さかたぎんとき》……いや、白夜叉《しろやしゃ》。お主《ぬし》がなぜ真選組《しんせんぐみ》にいるのでござるか」

「てめっ、聞《き》こえてんじゃねーか」銀時《ぎんとき》が舌打《したう》ちする。「あの伊東《いとう》って男《おとこ》、真選組《しんせんぐみ》の実権《じっけん》にぎらせて、どうするつもりだよ。ついでに将軍暗殺《しょうぐんあんさつ》まで企《くわだ》てて、てめーら、いったい何《なに》がしてーんだ」

「背信行為《はいしんこうい》を平然《へいぜん》とやってのける者《もの》を仲間《なかま》にするほど、拙者《せっしゃ》たちは寛容《かんよう》にござらん。また信義《しんぎ》に背《そむ》く者《もの》の下《もと》に人《ひと》は集《あつ》まらぬことも拙者《せっしゃ》たちは知《し》っている」

万斉《ばんさい》が表情《ひょうじょう》を変《か》えず、さらりと告《つ》げる。てっきり伊東《いとう》と鬼兵隊《きへいたい》は利害関係《りがいかんけい》の元《もと》に手《て》を組《く》んでいるものとばかり思《おも》っていたが、鬼兵隊側《きへいたいがわ》からすれば、それほど伊東《いとう》を重要視《じゅうようし》していたわけではないらしい。

「じゃあ伊東《いとう》は、真選組《しんせんぐみ》をこの江戸《えど》から遠《とお》ざけるためだけに使《つか》った道具《どうぐ》ってわけかい」

「哀《あわ》れな男《おとこ》でござるよ。己《おの》が器量《きりょう》を知《し》る時《とき》は、もう遅《おそ》い。真選組《しんせんぐみ》と共《とも》に眠《ねむ》る運命《うんめい》だ」

万斉《ばんさい》の含《ふく》みを持《も》った言《い》い方《かた》に、銀時《ぎんとき》は眉《まゆ》をひそめる。つまり鬼兵隊《きへいたい》には、伊東《いとう》ごと真選組《しんせんぐみ》を葬《ほうむ》るための、何《なん》らかの策《さく》があるということなのか。

そうなると、あの戦《たたか》いの場《ば》に残《のこ》してきた新八《しんぱち》や神楽《かぐら》、それに近藤《こんどう》らが危《あぶ》ない。

「てめえら、何《なに》しやがった!?」

銀時《ぎんとき》が地面《じめん》を蹴《け》り、木刀《ぼくとう》を振《ふ》りかぶる。力任《ちからまか》せに放《はな》った渾身《こんしん》の一撃《いちげき》は、しかし、万斉《ばんさい》の刀《かたな》によって受《う》け止《と》められてしまった。この人斬《ひとき》り、やはりかなりの使《つか》い手《て》らしい。

つばぜり合《あ》いの最中《さいちゅう》、銀時《ぎんとき》は強《つよ》い口調《くちょう》で告《つ》げる。

「ヤツらは、てめえらの罠《わな》で死《し》ぬようなヤツらじゃねェ……!」

「そう願《ねが》いたいところでござるな」

万斉《ばんさい》がバックステップで距離《きょり》を取《と》り、するどい刺突《しとつ》を放《はな》ってきた。銀時《ぎんとき》は即座《そくざ》に身体《からだ》をひねり、なんとかこれを回避《かいひ》することに成功《せいこう》する。

万斉《ばんさい》は続《つづ》けて、すかさず切《き》り返《かえ》しの刀《かたな》で首《くび》を狙《ねら》ってくる。息《いき》もつかせぬ猛攻《もうこう》に、銀時《ぎんとき》は防御《ぼうぎょ》で手《て》一杯《いっぱい》になってしまっていた。

銀時《ぎんとき》が、「ちっ」と舌打《したう》ちをする。この男《おとこ》をたおして新八《しんぱち》たちの救援《きゅうえん》に向《む》かうのは、なかなかに骨《ほね》が折《お》れるかもしれない。

伊東《いとう》が高杉晋助《たかすぎしんすけ》と出会《であ》ったのは、つい数週間前《すうしゅうかんまえ》のことだった。高杉《たかすぎ》が所有《しょゆう》する屋形船《やかたぶね》に招《まね》かれ、江戸《えど》の夜景《やけい》を肴《さかな》に酒《さけ》を楽《たの》しむことになったのだ。

仮《かり》にも真選組隊士《しんせんぐみたいし》である伊東《いとう》が、攘夷浪士《じょういろうし》と手《て》を組《く》みたがっている。そのことが、高杉《たかすぎ》の目《め》には奇異《きい》に映《うつ》ったのだろう。

お前《まえ》は今《いま》の世《よ》の中《なか》に、どんな不満《ふまん》を抱《いだ》いているのか——それが、高杉《たかすぎ》の最初《さいしょ》の質問《しつもん》だった。

「天才《てんさい》とはいつも孤独《こどく》なものだ」伊東《いとう》はこたえた。「僕《ぼく》には理解者《りかいしゃ》がいない。僕《ぼく》はこんなところでくすぶっている男《おとこ》ではない。だれもそれを理解《りかい》できない。だれも僕《ぼく》の真《しん》の価値《かち》に気《き》づかない」

剣《けん》も学問《がくもん》も、自分《じぶん》は全《すべ》てを極《きわ》めてきた。自分《じぶん》には不可能《ふかのう》はない。自分《じぶん》にとって唯一不幸《ゆいいつふこう》だったことは、周囲《しゅうい》のだれひとり、自分《じぶん》と同《おな》じレベルでものを語《かた》れる相手《あいて》がいなかったということである。

はたして、この目《め》の前《まえ》の隻眼《せきがん》の男《おとこ》はそれに足《た》る相手《あいて》だろうか。それを見極《みきわ》めるためにも、伊東《いとう》は続《つづ》ける。

「ならば、自《みずか》らで己《おの》が器《うつわ》を天下《てんか》に示《しめ》すしかあるまい。真選組《しんせんぐみ》を我《わ》がものにする。それを地盤《じばん》に天《てん》下《か》に躍進《やくしん》する。この伊東鴨太郎《いとうかもたろう》が生《い》きた証《あかし》を、天下《てんか》に……人々《ひとびと》の心《こころ》に刻《きざ》みこんでみせる」

高杉《たかすぎ》は煙管《キセル》を片手《かたて》に、「へえ」と相《あい》づちを打《う》つ。

「悪名《あくみょう》でも構《かま》わねーと？　そのためなら、恩《おん》を受《う》けた近藤《こんどう》を消《け》すこともいとわねーと？」

「恩《おん》……？　恩《おん》ならば近藤《こんどう》の方《ほう》にあるはずだ。あのような無能《むのう》な男《おとこ》に僕《ぼく》が仕《つか》えてやったのだ。感《かん》謝《しゃ》こそされど、不満《ふまん》を言《い》われる覚《おぼ》えはない」

何《なに》がおかしいのか、高杉《たかすぎ》は「くくく」と笑《え》みを浮《う》かべる。

「伊東《いとう》よ。自分以外《じぶんいがい》の人間《にんげん》はみんなバカだと思《おも》ってんのか。そんなバカどもに認《みと》められねェのを、不満《ふまん》に思《おも》ってるのか」

屋形船《やかたぶね》の窓《まど》から外《そと》をながめながら、高杉《たかすぎ》は続《つづ》けた。

「己《おの》が器《うつわ》を知《し》らしめたい？　そんなたいそうなモンじゃあるめェよ。お前《まえ》はただ……ひとりだっただけだろう。俺《おれ》には、お前《まえ》が本当《ほんとう》に求《もと》めているものがわかるぜ――」

伊東《いとう》が、はっと目《め》を開《あ》ける。どうやら自分《じぶん》はしばしの間《あいだ》、気《き》を失《うしな》っていたらしい。まどろんでいる間《あいだ》に、高杉《たかすぎ》との初顔合《はつかおあ》わせを思《おも》い出《だ》していたようだ。

周囲《しゅうい》に舞《ま》う粉《ふん》じんがのどにからみ、げほっとむせる。

見渡《みわた》せば、自分《じぶん》が乗《の》っていたはずの列車車両《れっしゃしゃりょう》は、ひどい状況《じょうきょう》におちいっていた。全《すべ》ての窓《まど》が割《わ》れ、ことごとく座席《ざせき》がひっくり返《かえ》っている。しかも、天地《てんち》の感覚《かんかく》までおかしい。どういうわけか車両《しゃりょう》は現在《げんざい》、床《ゆか》が垂直《すいちょく》に立《た》つほどかたむいてしまっていたのだ。

車両《しゃりょう》の前方部分《ぜんぽうぶぶん》は完全《かんぜん》に消失《しょうしつ》し、冷《つめ》たい風《かぜ》が足元《あしもと》から吹《ふ》きこんできていた。そちらの方向《ほうこう》に目《め》を向《む》けてみれば、深《ふか》い谷底《たにぞこ》が口《くち》を開《ひら》いているのが見《み》える。

「……!?」

崖《がけ》で脱線《だっせん》でも起《お》こしたのだろうか。伊東《いとう》は宙吊《ちゅうづ》りになってしまっていた。制服《せいふく》の裾《すそ》が座席《ざせき》の金具《かなぐ》に引《ひ》っ掛《か》かり、かろうじて落下《らっか》せずにとどまっている。非常《ひじょう》に危険《きけん》な状態《じょうたい》だった。

いったいなにが起《お》こったのか。伊東《いとう》は、落《お》ち着《つ》いて状況《じょうきょう》を思《おも》い出《だ》してみることにした。

戦闘車両《せんとうしゃりょう》のボンネットで行《おこな》われていた土方《ひじかた》との戦《たたか》いは、幾度《いくど》もの斬《き》り合《あ》いのうちに、列車内《れっしゃない》へと舞台《ぶたい》を移《うつ》していた。

大《おお》きな爆発《ばくはつ》が起《お》こったのは、その最中《さいちゅう》だ。この列車《れっしゃ》が脱線《だっせん》してしまったのは、あの爆発《ばくはつ》が原因《げんいん》に違《ちが》いない。

おそらくは列車《れっしゃ》が橋《はし》をわたっている最中《さいちゅう》、橋《はし》ごと線路《せんろ》が爆破《ばくは》されてしまったのだろう。それが何者《なにもの》の仕業《しわざ》かはわからない。しかし少《すく》なくとも、こんな状況《じょうきょう》で命《いのち》があったのは幸運《こううん》だったと言《い》える。やはり才《さい》を持《も》つ者《もの》は、天《てん》に愛《あい》されているということか。

それにしても、土方《ヤツ》はどうなったのか——伊東《いとう》が列車内《れっしゃない》を見回《みまわ》すと、瓦礫《がれき》の中《なか》に、千切《ちぎ》れた片《かた》腕《うで》が落《お》ちているのが見《み》える。真選組《しんせんぐみ》の制服《せいふく》に包《つつ》まれた、血《ち》まみれの片腕《かたうで》だった。きっとあの腕《うで》の持《も》ち主《ぬし》の身体《からだ》は、すでに谷底《たにぞこ》へと落下《らっか》してしまったはずである。

「土方《ひじかた》……!! そうか、僕《ぼく》は勝《か》った……! 僕《ぼく》はついに土方《ひじかた》に勝《か》っ……!」

勝《か》ちどきをあげようとしたところで、伊東《いとう》は目《め》を疑《うたが》った。自分《じぶん》の、左肩《ひだりかた》から、先《さき》が、、無《な》く、なっ、て、い、る、の、だ。だとすれば、あの千切《ちぎ》れた腕《うで》は土方《ひじかた》のものではなく——。

「うわアアアアアアアア!」

伊東《いとう》の悲鳴《ひめい》が、谷間《たにま》にこだまする。

万斉《ばんさい》の剣《けん》を間一髪《かんいっぱつ》でいなしながら、銀時《ぎんとき》が問《と》う。

「伊東《いとう》は……伊東《いとう》はてめーらの将軍暗殺《しょうぐんあんさつ》の道具《どうぐ》にされたことを知《し》ってんのかい」

「ふふ。知《し》るわけがないでござる。ヤツは幕府《ばくふ》での出世《しゅっせ》を望《のぞ》んでいたでござる。ヤツの自尊心《じそんしん》と自己顕示欲《じこけんじよく》を利用《りよう》したまで」

「相変《あいか》わらずクソ野郎《やろう》ですね、お前《まえ》ら」

銀時《ぎんとき》は毒《どく》づきつつ、大振《おおぶ》りに木刀《ぼくとう》を振《ふ》るう。脳天《のうてん》に叩《たた》きつけるつもりで狙《ねら》った一撃《いちげき》だったが、万斉《ばんさい》はそれを軽《かる》く刀《かたな》の腹《はら》で受《う》け止《と》めてみせた。

「ヤツらしい死《し》に方《かた》でござる。裏切《うらぎ》り者《もの》は、裏切《うらぎ》り者《もの》によって消《き》える」

「はあっ……！　はあっ……！　はあっ……！」

腕《うで》がない。僕《ぼく》の左腕《ひだりうで》がない。いったいどうして――取《と》り乱《みだ》す伊東《いとう》の耳《みみ》に、バラバラとエンジン音《おん》が聞《き》こえてきた。鬼兵隊《きへいたい》のヘリのようだ。

宙吊《ちゅうづ》りになっている伊東《いとう》の姿《すがた》を認《みと》め、ヘリがこちらにやってくる。しかし、伊東《いとう》を救出《きゅうしゅつ》に来《き》たというわけではないらしい。ヘリに備《そな》え付《つ》けられた機関銃《きかんじゅう》の銃口《じゅうこう》は、無慈悲《むじひ》にもまっすぐに伊東《いとう》へと向《む》けられている。

「やめろ……！　やめてくれ……！　やめろォォォォォ！」

先《さき》ほどの線路《せんろ》の爆発《ばくはつ》。考《かん》えてみればあれも鬼兵隊《きへいたい》の仕業《しわざ》だったのだろう。あの連中《れんちゅう》は最初《さいしょ》から伊東《いとう》を使《つか》い捨《す》て、始末《しまつ》するつもりだったのだ。

ヘリの機関銃《きかんじゅう》が発射《はっしゃ》される。なんとかよけようと身《み》をよじるも、弾丸《だんがん》は伊東《いとう》の身体《からだ》をかすめ、その衝撃《しょうげき》で金具《かなぐ》に引《ひ》っかかっていた制服《せいふく》が破《やぶ》れてしまった。

支《ささ》えを失《うしな》った伊東《いとう》の身体《からだ》は、真《ま》っ逆《さか》さまに谷底《たにぞこ》へと落下《らっか》していく。

――やめてくれ。僕《ぼく》はこんなところで死《し》ぬ男《おとこ》じゃない。やめてくれ、僕《ぼく》はもっとできる男《おとこ》なんだ。

もっと、もっと……。

伊東《いとう》の脳裏《のうり》に浮《う》かんだのは、幼少《ようしょう》の頃《ころ》の思《おも》い出《で》だった。

あの頃《ころ》はただ、両親《りょうしん》にほめられるのがうれしくて仕方《しかた》がなかった。両親《りょうしん》にほめられたいがために、毎日毎日《まいにちまいにち》、勉強《べんきょう》をがんばっていた。

学問所《がくもんじょ》の試験《しけん》で満点《まんてん》を取《と》ったのがうれしくて、答案《とうあん》をにぎりしめ、家《いえ》に走《はし》って帰《かえ》ったこともある。

「母上《ははうえ》ェェ!! 見《み》てください!! 僕《ぼく》、学問所《がくもんじょ》の試験《しけん》で満点《まんてん》を――」

「鴨太郎《かもたろう》。静《しず》かにしなさい。兄上《あにうえ》の身体《からだ》にさわるでしょ」

あの日《ひ》の自分《じぶん》は、母親《ははおや》に部屋《へや》から閉《し》め出《だ》され「申《もう》し訳《わけ》ございません」とつぶやくことしかできなかった。

その頃《ころ》の両親《りょうしん》の興味《きょうみ》は自分《じぶん》ではなく、もっぱら身体《からだ》の弱《よわ》い兄《あに》の方《ほう》にあったのだ。自分《じぶん》よりも兄《あに》を優先《ゆうせん》された気《き》がして、とてもさびしかったのを覚《おぼ》えている。

「もっと、もっとがんばらなければ。もっとがんばれば、きっと僕《ぼく》を見《み》てくれる……!」

満点《まんてん》の答案《とうあん》をにぎりしめながら、かつての自分《じぶん》はそう決意《けつい》した。それが、伊東鴨太郎《いとうかもたろう》の出発点《しゅっぱつてん》だったのである。

学問所《がくもんじょ》では、だれよりも努力《どりょく》して学《まな》んだ。両親《りょうしん》に興味《きょうみ》を持《も》ってもらうために、ありとあらゆる分野《ぶんや》の本《ほん》を読《よ》み、大人顔負《おとなかおま》けの知識《ちしき》を身《み》につけた。

教師《きょうし》にも、毎日《まいにち》のように教室《きょうしつ》でほめられていたことを覚《おぼ》えている。

「うむ。見事《みごと》だ鴨太郎《かもたろう》！　まったく大《たい》したものだな！　お前《まえ》は我《わ》が学問所《がくもんじょ》始《はじ》まって以来《いらい》の神童《しんどう》だ！　みんなも鴨太郎《かもたろう》に負《ま》けるなよ！　ブワッハッハッハ！」

だが、そうやってだれかにほめられればほめられるほど、同時《どうじ》に敵《てき》を作《つく》ることになる。当時《とうじ》の伊東《いとう》は、他《ほか》の子供《こども》たちの嫉妬《しっと》の対象《たいしょう》であった。

学問所《がくもんじょ》が終《お》わったあと、近《ちか》くの空《あ》き地《ち》に連《つ》れて行《い》かれ、リンチを受《う》けたこともある。

「調子《ちょうし》にのってんじゃねーぞ！」「勉強《べんきょう》しかできないボンボンがよ！」「お前《まえ》なんて、大《だい》っ嫌《きら》いだ！」

同級《どうきゅう》の子供《こども》たちから散々《さんざん》に殴《なぐ》る蹴《け》るの暴行《ぼうこう》を受《う》け、伊東《いとう》は歯《は》を食《く》いしばることしかできなかった。

「もっと、もっとがんばらなければ。もっとがんばれば、きっとみんな認《みと》めてくれる……！」

勉強《べんきょう》だけではないことを証明《しょうめい》する——。そのために少年《しょうねん》だった自分《じぶん》は、必死《ひっし》で剣《けん》を学《まな》んだ。指《し》南書《なんしょ》を読《よ》み漁《あさ》り、毎日《まいにち》の素振《すぶ》りを欠《か》かさなかった。

その結果《けっか》、学問所《がくもんじょ》の剣術《けんじゅつ》の授業《じゅぎょう》では負《ま》けなしになった。教師《きょうし》にべたぼめされたこともある。それまで自分《じぶん》をイジメていたガキ大将《だいしょう》を、初《はじ》めて圧倒《あっとう》したときのことだ。

「一本《いっぽん》！　お見事《みごと》！　大《たい》したものだ鴨《かも》!!　この齢《よわい》にしてこの剣筋《けんすじ》……努力《どりょく》したな！」

教師《きょうし》は伊東《いとう》の頭《あたま》をなで、満足《まんぞく》そうに笑《え》みを浮《う》かべていた。

「鴨《かも》!!　江戸《えど》へ行《い》け！　私《わたし》が名門《めいもん》北斗《ほくと》一刀流《いっとうりゅう》の道場《どうじょう》に推挙《すいきょ》してやる！」

勉強《べんきょう》も剣術《けんじゅつ》も、鍛《きた》えに鍛《きた》えた。これできっと、みんな自分《じぶん》を認《みと》めてくれるはず……。しかし、そんな幼《おさな》い伊東《いとう》の思惑《おもわく》は、もろくも裏切《うらぎ》られることになる。

剣術《けんじゅつ》の授業《じゅぎょう》でイジメっ子《こ》をたおしたその日《ひ》から、同級《どうきゅう》の子供《こども》たちはだれも伊東《いとう》には寄《よ》り付《つ》かなくなってしまったのだった。

今《いま》ならば理解《りかい》もできる。伊東《いとう》が〝でき過《す》ぎる〟からこそ、恐《おそ》れられ、敬遠《けいえん》されてしまったのだろう。しかしあの日《ひ》の自分《じぶん》にはわからなかった。

ひとりさびしく「なんで？」とつぶやくことしかできなかったのである。

伊東《いとう》が孤立《こりつ》していたのは、学問所《がくもんじょ》でだけではない。

とある夜《よる》、寝付《ねつ》けずに、自宅《じたく》の縁側《えんがわ》を歩《ある》いていたときのことだ。兄《あに》の部屋《へや》から、両親《りょうしん》の話《はな》し声《ごえ》が聞《き》こえてきたことがある。

「……まったくよりによって、跡取《あとと》りの鷹久《たかひさ》がこれほど病弱《びょうじゃく》では、我《わ》が伊東家《いとうけ》はどうなるものやら。双子《ふたご》の弟《おとうと》、鴨太郎《かもたろう》はあんなに元気《げんき》に育《そだ》ったというのにな。次男《じなん》がどれだけの才覚《さいかく》をもっていようと宝《たから》の持《も》ちぐされ」

「鷹久《たかひさ》は鴨太郎《かもたろう》に全《すべ》てうばわれて生《う》まれてきたのよ。私《わたし》のおなかの中《なか》にいる時《とき》に、鴨太郎《かもたろう》が鷹久《たかひさ》の全《すべ》てをうばっていってしまったにちがいないわ」

自分《じぶん》が、兄《あに》から全《すべ》てをうばった――。伊東《いとう》はそれまで、そんなことを考《かんが》えたこともなかった。

勉強《べんきょう》も剣術《けんじゅつ》も、自分《じぶん》が一生懸命《いっしょうけんめい》に努力《どりょく》してみがいてきたもののはずなのに。

なのに母《はは》は、伊東《いとう》の努力《どりょく》を認《みと》めようともせず、「兄《あに》からうばったもの」だと考《かんが》えている。

「あんな子《こ》、生《う》まれてこなければ良《よ》かったのに」

母《はは》が告《つ》げたその言葉《ことば》は、幼《おさな》かった伊東《いとう》の心《こころ》を引《ひ》きちぎった。

両親《りょうしん》に認《みと》められたくてがんばってきたのに、それはまちがいだったのだ。伊東《いとう》ががんばればがんばるほど、母《はは》は病弱《びょうじゃく》な兄《あに》を哀《あわ》れに思《おも》い、苦《くる》しんでしまう。

――なんで、なんでみんな、僕《ぼく》を見《み》てくれない。こんなにがんばっているのに。僕《ぼく》は何《なに》も悪《わる》くないのに。もっと僕《ぼく》を見《み》てくれ。もっと僕《ぼく》をほめてくれ。

北斗一刀流《ほくといっとうりゅう》を修《おさ》め、真選組《しんせんぐみ》に入隊《にゅうたい》して。さらには攘夷浪士《じょういろうし》と交《まじ》わって……。それでもついに、伊東《いとう》の孤独《こどく》を理解《りかい》する者《もの》は現《あらわ》れなかった。

谷底《たにぞこ》へ落下《らっか》しながら、伊東《いとう》はふと高杉《たかすぎ》の言葉《ことば》を思《おも》い出《だ》す。「俺《おれ》には、お前《まえ》が本当《ほんとう》に求《もと》めているものがわかるぜ」——結局《けっきょく》、あの男《おとこ》が言《い》った通《とお》りだった。

自分《じぶん》は決《けっ》して、天下《てんか》を取《と》りたかったわけじゃない。求《もと》めていたのは、もっと単純《たんじゅん》な、他《ほか》のだれもが得《え》ていて当然《とうぜん》のものだったのである。

「僕《ぼく》をひとりにしないでくれ。となりにいてくれ。僕《ぼく》のとなりで……この手《て》を、にぎってくれ……！」

伊東《いとう》は落下《らっか》する。ヘリに狙撃《そげき》され、暗《くら》い谷底《たにぞこ》へとたったひとりで落下《らっか》する。

と、そのときだった。手《て》のひらを包《つつ》みこむような、温《あたた》かい感触《かんしょく》を覚《おぼ》える。伊東《いとう》の右手《みぎて》が、がっしりとにぎりしめられたのである。

「……!?」

見上《みあ》げれば、近藤勲《こんどういさお》がそこにいた。崩壊寸前《ほうかいすんぜん》の車両《しゃりょう》にはいつくばり、伊東《いとう》を引《ひ》っ張《ぱ》り上《あ》げようとしているのである。

「こ、近藤《こんどう》!? 何《なに》してる……! 君《きみ》は、今《いま》……何《なに》をしているのか、わかっているのか!? 僕《ぼく》は、君《きみ》を殺《ころ》そうとした裏切《うらぎ》り者《もの》――」

「謀反《むほん》を起《お》こされるのは、大将《たいしょう》の罪《つみ》だ」

近藤《こんどう》の力強《ちからづよ》い手《て》のひらには、決《けっ》してこちらを放《はな》すまいという強《つよ》い意志《いし》を感《かん》じる。

よくよく見《み》れば、その近藤《こんどう》の身体《からだ》を、さらに後《うし》ろから引《ひ》っ張《ぱ》りあげようとしている者《もの》たちがいた。沖田総悟《おきたそうご》。それと、見知《みし》らぬ眼鏡《めがね》の少年《しょうねん》と、お団子頭《だんごあたま》の少女《しょうじょ》だ。

近藤《こんどう》が、必死《ひっし》の表情《ひょうじょう》で続《つづ》ける。

「無能《むのう》な大将《たいしょう》につけば、兵《へい》は命《いのち》を失《うしな》う。それを斬《き》るのは罪《つみ》じゃねェ……。すまねェ、俺《おれ》ァ、アンタの上《うえ》に立《た》つには足《た》らねェ大将《たいしょう》だった」

伊東《いとう》は耳《みみ》を疑《うたが》った。この男《おとこ》、まさか自分《じぶん》を許《ゆる》そうとしているのだろうか。

「すまねェ、先生《せんせい》……俺《おれ》ァ、兵隊《へいたい》なんかじゃねェ、ただ、肩《かた》つき合《あ》わせて酒《さけ》を飲《の》み交《まじ》わす友達《ともだち》として、アンタにいて欲《ほ》しかったんだ……。まだまだたくさんいろんなことを教《おし》えてほしかったんだ。先生《せんせい》」

それは、伊東《いとう》が生《う》まれてはじめてかけられた、優《やさ》しい言葉《ことば》だった。

伊東《いとう》はこれまでずっと、孤独《こどく》の中《なか》で生《い》きてきた。他者《たしゃ》を愚《おろ》かと見下《みくだ》し、周囲《しゅうい》に壁《かべ》を作《つく》って生《い》きてきた。

もちろん、孤独《こどく》が好《す》きだったわけではない。人《ひと》から拒絶《きょぜつ》されることを恐《おそ》れるあまり、あえて自《じ》分《ぶん》から拒絶《きょぜつ》していただけである。

――僕《ぼく》の欲《ほ》しかったものは、地位《ちい》や名誉《めいよ》、成功《せいこう》でも才能《さいのう》でも、自分《じぶん》を認《みと》めてくれる理解者《りかいしゃ》でもない。

鬼兵隊《きへいたい》のヘリが、再《ふたた》び機関銃《きかんじゅう》を掃射《そうしゃ》してきた。伊東《いとう》のみならず、近藤《こんどう》らまで始末《しまつ》するという魂《こん》胆《たん》なのだろう。

しかし、近藤《こんどう》は決《けっ》して手《て》を離《はな》そうとはしなかった。銃弾《じゅうだん》の雨《あめ》の中《なか》、「ぬおおおおお!!」と雄《お》たけびを上《あ》げ、伊東《いとう》の身体《からだ》を引《ひ》き上《あ》げようとしている。

おい、アレェエ！　と、眼鏡《めがね》の少年《しょうねん》が叫《さけ》んだ。見《み》ればひとりの男《おとこ》が、くずれかけた列車《れっしゃ》を足場《あしば》に、ヘリへと飛《と》びかかっていくのが見《み》えた。

「何《なに》してやがるぅぅぅぅ！」

土方十四郎《ひじかたとうしろう》だ。土方《ひじかた》が、回転《かいてん》するヘリの翼《つばさ》へとつっこんでいく。そのまま手《て》にした刀《かたな》を大《おお》きく振《ふ》るい、ヘリの翼《つばさ》を叩《たた》き切《き》ってしまったのである。

あまりに命知《いのちし》らずなその行動《こうどう》に、伊東《いとう》は息《いき》をのむ。

そうだった。真選組《しんせんぐみ》とは本来《ほんらい》、こういう連中《れんちゅう》だった。仲間《なかま》を守《まも》るためなら、どんな危険《きけん》を冒《おか》すことすらためらわない。だからこそ、たがいがたがいを信《しん》じ合《あ》うことができる。

――僕《ぼく》が欲《ほ》しかったものは、とっくの昔《むかし》にそこにあった。

彼《かれ》らはずっと、伊東《いとう》に手《て》を差《さ》し伸《の》べてくれていたのだ。今《いま》こうして、近藤《こんどう》が自分《じぶん》を救《すく》おうとしてくれているように。

自分《じぶん》はただ、だれかにとなりにいてほしかった。ただ、だれかに見《み》てほしかった。ただ、ひとりがイヤだった。ただ――

「僕《ぼく》は……絆《きずな》が、絆《きずな》が欲《ほ》しいだけだった」

「先生《せんせえ》エエエエ！」

近藤《こんどう》が雄《お》たけびを上《あ》げ、渾身《こんしん》の力《ちから》で伊東《いとう》を引《ひ》っ張《ぱ》り上《あ》げた。近藤《こんどう》に抱《だ》きとめられ、伊東《いとう》は安堵《あんど》の息《いき》をもらす。

背後《はいご》を見《み》れば、土方《ひじかた》が落下《らっか》するヘリを蹴《け》り、こちらに飛《と》び移《うつ》ろうとしているところだった。土方《ひじかた》は大《おお》きくジャンプをしたものの、あとわずかに飛距離《ひきょり》が足《た》りない。このままでは落下《らっか》してしまう――。

とっさに伊東《いとう》は、土方《ひじかた》に向《む》けて右腕《みぎうで》を伸《の》ばしていた。自分《じぶん》でもなぜそうしたのかはわからない。

気《き》がつけば、身体《からだ》が勝手《かって》に動《うご》いていたのだ。

土方《ひじかた》の手《て》を、がっちりとにぎる。

「土方君《ひじかたくん》。君《きみ》に言《い》いたいことがひとつあったんだ」

「奇遇《きぐう》だな。俺《おれ》もだ」

「僕《ぼく》は君《きみ》が嫌《きら》いだ」

「俺《おれ》はお前《まえ》が嫌《きら》いだ」

まるでいつかのように、伊東《いとう》と土方《ひじかた》は、たがいに同《おな》じ言葉《ことば》を告《つ》げる。

「「いずれ殺《ころ》してやる。だから……こんな所《ところ》で死《し》ぬな」」

一方《いっぽう》、銀時《ぎんとき》と河上万斉《かわかみばんさい》は、江戸城裏庭《えどじょううらにわ》にて死闘《しとう》を続《つづ》けていた。
銀時《ぎんとき》の渾身《こんしん》のなぎ払《はら》いを、万斉《ばんさい》が刀《かたな》の腹《はら》で受《う》け止《と》める。その一撃《いちげき》の重《おも》さに、万斉《ばんさい》は「ぐっ」と歯《は》を食《く》いしばる。
なんだ、この男《おとこ》の強《つよ》さは――万斉《ばんさい》は眉《まゆ》をひそめた。

この坂田銀時《さかたぎんとき》という男《おとこ》、もうこの立《た》ち合《あ》いで幾度《いくど》となく刀《かたな》を合《あ》わせているというのに、まるで疲労《ひろう》を見《み》せていない。それどころか、次第《しだい》に剣速《けんそく》が速《はや》くなっている気《き》さえする。この男《おとこ》、実力《じつりょく》をかくしていたとでもいうのか。

「さすが白夜叉《しろやしゃ》。千人斬《せんにんぎ》りの万斉《ばんさい》とて、簡単《かんたん》には斬《き》らせてもらえないでござるな」

「カンちがいすんなよ。弱《よ》ェヤツなら何人《なんにん》でも斬《き》れんだよ」銀時《ぎんとき》が吐《は》き捨《す》てるようにつぶやいた。

「そろそろ行《い》くぜ。俺《おれ》ァ、てめェみてーなタコ助《すけ》をパパッとぶった斬《ぎ》って、ヤツらんとこにもどらなきゃならねェ」

「ふふ。もう手遅《ておく》れでござるよ」

「さて、どうかな……！」

銀時《ぎんとき》がにやりと笑《え》みを浮《う》かべ、地《ち》を蹴《け》った。一瞬《いっしゅん》のうちに万斉《ばんさい》に肉薄《にくはく》し、猛攻《もうこう》を仕掛《しか》けてくる。万斉《ばんさい》ですら、防御《ぼうぎょ》がやっとというほどの怒濤《どとう》の連撃《れんげき》であった。

「こ、これが攘夷《じょうい》戦争《せんそう》の伝説《でんせつ》……白夜叉《しろやしゃ》の力《ちから》でござるか……」

思《おも》わず万斉《ばんさい》は、笑《え》みをこぼしていた。今《いま》の江戸《えど》にもまだ、面白《おもしろ》い男《おとこ》がいたものだ。それがわかっただけでも、将軍暗殺《しょうぐんあんさつ》を試《こころ》みた甲斐《かい》はあったのかもしれない――と。

落下《らっか》寸前《すんぜん》の列車《れっしゃ》から伊東《いとう》と土方《ひじかた》の身体《からだ》を引《ひ》き上《あ》げ、近藤《こんどう》は「ふう」とため息《いき》をつく。

伊東《いとう》にはもう、こちらと戦《たたか》う意志《いし》も力《ちから》も残《のこ》ってはいない。ようやくこれで一段落《いちだんらく》か——と思いきや、しかし、そうは問屋《とんや》がおろさなかった。

再《ふたた》び、バラバラバラとヘリのローター音《おん》が聞《き》こえてきた。新《あら》たにもう一機《いっき》、鬼兵隊《きへいたい》のヘリが上空《じょうくう》からおそってきたのである。

「ふせろォォォ!」土方《ひじかた》が叫《さけ》んだ。機関銃《きかんじゅう》による掃射《そうしゃ》が始《はじ》まったのだ。

どうやらあの攘夷浪士《テロリスト》どもは、容赦《ようしゃ》なくこちらを殺《ころ》しに来《き》ているようだった。現状《げんじょう》、戦闘《せんとう》ヘリに立《た》ち向《む》かえるような装備《そうび》も、人員《じんいん》もない。では、どうやってこの状況《じょうきょう》を切《き》り抜《ぬ》けたものか——。

そんな絶体絶命《ぜったいぜつめい》の危機《きき》に現《あらわ》れたのは、鬼兵隊《きへいたい》とはまた別《べつ》の攘夷浪士《テロリスト》だった。

狂乱《きょうらん》の貴公子《きこうし》・桂小太郎《かつらこたろう》。あの桂《かつら》がナゾの宇宙生物《エリザベス》の背《せ》に乗《の》って、果敢《かかん》にヘリに突撃《とつげき》を仕掛《しか》けたのである。

近藤《こんどう》が唖然《あぜん》としているうちに、桂《かつら》は手《て》にした刀《かたな》でヘリを両断《りょうだん》してしまった。切《き》られたヘリは派《は》

手《で》な爆発《ばくはつ》を起《お》こし、そのまま谷底《たにぞこ》へと落下《らっか》していった。

なにはともあれ助《たす》かったらしい――あれだけの銃弾《じゅうだん》をばらまかれたにもかかわらず、無事《ぶじ》に済《す》んだのは奇跡《きせき》と言《い》えるだろう。

仲間《なかま》たちの安否《あんぴ》を確認《かくにん》すべく、近藤《こんどう》が周囲《しゅうい》を見回《みまわ》す。そこで初《はじ》めて近藤《こんどう》は、自分《じぶん》の近《ちか》くに赤黒《あかぐろ》い血《ち》だまりができていることに気《き》づいた。

「……ごふっ」伊東《いとう》が、血《ち》を吐《は》いている。

よく見《み》れば、血《ち》だまりは伊東《いとう》の身体《からだ》から流《なが》れ出《で》ていたものだった。伊東《いとう》は、銃弾《じゅうだん》の雨《あめ》の前《まえ》に立《た》ちはだかり、仲間《なかま》たちの盾《たて》となっていたのである。

そこで近藤《こんどう》は、ようやく気《き》づいたのだ。銃弾《じゅうだん》の雨《あめ》の中《なか》で自分《じぶん》が助《たす》かったのは、奇跡《きせき》などではなかったということに。

「せ、先生《せんせえ》ェェェェ!?」

「伊《い》と……伊東《いとお》ォォ!!」

近藤《こんどう》と土方《ひじかた》の悲鳴《ひめい》が響《ひび》く中《なか》で、伊東《いとう》の身体《からだ》は仰向《あおむ》けにたおれた。

とっさに「先生《せんせい》！」と駆《か》け寄《よ》る近藤《こんどう》に、伊東《いとう》は弱々《よわよわ》しく言葉《ことば》を返《かえ》した。

「な、なにをぼやぼやしてる……。早《はや》くしろ。指揮《しき》をとれ……！　み、見《み》ての通《とお》り、敵《てき》は大将《たいしょう》を失《うしな》った……。討《う》つなら今《いま》だ……！」
それは、伊東《いとう》にとって真選組参謀《しんせんぐみさんぼう》としての、最期《さいご》の言葉《ことば》だった。

鬼兵隊《きへいたい》のヘリは、江戸城《えどじょう》にも現《あらわ》れていた。バラバラと大《おお》きな音《おと》をたてながら、戦《たたか》っている銀時《ぎんとき》たちの頭上《ずじょう》へと降下《こうか》してきたのである。

万斉《ばんさい》は助走《じょそう》をつけてヘリへと飛《と》び乗《の》った。このまま逃《に》げる算段《さんだん》だろう。

銀時《ぎんとき》は肩《かた》をすくめた。この男《おとこ》が逃《に》げるというなら、別《べつ》にそれで構《かま》わない。そもそも人斬《ひとき》りの相《あい》手《て》など、わざわざ好《す》きこのんでしたくもないのだから。

こっちにはこっちで、新八《しんぱち》らを助《たす》けに行《い》くという大事《だいじ》な用事《ようじ》がある。銀時《ぎんとき》もすかさずきびすを返《かえ》そうとしたのだが、

「!?」

なぜか身体《からだ》が動《うご》かない。強《つよ》い力《ちから》で背後《はいご》に引《ひ》っ張《ぱ》られてしまっていた。

いったい何《なに》が起《お》こったのか。よくよく見《み》れば、細《ほそ》いひものようなものが銀時《ぎんとき》の手足《てあし》に巻《ま》き付《つ》け

られていた。万斉《ばんさい》が背負《せお》っていた三味線《しゃみせん》の、弦《げん》のようだ。

「さあ、白夜叉《しろやしゃ》。このヘリで地獄《じごく》にお連《つ》れするでござる」

「ふざけんなァァ！」

どうやら万斉《ばんさい》は、弦《げん》で銀時《ぎんとき》の自由《じゆう》をうばったまま、ヘリで引《ひ》きずり回《まわ》すつもりらしい。そんなことをされたら当然《とうぜん》、無事《ぶじ》ではすまない。

銀時《ぎんとき》がなんとか弦《げん》を引《ひ》きちぎろうと踏《ふ》んばってみるも、なかなか切《き》れる気配《けはい》は見《み》られなかった。特別製《とくべつせい》の弦《げん》なのか、かなりの強度《きょうど》があるようだ。

万斉《ばんさい》はヘリの上《うえ》から、もがく銀時《ぎんとき》を見下《みお》ろしていた。

「白夜叉《しろやしゃ》ァァ!! 貴様《きさま》は何《なに》がために戦《たたか》う！　何《なに》がために命《いのち》をかける！　もはや侍《さむらい》の世界《せかい》の崩壊《ほうかい》は免《まぬが》れぬ。晋助《しんすけ》が手《て》を下《くだ》さぬともこの国《くに》はいずれくずれ落《お》ちる！　ぬしがひとりあがいたところで、止《と》まりはせん!!」

弦《げん》をギリギリと締《し》め上《あ》げながら、なおも万斉《ばんさい》は続《つづ》ける。

「この国《くに》に、護《まも》る価値《かち》などもはやない！　天人《あまんと》たちに食《く》い尽《つ》くされ、醜《みにく》くさる国《くに》に潔《いさぎよ》く引導《いんどう》をわたしてやるが侍《さむらい》の役目《やくめ》！　この国《くに》は、腹《はら》を斬《き》らねばならぬ！」

「死《し》にたきゃ、ひとりでひっそり死《し》にやがれ」銀時《ぎんとき》が吐《は》き捨《す》てるようにつぶやいた。

「坂田銀時《さかたぎんとき》……。貴様《きさま》は亡霊《ぼうれい》でござる。かつて侍《さむらい》の国《くに》を護《まも》ろうと、晋助《しんすけ》と桂《かつら》と戦《たたか》った思《おも》い、それを捨《す》てきれず妄執《もうしゅう》し囚《とら》われる、生《い》きた亡霊《ぼうれい》でござる。ぬしの護《まも》るべきものなど、もうありはしない……！　亡霊《ぼうれい》は、帰《かえ》るべきところへ帰《かえ》れェェ！」

万斉《ばんさい》の言葉《ことば》を聞《き》き、銀時《ぎんとき》は「はん」と鼻《はな》で笑《わら》う。

付《つ》き合《あ》っていられるか——と、銀時《ぎんとき》は手足《てあし》に巻《ま》き付《つ》く三味線《しゃみせん》の弦《げん》を、力任《ちからまか》せに引《ひ》きちぎりはじめた。

万斉《ばんさい》が「なっ!?」と驚《おどろ》きの声《こえ》を上《あ》げる。

「鋼鉄《こうてつ》の強度《きょうど》を持《も》つ弦《げん》を……!?　無理《むり》はせぬ方《ほう》がいいぞ。手足《てあし》が引《ひ》きちぎれる」

万斉《ばんさい》の言葉《ことば》に従《したが》う理由《りゆう》はない。銀時《ぎんとき》は歯《は》を食《く》いしばり、手足《てあし》に全力《ぜんりょく》をこめた。弦《げん》が肉《にく》に食《く》いこみ血《ち》が噴《ふ》き出《だ》すも、構《かま》うことはない。なにせ今《いま》の銀時《ぎんとき》には、この国以上《くにいじょう》に護《まも》らなければならないものがあるのだから。

万斉《ばんさい》がヘリの乗組員《のりくみいん》に向《む》け「撃《う》て！」と声《こえ》を上《あ》げる。機関銃《きかんじゅう》の銃口《じゅうこう》が銀時《ぎんとき》に向《む》けられ、一斉掃射《いっせいそうしゃ》が始《はじ》まった。

だが今《いま》は、機関銃程度《きかんじゅうていど》でひるんでいる場合《ばあい》ではない。

「耳《みみ》の穴《あな》かっぽじって、よぉく聞《き》け！　俺《おれ》ァ、安《やす》い国《くに》なんぞのために戦《たたか》ったことは一度《いちど》たりともねェ……！　国《くに》が滅《ほろ》ぼうが侍《さむらい》が滅《ほろ》ぼうが、どうでもいいんだよォォ！」

銀時《ぎんとき》は手《て》にした木刀《ぼくとう》に弦《げん》を巻《ま》きつけ、まとめて引《ひ》っぱる。これが千切《ちぎ》れない弦《げん》だというのなら、逆《ぎゃく》に利用《りよう》するまでだ。

「ん、弦《げん》が……!?」万斉《ばんさい》が目《め》を見開《みひら》いた。

万斉《ばんさい》が驚《おどろ》くのは無理《むり》もないだろう。さきほどまでの銀時《ぎんとき》は、弦《げん》で動《うご》きを止《と》められていたはずだった。それが今《いま》は逆《ぎゃく》になっていた。銀時《ぎんとき》は木刀《ぼくとう》一本《いっぽん》で、ヘリの馬力《ばりき》と張《は》り合《あ》っている。

いや、張《は》り合《あ》っているどころではない。銀時《ぎんとき》の力《ちから》は、ヘリの自由《じゆう》を完全《かんぜん》にうばっていた。ヘリは一本釣《いっぽんづ》りにかかった魚《さかな》のように、銀時《ぎんとき》によって挙動《きょどう》を制御《せいぎょ》されてしまっていたのである。

「今《いま》も昔《むかし》も……俺《おれ》の護《まも》るもんは何《なに》ひとつ――」

銀時《ぎんとき》が、上段《じょうだん》に振《ふ》り上《あ》げた木刀《ぼくとう》を、全身全霊《ぜんしんぜんれい》をこめて振《ふ》り下《お》ろした。

「変《か》わっちゃいねェェェェ！」

木刀《ぼくとう》につながれたヘリが、遠心力《えんしんりょく》を伴《ともな》って前方《ぜんぽう》へと吹《ふ》っ飛《と》んでいく。勢《いきお》いのついたヘリはそのまま江戸城《えどじょう》の天守閣《てんしゅかく》に激突《げきとつ》し、派手《はで》な爆発《ばくはつ》を起《お》こした。

銀時《ぎんとき》は「へっ」と鼻《はな》を鳴《な》らす。将軍《しょうぐん》にはまた気《き》の毒《どく》なことをしてしまったが、これは不可抗力《ふかこうりょく》というものだろう。

戦《たたか》いの終《お》わった荒野《こうや》に、一陣《いちじん》の風《かぜ》が吹《ふ》いた。

破壊《はかい》された線路《せんろ》の脇《わき》には、戦闘車両《せんとうしゃりょう》の残骸《ざんがい》が多数《たすう》転《ころ》がっている。派手《はで》に暴《あば》れていた鬼兵隊《きへいたい》の面々《めんめん》は、すでにあらかた鎮圧《ちんあつ》されていた。近藤救出《こんどうきゅうしゅつ》のためにやってきた真選組隊士《しんせんぐみたいし》たちが、手際《てぎわ》よく連中《れんちゅう》を追《お》いつめているのだ。

一度《いちど》は仲間《なかま》と呼《よ》んだ者《もの》たちの活躍《かつやく》を窓《まど》の外《そと》にながめながら、伊東《いとう》はつぶやいた。

「いつだって、気付《きづ》いた時《とき》には遅《おそ》いんだ。ようやく見《み》つけた大切《たいせつ》な絆《きずな》さえ、自《みずか》らこわしてしまうとは……」

伊東《いとう》の身体《からだ》からは、おびただしい量《りょう》の血《ち》が噴《ふ》き出《だ》していた。床《ゆか》には赤黒《あかぐろ》い血《ち》だまり。左腕《ひだりうで》を失《うしな》い、全身《ぜんしん》に機関銃《きかんじゅう》の掃射《そうしゃ》を受《う》けたのである。明《あき》らかに致命傷《ちめいしょう》だった。まもなくこの命《いのち》は尽《つ》きることになるだろう。それは自分《じぶん》でもよくわかった。

自業自得《じごうじとく》だな――と伊東《いとう》は自嘲《じちょう》する。他人《たにん》から拒絶《きょぜつ》されたくないあまりに、他人《たにん》を拒絶《きょぜつ》した。ちっぽけな自尊心《じそんしん》を守《まも》るために、本当《ほんとう》に欲《ほ》しかったものさえ見失《みうしな》ってしまった。

そのことに気付《きづ》いた時《とき》にはもう、自分《じぶん》には何《なに》も残《のこ》されていないのだ。

伊東《いとう》のかたわらに立《た》つのは、眼鏡《めがね》の少年《しょうねん》と髪飾《かみかざ》りの少女《しょうじょ》だ。沈痛《ちんつう》な面持《おもも》ちで、傷《きず》ついた伊東《いとう》を見下《みお》ろしている。あわれんでいるのだろうか。

ふと、足音《あしおと》が聞《き》こえてくる。

「そいつを、こちらにわたしてもらえるか」

真選組《しんせんぐみ》の隊士《たいし》たちが、列車《れっしゃ》に乗《の》りこんできた。先頭《せんとう》に立《た》つ禿頭《とくとう》の男《おとこ》は、原田《はらだ》だ。土方《ひじかた》の忠実《ちゅうじつ》な配下《はいか》である。

裏切《うらぎ》り者《もの》の伊東《いとう》がよほど憎《にく》いのだろう。彼《かれ》らの視線《しせん》は、こちらを射殺《いころ》そうとするほどの怒《いか》りに満《み》ちていた。

伊東《いとう》を案《あん》じたのか、眼鏡《めがね》の少年《しょうねん》が脇《わき》から割《わ》って入《はい》る。

「お願《ねが》いです。この人《ひと》はもう……」

「万事屋《よろずや》……。今回《こんかい》はお前《まえ》らには世話《せわ》になった。だが、その頼《たの》みだけは聞《き》けない。伊東《いとう》のために何人《なんにん》が犠牲《ぎせい》になったと思《おも》っている。裏切《うらぎ》り者《もの》は俺《おれ》たちで処分《しょぶん》しなきゃならねェ」

原田《はらだ》の言《い》うこともっともだった。今《いま》の伊東《いとう》は、まぎれもなく真選組《しんせんぐみ》の敵《てき》なのだ。局中法度《きょくちゅうはっと》に則《のっと》れば、処刑《しょけい》は免《まぬが》れない。

しかし髪飾《かみかざ》りの少女《しょうじょ》は納得《なっとく》いかないのか、声《こえ》を荒《あら》らげる。

「お前《まえ》ら、何言《なにい》ってる――」

そんな少女《しょうじょ》を制止《せいし》したのは、近藤《こんどう》だった。近藤《こんどう》は少女《しょうじょ》の肩《かた》に手《て》を置《お》き、原田《はらだ》らにうなずき返《かえ》す。

伊東《いとう》の処分《しょぶん》は任《まか》せる、という合図《あいず》だ。

眼鏡《めがね》の少年《しょうねん》も、本当《ほんとう》は不服《ふふく》だったのだろう。しかし、涙《なみだ》をこらえる近藤《こんどう》を見《み》て、何《なに》も言《い》えなくなってしまったようだ。

「近藤《こんどう》さん……」


最低限《さいていげん》の後処理《あとしょり》を終《お》えた真選組一同《しんせんぐみいちどう》は、列車《れっしゃ》からほど近《ちか》くの荒《あ》れ地《ち》に移動《いどう》していた。

荒野《こうや》の真《ま》ん中《なか》に、血《ち》まみれの伊東《いとう》がうつぶせでたおれている。伊東《いとう》の周囲《しゅうい》を囲《かこ》むのは、神妙《しんみょう》な表情《ひょうじょう》を浮《う》かべた真選組隊士《しんせんぐみたいし》たちである。

伊東《いとう》の処刑《しょけい》が始《はじ》まるのだ。

新八《しんぱち》はその光景《こうけい》を遠《とお》くに見《み》ながら、本当《ほんとう》にこれで良《よ》かったのかと、煮《に》え切《き》らない思《おも》いを抱《いだ》いていた。確《たし》かに、近藤暗殺《こんどうあんさつ》を企《くわだ》てた罪《つみ》は重《おも》い。しかし伊東《いとう》は、最後《さいご》の最後《さいご》で機関銃《きかんじゅう》の弾丸《だんがん》から近藤《こんどう》をかばったではないか。処刑以外《しょけいいがい》の選択肢《せんたくし》はないのかと、考《かんが》えずにはいられない。

ふと新八《しんぱち》の脇《わき》で、耳慣《みみな》れた声《こえ》がつぶやいた。

「ほっといたって、ヤツァもう死《し》ぬ」

銀時《ぎんとき》だった。あちこち傷《きず》つき、制服《せいふく》もボロボロになっている。鬼兵隊《きへいたい》による将軍暗殺《しょうぐんあんさつ》を、身体《からだ》を張《は》って阻止《そし》してきたのだろう。

銀時《ぎんとき》は表情《ひょうじょう》を変《か》えず、じっと伊東《いとう》を見《み》つめていた。

「だからこそ……だからこそ、斬《き》らなきゃならねェ」

どういう意味《いみ》なのだろう。新八《しんぱち》にできることは、ただ事態《じたい》を見守《みまも》ることくらいのものだ。

地《ち》にふせる伊東《いとう》の前《まえ》に、一振《ひとふ》りの刀《かたな》が投《な》げ置《お》かれた。刀《かたな》を投《な》げたのは、副長《ふくちょう》・土方十四郎《ひじかたとうしろう》である。

「立《た》て、伊東《いとう》。決着《けっちゃく》つけようじゃねーか」

土方《ひじかた》に告《つ》げられ、伊東《いとう》が目《め》を見開《みひら》いた。驚《おどろ》くのも当然《とうぜん》だろう。新八《しんぱち》だって驚《おどろ》いている。これから殺《ころ》そうという相手《あいて》に剣《けん》を手《て》わたすなんて、それはもう処刑《しょけい》ではない。決闘《けっとう》である。

「真選組《あいつら》……伊東《やつ》をうす汚《ぎた》ねェ裏切《うらぎ》り者《もの》のまま、死《し》なせたくねーんだよ」

銀時《ぎんとき》が厳《おごそ》かに語《かた》る。真選組《しんせんぐみ》は最後《さいご》まで、伊東《いとう》の尊厳《そんげん》を守《まも》ってやるつもりなのだろう。

近藤《こんどう》や沖田《おきた》は何《なに》も言《い》わず、ただだまって伊東《いとう》が剣《けん》をにぎるのを見守《みまも》っていた。

「最後《さいご》は武士《ぶし》として……仲間《なかま》として、伊東《やつ》を死《し》なせてやりてーんだよ」

伊東《いとう》は片手《かたて》で剣《けん》をにぎり、かすかに頬《ほほ》をゆるめた。最後《さいご》まで自分《じぶん》を対等《たいとう》にあつかおうとする、近藤《こんどう》らの計《はか》らいに感謝《かんしゃ》しているのだろう。

伊東《いとう》は土方《ひじかた》を見《み》すえ、全力《ぜんりょく》でかけ出《だ》した。

「土方《ひじかた》アアアア！」

「伊東《いとう》オオオオ！」

対《たい》する土方《ひじかた》も刀《かたな》を構《かま》え、伊東《いとう》に全力《ぜんりょく》でぶつかっていく。

二人《ふたり》が交差《こうさ》したその瞬間《しゅんかん》、大量《たいりょう》の鮮血《せんけつ》が宙《ちゅう》に舞《ま》った。

斬《き》られたのは伊東《いとう》だ。だが斬《き》られたはずの彼《かれ》の表情《ひょうじょう》は、まるで憑《つ》き物《もの》が落《お》ちたように晴《は》れやかだった。

「あり……がとう……」

仲間《なかま》たちに見守《みまも》られながら、伊東《いとう》はたおれる。

その満《み》ち足《た》りた表情《ひょうじょう》を見《み》る限《かぎ》り、彼《かれ》はきっと望《のぞ》むものを得《え》られたのだろう。新八《しんぱち》はだまって、ひとりの真選組隊士《しんせんぐみたいし》の最期《さいご》を見守《みまも》っていた。

月明《つきあ》かりの下《した》を、一隻《いっせき》の屋形船《やかたぶね》が静《しず》かに往《い》く。攘夷浪士《じょういろうし》、高杉晋助《たかすぎしんすけ》の船《ふね》である。報告《ほうこく》によれば、伊東鴨太郎《いとうかもたろう》による真選組《しんせんぐみ》のクーデターは失敗《しっぱい》。そしてそれをかくれみのにした将軍暗殺計画《しょうぐんあんさつけいかく》も、松平片栗虎《まつだいらかたくりこ》の機転《きてん》により、未遂《みすい》に終《お》わってしまったのだという。

そんな報告《ほうこく》を受《う》けながら、高杉《たかすぎ》は三味線《しゃみせん》をかき鳴《な》らす。

「存外《ぞんがい》、幕府《ばくふ》もまだまだ丈夫《じょうぶ》じゃねーか。いや、伊東《いとう》がもろかったのか」

高杉《たかすぎ》は「それとも」と、報告者《ほうこくしゃ》へと向《む》き直《なお》る。

「万斉《ばんさい》、お前《まえ》が弱《よわ》かったのか？」

「思《おも》わぬジャマが入《はい》ったでござる。あれさえなければ……」

河上万斉《かわかみばんさい》が、言《い》い訳《わけ》がましくそうこたえた。「思《おも》わぬジャマ」とは、高杉《たかすぎ》の旧知《きゅうち》、坂田銀時《さかたぎんとき》であるという。紅桜《べにざくら》の一件《いっけん》に引《ひ》き続《つづ》き、二度《ど》までも。

本当《ほんとう》にあの男《おとこ》は、高杉《たかすぎ》のジャマをするのが好《す》きなようだ。

「何事《なにごと》にも重要《じゅうよう》なのはノリとリズムでござる」万斉《ばんさい》が席《せき》から立《た》ちあがった。「これを欠《か》けば何事《なにごと》もうまく行《い》かぬ。ノれぬとあらば即座《そくざ》に引《ひ》くが拙者《せっしゃ》のやり方《かた》」

部屋《へや》を出《で》ようとする万斉《ばんさい》の背中《せなか》に、高杉《たかすぎ》はたずねた。

「万斉《ばんさい》、俺《おれ》の歌《うた》にはノれねーか」

高杉《たかすぎ》の言葉《ことば》に、万斉《ばんさい》はふと足《あし》を止《と》める。ややあって、「いや」と返《かえ》した。

「ヤツらの歌《うた》に聞《き》きほれた、拙者《せっしゃ》の負《ま》けでござる」

それだけ言《い》って万斉《ばんさい》は、出《で》ていってしまう。

坂田銀時《さかたぎんとき》という男《おとこ》は、本当《ほんとう》に不思議《ふしぎ》な男《おとこ》だ。いい加減《かげん》でつかみどころがないように見《み》えて、その実《じつ》、魂《たましい》にはっきりと軸《じく》が通《とお》っている。おそらく万斉《ばんさい》も、そういうところにひきつけられたのだろう。

高杉《たかすぎ》はそんなことを考《かんが》えながら、再《ふたた》び三味線《しゃみせん》をかき鳴《な》らし始《はじ》めた。

山崎退《やまざきさがる》が死《し》んだ。

その報《しら》せにもっとも驚《おどろ》いたのはだれあろう、当《とう》の山崎本人《やまざきほんにん》である。命《いのち》からがら真選組屯所《しんせんぐみとんしょ》にもどってみれば、なんと自分《じぶん》の葬式《そうしき》が行《おこな》われていたのだ。大広間《おおひろま》をのぞいてみれば、寺《てら》から呼《よ》ばれたらしき住職《じゅうしょく》が、ポクポク木魚《もくぎょ》を叩《たた》いている。上座《かみざ》には山崎《やまざき》の遺影《いえい》が飾《かざ》られ、みな神妙《しんみょう》な面持《おもも》ちで頭《こうべ》を垂《た》れていた。肩《かた》をふるわせ、涙《なみだ》を流《なが》している者《もの》までいる。

さすがの山崎《やまざき》も、この光景《こうけい》には目《め》を疑《うたが》った。

「えええ……ヤバイ……。完全《かんぜん》に死《し》んだことになってるぅぅぅ……」

そもそも山崎《やまざき》は殺《ころ》されてなどいないのだ。伊東《いとう》らに追《お》いつめられた際《さい》、河上万斉《かわかみばんさい》は、結局山崎《けっきょくやまざき》にとどめをささなかったのである。

あの人斬《ひとき》りがなぜ自分《じぶん》を見逃《みのが》したのか、山崎《やまざき》はよくわかっていない。去《さ》り際《ぎわ》に告《つ》げられた言葉《ことば》もまったく意味不明《いみふめい》だった。

「気《き》が変《か》わったでござる。ぬしの歌《うた》、も少《すこ》し聞《き》きたくなった」「生《い》き延《の》びてその続《つづ》き、聞《き》かせてくれる日《ひ》を楽《たの》しみにしているでござる」……とかなんとか。

「――などというやりとりがあり、俺《おれ》が生存《せいぞん》していたなんてだれも思《おも》うまい。マズいぞ」

このまま大広間《おおひろま》の扉《とびら》を開《あ》け、自分《じぶん》の生存《せいぞん》を主張《しゅちょう》してみるのはどうだろうか。一瞬《いっしゅん》そう考《かんが》えたものの、山崎《やまざき》はすぐにそのアイディアを打《う》ち消《け》した。

「『すみませーん、やっぱ生《い》きてたよーん！　あはは！』……なんつって出《で》ていったら、まちがいなく粛清《しゅくせい》される。……どうしよう」

いくら考《かんが》えてみても、にっちもさっちもいかない。大《だい》ピンチである。どうせ粛清《しゅくせい》されるなら、コレいっそ本当《ほんとう》に死《し》んだ方《ほう》が楽《らく》じゃね？　とまで思《おも》ってしまう始末《しまつ》であった。

「しかし、申《もう》し訳《わけ》ないな……。こんな状況《じょうきょう》なのに、みんなを泣《な》かせてしまって」

まあある意味《いみ》、ありがたいのかもしれない。地味《じみ》キャラである自分《じぶん》が、ここまでメインとしてあつかわれるイベントなど、そうそうやってもらえるものではないからだ。

仲間《なかま》たちは今《いま》、どんな顔《かお》で泣《な》いてくれているのだろう。広間《ひろま》の外《そと》からでは後《うし》ろ姿《すがた》しか見《み》えないので、それが無性《むしょう》に気《き》になる。

そこで山崎《やまざき》は、そっと大広間《おおひろま》に足《あし》を踏《ふ》み入《い》れることにしたのだが、

「……って寝《ね》てる！　ジャンプ読《よ》んでるヤツいる！　携帯《けいたい》でしゃべってるヤツいるぅぅぅ！」

仲間《なかま》たちのあまりの態度《たいど》の悪《わる》さに、山崎《やまざき》はうんざりしてしまった。

ハイハイ、俺《おれ》のあつかいなんてどうせこんなもんですよ、と。

一方《いっぽう》万事屋《よろずや》一行《いっこう》は、かぶき町《ちょう》のとある茶屋《ちゃや》でのんきに団子《だんご》を食《しょく》していた。

めずらしく、あの土方十四郎《ひじかたとうしろう》に誘《さそ》われたのだ。今回《こんかい》の一件《いっけん》の礼《れい》をしたいということらしい。

私服姿《しふくすがた》の土方《ひじかた》は、休職中《きゅうしょくちゅう》のようだった。まだ真選組《しんせんぐみ》に復帰《ふっき》しないのか、と新八《しんぱち》がたずねると、土方《ひじかた》は意外《いがい》な答《こた》えを返《かえ》した。

「……謹慎処分《きんしんしょぶん》の延長《えんちょう》を申《もう》し出《で》た？」

「ああ」土方《ひじかた》が、団子《だんご》をかじりながらうなずいた。「今回《こんかい》の不祥事《ふしょうじ》の責任《せきにん》は重《おも》いからな」

「でも、もうヘタレオタクは治《なお》ったんだろ？」と、神楽《かぐら》。

土方《ひじかた》の身体《からだ》に埋《う》めこまれていた〝ヘタレオタクチップ〟は、完全《かんぜん》に破壊《はかい》されていたらしい。調《しら》べた源外《げんがい》によれば「強力《きょうりょく》な感情《かんじょう》の発露《はつろ》により神経《しんけい》パルスが逆流《ぎゃくりゅう》し、過負荷《かふか》がかかった結果《けっか》、ぶっこわれた」という。「ぶっちゃけありえねー」とも付《つ》け加《くわ》えていた。

要《よう》するに土方十四郎《ひじかたとうしろう》は、本来《ほんらい》ならば絶対逆《ぜったいさか》らえないはずのチップによる呪縛《じゅばく》を、意志《いし》の力《ちから》だけで打《う》ち破《やぶ》ったということだろう。

さすがは鬼《おに》の副長《ふくちょう》だ。常人離《じょうじんばな》れした精神力《せいしんりょく》の持《も》ち主《ぬし》である。新八《しんぱち》にしてみれば、こういう人《ひと》がオタク仲間《なかま》なら良《よ》かったのに、とさえ思《おも》う。

「土方《ひじかた》さん、もし奥底《おくそこ》にその素質《そしつ》があるのなら、いつでも仲間《なかま》に迎《むか》えますよ」

新八《しんぱち》の冗談《じょうだん》を「ふっ」と笑《わら》い飛《と》ばし、土方《ひじかた》が立《た》ち上《あ》がる。

「世話《せわ》んなったな」

「どこ行《い》くネ」神楽《かぐら》が首《くび》をかしげた。

「まあ、全部背負《ぜんぶせお》って前《まえ》に進《すす》まなきゃなんねェ。地獄《じごく》でヤツらに笑《わら》われねェようにな」

土方《ひじかた》はそれだけ言《い》って、振《ふ》り返《かえ》りもせずに去《さ》っていく。彼《かれ》も彼《かれ》なりに、今回《こんかい》の一件《いっけん》で命《いのち》を落《お》とした者《もの》たちに対《たい》して責任《せきにん》を感《かん》じているのだろう。

マジメな土方《ひじかた》のことだ。もう二度《にど》と不覚《ふかく》を取《と》らないよう、自分《じぶん》を鍛《きた》え直《なお》すつもりなのかもしれない。

土方《ひじかた》が雑踏《ざっとう》の中《なか》に消《き》えていくのを見送《みおく》りながら、不意《ふい》に銀時《ぎんとき》が「あ」と口《くち》を開《ひら》いた。

「ギャラもらうの忘《わす》れた」

「あ、どうするんですか？　今朝《けさ》、銀行《ぎんこう》いったらまだ一円《えん》も入《はい》ってませんでしたよ！」

新八《しんぱち》が言《い》うと、銀時《ぎんとき》が思《おも》い切《き》り眉《まゆ》をひそめた。

「それマズイじゃん。家賃《やちん》どうすんの」

どうすんの、とはこっちのセリフである。払《はら》うお金《かね》がなければ、お登勢《とせ》さんに尻《しり》の毛《け》までむしられてしまいかねない。今《いま》のうちに逃《に》げるなりかくれるなりなんとかしないと——と新八《しんぱち》が言《い》いかけたところで、通《とお》りの向《む》こうから「てめーらァァァァ！」という叫《さけ》び声《ごえ》が聞《き》こえてきた。

「家賃《やちん》どうしたんだァァ！　コラァァァァァ!!」

般若《はんにゃ》のごとく怒《いか》りをあらわにしたお登勢《とせ》が、砂《すな》けむりを上《あ》げてこちらに向《む》かってくる。その迫《はく》力《りょく》と言《い》ったら、攘夷浪士《じょういろうし》たちの比《ひ》ではないくらいだ。

銀時《ぎんとき》は団子《だんご》をあわてて飲《の》みこみ、即座《そくざ》に立《た》ち上《あ》がった。

「やべェェ！　逃《に》げろォォォォォ！」

一難去《いちなんさ》ってまた一難《いちなん》。万事屋一行《よろずやいっこう》の逃亡劇《とうぼうげき》が始《はじ》まる。ホント、銀時《このひと》といると退屈《たいくつ》しないな——

と新八《しんぱち》はため息《いき》をつく。まあ、これはこれで万事屋《ぼくたち》の絆《きずな》の形《かたち》なのだ。

自《みずか》らの葬式《そうしき》をないがしろにされた山崎《やまざき》は、復讐《ふくしゅう》に燃《も》えていた。

「よおし、こうなったらオバケとなってみんなを驚《おどろ》かしてやる……」

白装束《しろしょうぞく》をまとい、額《ひたい》には三角布《さんかくふ》を装着《そうちゃく》する。今《いま》の山崎《やまざき》は、どこからどう見《み》てもオバケの姿《すがた》であった。

なにせ今《いま》の山崎《やまざき》は、死《し》んだことになっているのである。このまま大広間《おおひろま》に突入《とつにゅう》すれば、場《ば》を恐《きょう》怖《ふ》のどん底《ぞこ》へとおとしいれることができるはず——。山崎《やまざき》が入《い》り口《ぐち》でタイミングをうかがっていると、背後《はいご》に人《ひと》の気配《けはい》がした。

「ジャマだ」

背中《せなか》をドツかれ、山崎《やまざき》は「うおっ」とよろけてしまう。いったいだれだ、と相手《あいて》の顔《かお》を見上《みあ》げたところで、山崎《やまざき》は目《め》を丸《まる》くした。

「副長《ふくちょう》!?」

真選組副長《しんせんぐみふくちょう》、土方十四郎《ひじかたとうしろう》である。長《なが》らく屯所《とんしょ》を離《はな》れていた土方《ひじかた》が、久方《ひさかた》ぶりに顔《かお》を出《だ》したのである。

土方《ひじかた》が大広間《おおひろま》に入《はい》ると、隊士《たいし》たちが途端《とたん》に色《いろ》めき立《だ》った。みんなも山崎同様《やまざきどうよう》、副長《ふくちょう》の帰還《きかん》に驚《おどろ》いているのだろう。

土方《ひじかた》はすぐに部下《ぶか》たちに囲《かこ》まれ、「副長《ふくちょう》!」「副長《ふくちょう》!」「副長《ふくちょう》!」の大合唱《だいがっしょう》が始《はじ》まった。やはりこの人《ひと》は、なんだかんだみんなに慕《した》われているのだな、と山崎《やまざき》は思《おも》う。

山崎《やまざき》は結局《けっきょく》、みんなを驚《おどろ》かせるタイミングを失《うしな》ってしまった。それどころか、自分《じぶん》が驚《おどろ》かされる立場《たちば》になってしまった。

だが、これはこれで結果《けっか》オーライだろう。副長《ふくちょう》の帰還《きかん》以上《いじょう》に、みんなの度肝《どぎも》を抜《ぬ》くようなサプライズなどないのだから。

山崎《やまざき》は三角布《さんかくふ》を脱《ぬ》ぎ捨《す》て、「お帰《かえ》りなさい」と土方《ひじかた》にかけ寄《よ》った。

この本は、映画『銀魂2　掟は破るためにこそある』
(二〇一八年八月公開／福田雄一脚本・監督／ワーナー・ブラザース映画配給)をもとに、
Jブックス刊行の「映画ノベライズ　銀魂2　掟は破るためにこそある」(集英社刊)を
底本としてほぼすべての漢字によみがなをつけたものです。

集英社みらい文庫

銀《ぎん》魂《たま》2 掟《おきて》は破《やぶ》るためにこそある
映《えい》画《が》ノベライズ みらい文《ぶん》庫《こ》版《ばん》

空《そら》知《ち》英秋《ひであき》 原作
福《ふく》田《だ》雄一《ゆういち》 脚本
田《た》中《なか》 創《はじめ》 小説

ファンレターのあて先
〒101-8050 東京都千代田区一ツ橋2-5-10 集英社みらい文庫編集部
いただいたお便りは編集部から先生におわたしいたします。

2018年8月25日 第1刷発行

発行者	北畠輝幸
発行所	株式会社 集英社
	〒101-8050 東京都千代田区一ツ橋2-5-10
	電話 編集部 03-3230-6297
	読者係 03-3230-6080
	販売部 03-3230-6393(書店専用)
	http://miraibunko.jp
装丁	渡部夕美(テラエンジン) 中島由佳理
編集協力	藤原直人(STICK-OUT)
印刷	凸版印刷株式会社
製本	凸版印刷株式会社

★この作品はフィクションです。実在の人物・団体・事件などにはいっさい関係ありません。
ISBN978-4-08-321457-8 C8293 N.D.C.913 236P 18cm

「みらい文庫《ぶんこ》」読者《どくしゃ》のみなさんへ

言葉《ことば》を学《まな》ぶ、感性《かんせい》を磨《みが》く、創造力《そうぞうりょく》を育《はぐく》む……、読書《どくしょ》は「人間力《にんげんりょく》」を高《たか》めるために欠《か》かせません。たった一枚《いちまい》のページをめくる向《む》こう側《がわ》に、未知《みち》の世界《せかい》、ドキドキのみらいが無限《むげん》に広《ひろ》がっている。これこそが「本《ほん》」だけが持《も》っているパワーです。

学校《がっこう》の朝《あさ》の読書《どくしょ》に、休《やす》み時間《じかん》に、放課後《ほうかご》に……。いつでも、どこでも、すぐに続《つづ》きを読《よ》みたくなるような、魅力《みりょく》に溢《あふ》れる本《ほん》をたくさん揃《そろ》えていきたい。読書《どくしょ》がくれる、心《こころ》がきらきらしたり胸《むね》がきゅんとする瞬間《しゅんかん》を体験《たいけん》してほしい、楽《たの》しんでほしい。みらいの日本《にほん》、そして世界《せかい》を担《にな》うみなさんが、やがて大人《おとな》になった時《とき》、「読書《どくしょ》の魅力《みりょく》を初《はじ》めて知《し》った本《ほん》」「自分《じぶん》のおこづかいで初《はじ》めて買《か》った一冊《いっさつ》」と思《おも》い出《だ》してくれるような作品《さくひん》を一所懸命《いっしょけんめい》、大切《たいせつ》に創《つく》っていきたい。

そんないっぱいの想《おも》いを込《こ》めながら、作家《さっか》の先生方《せんせいがた》と一緒《いっしょ》に、私《わたし》たちは素敵《すてき》な本作《ほんづく》りを続《つづ》けていきます。「みらい文庫《ぶんこ》」は、無限《むげん》の宇宙《うちゅう》に浮《う》かぶ星《ほし》のように、夢《ゆめ》をたたえ輝《かがや》きながら、次々《つぎつぎ》と新《あたら》しく生《う》まれ続《つづ》けます。

本《ほん》を持《も》つ、その手《て》の中《なか》に、ドキドキするみらい――。本《ほん》の宇宙《うちゅう》から、自分《じぶん》だけの健《すこ》やかな空想力《くうそうりょく》を育《そだ》て、〝みらいの星《ほし》〟をたくさん見《み》つけてください。

そして、大切《たいせつ》なこと、大切《たいせつ》な人《ひと》をきちんと守《まも》る、強《つよ》くて、やさしい大人《おとな》になってくれることを心《こころ》から願《ねが》っています。

2011年《ねん》　春《はる》

集英社《しゅうえいしゃ》みらい文庫《ぶんこ》編集部《へんしゅうぶ》